书信

第三辑

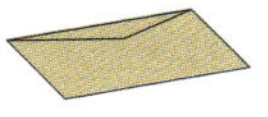

主　　编　赵红娟
　　　　　赵　伐
执行主编　夏春锦

浙江古籍出版社

图书在版编目(CIP)数据

书信. 第三辑 / 赵红娟, 赵伐主编 ; 夏春锦执行主编. —杭州 : 浙江古籍出版社, 2025. 7. —ISBN 978-7-5540-3381-4

Ⅰ. I207. 6

中国国家版本馆CIP数据核字第20257VU997号

书　信（第三辑）

主　　编　赵红娟　赵　伐
执行主编　夏春锦

责任编辑　孙科镂
责任校对　吴颖胤
美术设计　吴思璐
责任印务　楼浩凯
出版发行　浙江古籍出版社
（杭州市环城北路177号）
照　　排　杭州兴邦电子印务有限公司
印　　刷　浙江海虹彩色印务有限公司
开　　本　880mm×1230mm　1/32
印　　张　10.25
字　　数　228千字
版　　次　2025年7月第1版
印　　次　2025年7月第1次印刷
书　　号　ISBN 978-7-5540-3381-4
定　　价　78.00元
网　　址　https://zjgj.zjcbcm.com

书信

第三辑

目录

书信

雁素鱼笺

故纸陈香

尺牍论学

海关密函

万金家书

见字如面

资源委员会档案所见竺可桢佚函辑录

胡潮晖　整理

题　记

竺可桢（1890—1974），字藕舫，浙江绍兴人，现代著名科学家、教育家，历任东南大学地学系主任、中央研究院气象研究所所长、浙江大学校长、中国科学院副院长等。2004年至2013年，《竺可桢全集》由上海科技教育出版社陆续分卷出版，为研究20世纪中国科学史、教育史、文化史和社会史提供了极其重要的资料。资源委员会是国民政府1932年至1949年间负责重工业发展与管理相关工矿企业的机构，竺可桢任浙江大学校长期间与之多有公务往来。

笔者近期从台北“国史馆”以及“中研院”近代史研究所档案馆所藏资源委员会档案中，辑得竺可桢函电38通，时间跨度为1942年至1948年，其内容均未被《竺可桢全集》及相关补遗之作收录。[①]今以信函撰写的时间先后为序，汇为一编，以期对研究竺可桢的日常工作、浙江大学西迁遵义时期以及复员返杭后的校史等问题有所助益，同时也可为日后增订《竺可桢全集》提供参考。

一、致资源委员会函（1942年4月30日）

查关于贵会补助本校扩充设备一案，业于上年十一月二十一日以遵字第九六一号函，将修正补充设备表送达在案。除已订购万能联合机、铣床等件外，有原拨购之小蒸汽锅炉一项。兹查贵会遵义酒精厂有卧式小锅炉一具，因该厂另装大锅炉，业经完成，已不需要，可以出让，其大小尺度适合本校实验之用。刻已与该厂洽购中，拟请贵会本合作之旨，予以协助，允准该厂转让，并请转知该厂开示最惠之价格为荷。此致

经济部资源委员会

校长　竺可桢

（本函系国立浙江大学遵字第1152号公函，见《浙江大学请价让锅炉及资中酒精厂拨让机件等案》。）

---

① 除《浙江大学学报（人文社会科学版）》“校史专栏”陆续刊布的竺可桢佚文以外，又有田兴荣：《新发现竺可桢信函一则》，《浙江档案》2014年第12期；周桂发、杨家润、张剑编注：《中国科学社档案资料整理与研究·书信选编》，上海科学技术出版社2015年版；鲁先进：《竺可桢3封未刊相关信札诠解》，《浙江档案》2019年第11期；王淼、赵静：《李约瑟与竺可桢往来书信（1950—1951）》，《广西民族大学学报（自然科学版）》2020年第1期；张剑：《代际冲突与认知差异——1951—1952年任鸿隽、竺可桢相关中国科学社信函疏证》，《自然辩证法通讯》2021年第1期；胡潮晖：《新见竺可桢佚函十通考释》，《科学史研究论丛》第10辑，科学出版社2024年版。

二、致资源委员会电业处函（1942年5月27日）

径启者：本校电机工程学系有三十年度应届毕业生数人，志愿赴贵处所属电厂服务，并声明志愿服务区域前来。查各该生成绩尚属优良，其志愿为国服务，亦堪嘉尚，相应开具名单及志愿服务区域，连同各该生成绩单一并函达，即请查照录用，并按志愿服务区域给以工作为荷。此致

资源委员会电业处

附名单一纸、成绩单五份。

校长　竺可桢

（本函系国立浙江大学遵字第1177号公函，见《资源委员会选用各大学毕业生服务案》。）

三、致资源委员会函（1942年7月11日）

案准贵会本年六月三十日资卅一秘字第八七五七号公函尾开“本会中央无线电器材厂需要机械系毕业生两名，除已选定邹辅侯一名外，仍请续介该系优良毕业生一名，以便照派”等由。准此，查本校前介机械系毕业生陈天枢一名，业承贵会分配昆明中央电工器材厂在案。兹准函示中央无线电器材厂需要机械系毕业生一节，查陈生对于无线电器材方面情趣甚为浓厚，即请贵会将该生改派至桂林该厂服务，至昆明中央电工厂方面，容俟征有相当人选，再行函请补派。相应函达，即请查照办理，见复为荷。此致

经济部资源委员会

校长　竺可桢

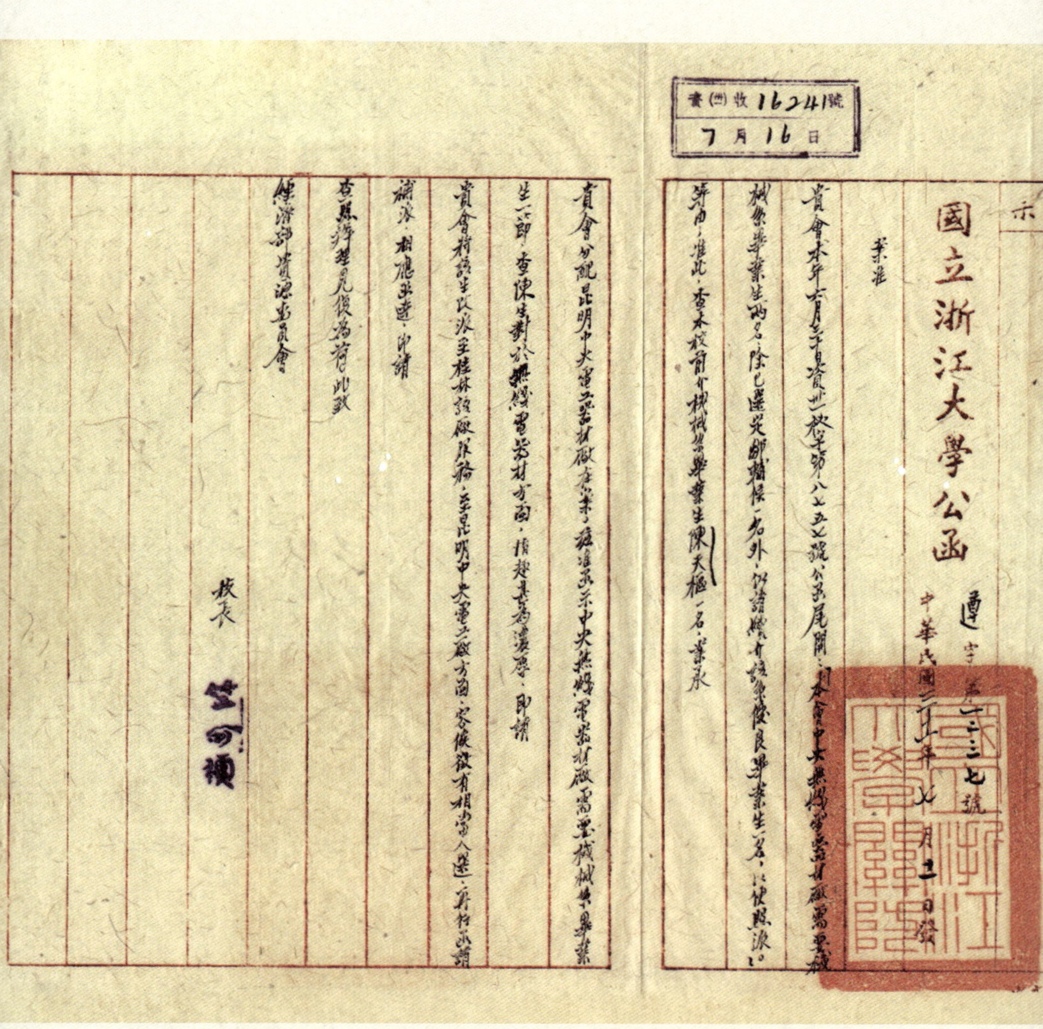

書(函)收16241號
7月16日

國立浙江大學公函

遵字第一二三七號

中華民國三十一年七月十一日發

案准

貴會本年六月二十日資[illegible]字第八七五七號公函尾開:「本會中央無線電器材廠需要機械系畢業生兩名,除已選定鄭[illegible]候一名外,仍請推薦優良畢業生一名,以便照派。」等由,准此。查本校本屆機械系畢業生陳天樞一名,業承

貴會分配昆明中央電工器材廠在案,茲准函示中央無線電器材廠需要機械系畢業生一節,查陳生對於無線電器材方面,情趣最為濃厚,即請

貴會將該生改派至桂林該廠服務,至昆明中央電工廠方面,容俟設有相當人選,再行函請

補派。相應函達,即請

查照辦理見復為荷!此致

經濟部資源委員會

校長 竺可楨

1942年7月11日国立浙江大学致资源委员会公函

（本函系国立浙江大学遵字第1237号公函，见《资源委员会选用各大学毕业生服务案》。）

四、致资源委员会函（1942年9月5日）

查本校学生戴树本于暑假期内前赴贵会昆明中央机〔器〕厂实习，业经期满，于九月三日由贵阳与由芷江空军〔联〕络站实习之同学周惕扬及第三飞机修理厂实习之同学余承业、陈洪钟等搭乘贵会汽车来遵复课。据报，该车行至息烽县属之黎园哨地方遭遇覆车，致将戴、周二生同时压毙，余生重伤，除戴、周二生尸体当时由陈生雇人暂时掩埋，余生经送至贵阳医院疗治外，而该车司机见已肇祸，当即在逃等语。查该生等此次实习归校，突遭惨祸，至堪悯恻，而该司机疏忽职务，致肇巨变，事后又复潜逃，置人命于不顾，殊堪痛恨。相应函请贵会迅将该司机严缉归案究办，以儆凶顽，并请对于本校死伤各生优予抚恤为荷。此致

经济部资源委员会

校长　竺可桢

（本函系国立浙江大学遵字第1327号公函，见《浙江大学学生车祸案》。）

五、致资源委员会函（1943年1月30日）

查贵会与本校合作研究专题一案，其中需轻便零件颇多，本校以交通困难，无法购备。兹拟请贵会代向美国购置。至需款若干，将来可由研究补习费项下拨还，以期便捷。相应开具清单，附函送达。即请查照，惠允办理为荷。此致

经济部资源委员会

附清单壹纸。

校长　竺可桢

（本函系国立浙江大学遵字第1445号公函，见《资源委员会协助代购国外器材配件案》。）

六、致资源委员会函（1943年6月18日）

查本校前承贵会委托专题研究案内关于试验燃料代用问题，拟改造煤气炉膛，以供实验。需要柴油桶，业经函请贵会所属遵义酒精厂价让五只在案。兹准函覆，嘱径请贵会转饬该厂供拨，自当照办等由。相应函达，即请查照迅电该厂照数价让为荷。此致

资源委员会

校长　竺可桢

（本函系国立浙江大学遵字第1650号公函，见《浙江大学请遵义酒精厂价让油桶》。）

七、致资源委员会函（1943年8月17日）

径启者：查目下干电池各方极感缺乏，本大学现拟自行制造，以济需要。兹为试验遵义锰矿以制造干电池之效能起见，除二氧化锰外，拟请贵会转知所属重庆电工器材厂，惠赠约可供制小电池贰百节，用之全副制造干电〔池〕原料，以利进行。事关学术研究，相应函达，即请查照，赐允办理为荷。此致

经济部资源委员会

校长　竺可桢

（本函系国立浙江大学遵字第1755号公函，见《中央电工器材厂捐赠各机关学校经费物品案》。）

八、致资源委员会函（1943年9月22日）

接奉贵会资（32）工字第一二九九八号公函，嘱对于所请电池材料重加考虑等由。查本校所请干电池原料，系为与贵会合作研究专题中之“遵义锰矿之利用”一题，作实地制造试验之用，以试该矿之是否适宜，以及如何处理方能适用，并非为解决制干电池一切问题。如电工器材厂不能惠赠，请开示货价可也。相应函达，即请查照办理为荷。此致

资源委员会

校长　竺可桢

（本函系国立浙江大学遵字第1798号公函，见《中央电工器材厂捐赠各机关学校经费物品案》。）

九、致资源委员会函（1943年11月6日）

查本大学各实验室机器零件时感短缺，闻贵会遵义酒精厂有破旧“福特”卡车一辆，无法修复行驶。拟请将该车拨赠本校以作补充各实验室机器零件之用。特此函达，即请查照，转知该厂准予拨赠，以利教学，至纫公谊。此致

资源委员会

校长　竺可桢

（本函系国立浙江大学遵字第1859号公函，见《遵义酒精厂捐助机关学校经费物品案》。）

十、致资源委员会函（1944年3月7日）

案准贵会本年一月廿四日资33技字第〇一四九号公函，以本校前送奖学金学生名册仅有各学期总评成绩，难凭细核，嘱补录各生各科学业历年详细成绩及操行、体育成绩，俾凭核对等由，自应照办。兹将王一宇等四十二名历年各项成绩单查填完竣，相应备函补送。即请查照办理为荷。此致

经济部资源委员会

附成绩单四十二份。

校长　竺可桢

（本函系国立浙江大学遵字第2066号公函，见《资源委员会各附属单位战时生活贷金数额案（五）》。）

十一、致资源委员会函（1944年5月1日）

查本大学龙泉分校三十二学年度二年级生来黔升学，荷承贵会惠予协助，准予搭乘便车，俾利遄行，无任感荷。兹三十三年学年度复有上项学生五十名，将于七月间由浙启行来黔，所有由都匀至贵阳一段运送事宜，拟请贵会查照上年成例，转饬贵阳运务处准予赞助，俾获陆续搭车，免误行期。至纫公谊，夙承关爱，用特专函奉达，即请查照赐允，并先见复为荷。此致

经济部资源委员会

校长　竺可桢

（本函系国立浙江大学遵字第2143号公函，见《资源委员会所属各单位搭乘运务处便车等案》。）

十二、致资源委员会函（1944年5月16日）

案准贵会资33技字第五二七一号公函，嘱将委托研究关于电机、化工二部门之各项专题报告一式三份函送，以资参考等由，自应照办。除化工专题报告业于上年托由汤元吉先生转送外，兹将电工专题之《氧化铜整流器之研究及发展》《电流容电器之研究及试制》《无线电用电阻之研究与试制》三种报告，各一份，相应备函送达，至每种其余二份，容俟补抄续寄。即请察阅为荷。此致

资源委员会

附报告三种。

校长　竺可桢

（本函系国立浙江大学遵字第2189号公函，见《资源委员会委请各学校研究技术专题》。）

十三、致资源委员会函（1944年5月31日）

案准贵会本年四月十四日资技第四六六二号公函，汇发本校电机、化工、土木、机械等系学生王一宇等廿二人卅二年上学期奖学金，每人柒百伍拾元，嘱转发取据寄复等由。准此，查该款业经转发清讫，相应检具印领名单备函送达，即请察收备查为荷。此致

经济部资源委员会

附印领名单壹份。

校长　竺可桢

（本函系国立浙江大学遵字第2178号公函，见《资源委员会各附属单位战时生活贷金数额案（五）》。）

十四、致资源委员会函（1944年6月21日）

案准贵会33技字第六六五七号公函，附奖学金申请学生详细学业成绩单及成绩调查表各壹种，嘱将本校受奖学生之学期详细学业及体育、操行各项成绩补填寄送，以凭核发第二学期奖学金等由。准此，自应照办。兹将上项单表分别查填完竣，相应备函送达，即请查照办理为荷。再，各受奖学生中仅李缵乐一名应征为译员，其余均无离校者，附此声明。此致

经济部资源委员会

附成绩单、成绩调查表各一份。成绩调查表抽存。

校长　竺可桢

（本函系国立浙江大学遵字第2237号公函，见《资源委员会各附属单位战时生活贷金数额案（五）》。）

十五、致资源委员会函（1944年6月28日）

查本校例于暑假期间派遣学生前往各机关实习，以资历练。兹拟派化工系学生马昂千一名，前赴贵会所属重庆动力油料厂实习，其实习期间为一个月，相应具函奉商，即请查照，见复为荷。此致

资源委员会

校长　竺可桢

（本函系国立浙江大学遵字第2249号公函，见《各专科大学生暑期至各厂实习》。）

十六、致资源委员会函（1944年8月16日）

案准贵会资33技字第一〇四三〇号公函，以卅三年度贵会仍与本校技术合作，修正合作办法要点，并附《合作奖助工矿技术暂行办法》及合约草案各一份，嘱察洽函复等由。查承示修正合作办法及奖助工矿技术暂行办法、合约草案等件，本校完全同意。相应检具合约原稿附函寄覆，即请查照办理为荷。此致

经济部资源委员会

附还合约一份。

校长　竺可桢

（本函系国立浙江大学遵字第2359号公函，见《资源委员会聘设各大学讲座及补助学生奖金案（二）》。）

十七、致经济部长翁文灏电（1944年9月28日）

翁部长咏霓兄：

密闻柳州电厂将撤退，希望迁遵义。

弟 竺可桢俭

（此电见《湘桂各厂矿内迁后呈报复工计画》。）

十八、致资源委员会函（1944年9月29日）

径启者：顷闻贵会柳州电厂将有内迁之说，如果属实，拟请移设于贵州遵义。盖遵义县治年来亦为后方重镇之一，其城中现有人口七万余，商业繁盛，教育机关除本校外，尚有陆军步兵学校、军

训部军官外语补习班，及各中等学校（计有七所），且亦有小型工厂，需要电力供应，至为迫切。相应函达，即希查照惠予考虑。如决迁遵，本校极愿相与合作也。此致

资源委员会

校长　竺可桢

（本函系国立浙江大学遵字第2413号公函，见《湘桂各厂矿内迁后呈报复工计画》。）

十九、致资源委员会函（1944年10月3日）

径启者：案准贵会三十三年七月十七日资（33）技字九七一四号函，为准发卅二年度第二学期奖学金一万五千七百五十元，嘱查收转发等由。兹已将上项奖学金转发学生王一宇等二十一名分别领讫。相应检同印领名单随函送达，即希查核为荷。此致

经济部资源委员会

附送卅二年度第二学期奖学金印领名单一份。

校长　竺可桢

（本函系国立浙江大学遵字第2418号公函，见《资源委员会聘设各大学讲座及补助学生奖金案（二）》。）

二十、致资源委员会函（1944年11月2日）

案准贵会本年九月廿一日资（33）技字第一二五九九号公函，附技术合约及专题，嘱查照签署，分别存查寄还等由。当经分交各有关学系签注意见去后，除内燃机专题实验设备略有困难，可作理

论上之研究外，其余各题均可同意。兹将合约如嘱签署，相应检具一份附函寄达，即请察照为荷。此致

经济部资源委员会

附技术合约一份。

校长　竺可桢

（本函系国立浙江大学遵字第2455号公函，见《资源委员会聘设各大学讲座及补助学生奖金案（三）》。）

二十一、致资源委员会函（1944年11月8日）

案准贵会资33技字第一一四二九号公函，规定本校机械、电机、土木、化工等系学生卅三年度奖学金名额及金额，附奖学金修正办法暨学生成绩调查表、详细学业成绩单空白表式，嘱查照选送等由。准此，自应照办。兹经依照上项办法加倍选送，并将各项表式分别查填完竣，相应送达查照审核，见复为荷。此致

经济部资源委员会

附成绩调查表一份。

校长　竺可桢

（本函系国立浙江大学遵字第2468号公函，见《资源委员会聘设各大学讲座及补助学生奖金案（三）》。）

二十二、致资源委员会函（1945年1月5日）

案准贵会卅三年十二月一日资33技字第一五四一六号公函，核定本校学生温邦光等十七名为奖学金生，并汇发奖学金贰万伍千

伍百元，嘱转发取据并补送各该生历年成绩单等由。准此，查该款业经分别转发清讫。相应检具各该生印领名单，连同成绩单一并备函送达，即请察照为荷。此致

经济部资源委员会

附印领名单一份、成绩单十七份。

校长　竺可桢

（本函系国立浙江大学遵字第2538号公函，见《资源委员会聘设各大学讲座及补助学生奖金案（四）》。）

二十三、致资源委员会函（1945年4月16日）

案准贵会资34技字第二八九三号公函，嘱将贵会前在本校设置之奖学金生卅三年度上学期成绩单填寄，俾作下学期奖学金之参考等由，自应照办。除该奖学金生中之冯承昌一名于卅三年十二月起休学，其成绩从阙外，其余温邦光等十六名之成绩单业经查填完竣，相应备函送达，即请察照为荷。此致

经济部资源委员会

附成绩单十六份。

校长　竺可桢

（本函系国立浙江大学遵字第2638号公函，见《资源委员会聘设各大学讲座及补助学生奖金案（四）》。）

二十四、致资源委员会函（1945年6月6日）

案准贵会资34技字第五八一二号公函，核准发给本校学生温

邦光等十五名卅三年度第二学期奖学金，每名一千五百元，合计二万二千五百元，嘱转发取据寄复等由。准此，查该项奖学金业经转发清讫。相应检具各该生印领名单备函送达，即请察照备查为荷。此致

经济部资源委员会

附印领名单一份。

校长　竺可桢

（本函系国立浙江大学遵字第2700号公函，见《资源委员会聘设各大学讲座及补助学生奖金案（四）》。）

二十五、致资源委员会函（1946年10月23日）

查前准贵会分发本校工学院毕业生傅宜理等十九名前赴所属各厂实习一案，其中分发唐山电厂之金养高一名因事未能前往报到。查有赵振隆一名，堪以递补。除备函嘱由该生前往该厂报到外，相应函请查照转知该厂为荷。此致

资源委员会

校长　竺可桢

（本函系国立浙江大学复字第338号公函，见《资源委员会选用三十五年度大学毕业生服务案（三）》。）

二十六、致资源委员会函（1946年11月5日）

查前准贵会分发本校毕业生赴各厂服务名单内，其中分发冀北电厂之程义庆一名已有他就。查有杨海飞成绩尚佳，堪以递补。除

备函嘱由该生径往该厂报到外，相应函达，即请查照备案为荷。此致

资源委员会

校长　竺可桢

（本函系国立浙江大学复字第360号公函，见《资源委员会选用三十五年度大学毕业生服务案（三）》。）

二十七、致资源委员会函（1946年11月7日）

前准贵会开送分发本校本年暑期毕业生赴各厂实习名单，其中分发广州电厂之卢良惠及台湾电厂之蔡立生均已有他就。兹拟以同班毕业生唐冶夫递补卢良惠缺，吴礼中递补蔡立生缺。相应函达，即请查照电复，以便饬往报到为荷。此致

资源委员会

校长　竺可桢

（本函系国立浙江大学复字第366号公函，见《资源委员会选用三十五年度大学毕业生服务案（三）》。）

二十八、致资源委员会函（1947年2月8日）

查本校历届毕业生荷承贵会分发所属机关服务，无任感纫。兹有卅五年度第一学期毕业生郑和等十三名，申请转介前赴贵会所属机关服务前来，相应缮具志愿服务地点清单附函送达，即请查照，按照志愿分别分发为荷。此致

资源委员会

附清单一份。

校长　竺可桢

（本函系国立浙江大学复字第545号公函，见《资源委员会选用三十五年度大学毕业生服务案（三）》。）

二十九、致资源委员会函（1947年8月6日）

接准贵会何定权先生函一件抄寄分发本校毕业生实习名单，内列王华俭分发中央绝缘厂，吕孝分发冀北电厂，范蠡若分发台湾造船公司。兹因各该生均已有他就，拟以狄其骏补王华俭缺，陆公谔补吕孝缺，仲赣飞补范蠡若缺。相应函达，即请查照，予以分发为荷。此致

资源委员会

校长　竺可桢

（本函系国立浙江大学复字第840号公函，见《资源委员会选用三十六年度大学毕业生服务案（五）》。）

三十、致资源委员会函（1948年1月20日）

查本校毕业生历承贵会分发所属机关实习，甚感。兹有卅七年春季毕业生十七名志愿赴贵会所属机关实习。相应填具志愿实习调查表备函送达，即请查照，按照各该生志愿予以分发为荷。此致

资源委员会

附调查表一份。

校长　竺可桢

（本函系国立浙江大学复字第1122号公函，见《资源委员会选用三十七年度大学毕业生服务案（一）》。）

三十一、致资源委员会中央化工厂上海厂函（1948年6月15日）

查本校本年暑假期应届毕业生叠经分别介绍各机关服务，兹有化学系毕业生吴炳智，志愿前赴贵厂服务。该生成绩尚佳，堪以介绍。相应函达，即请查照，予以录用为荷。此致

资源委员会中央化工厂上海厂

校长　竺可桢

（本函系国立浙江大学复字第1373号公函，见《资源委员会选用三十七年度大学毕业生服务案（三）》。）

三十二、致资源委员会函（1948年6月16日）

查本校本届毕业生叠经分别函介各机关服务。兹有农艺系本届毕业生郁英彪、汪国浩、马锷、施忆秋、吴汝铭、易心诚等六名，志愿前赴贵会台湾糖业公司工作。查该生等成绩尚佳，堪以介绍。相应函达，即请查照，惠予分发该公司为甲种实习员为荷。此致

资源委员会

校长　竺可桢

（本函系国立浙江大学复字第1379号公函，见《资源委员会选用三十七年度大学毕业生服务案（二）》。）

三十三、致资源委员会函（1948年6月25日）

查本校本届毕业生志愿叠经函介贵会，请予分发所属机关服务在案。兹尚有化工系本届毕业生杜承舜，志愿前赴贵会台湾各工厂工作。查该生成绩尚佳，堪以介绍。相应函达，即请查照，惠予分发任用为荷。如台湾各工厂无有空额，请分发其他各工厂亦可。此致

资源委员会

校长　竺可桢

（本函系国立浙江大学复字第1401号公函，见《资源委员会选用三十七年度大学毕业生服务案（三）》。）

三十四、致资源委员会函（1948年6月30日）

查本校本届毕业生志愿服务贵会所属各工厂，业经陆续函介在案。兹有电机系黄兆铭等八十四名，志愿前赴贵会所属机关服务。相应造具志愿服务地点调查表附函送达，即希查照，惠允按照志愿予以分发为荷。此致

资源委员会

附调查表一份。

校长　竺可桢

（本函系国立浙江大学复字第1415号公函，见《资源委员会选用三十七年度大学毕业生服务案（三）》。）

三十五、致资源委员会函（1948年7月2日）

查本校本届毕业生业经陆续函介各机关服务。兹有史地系毕业生夏稹滋，志愿前赴贵会工作。查该生成绩尚佳，堪以介绍。相应函达，即请查照，予以任用为荷。此致

资源委员会

校长　竺可桢

（本函系国立浙江大学复字第1428号公函，见《资源委员会选用三十七年度大学毕业生服务案（二）》。）

三十六、致资源委员会函（1948年7月13日）

查本校接准贵会资37人字第〇八九三九号，选送毕业生已由贵会龚专员来校召集谈话，计有生物研究所毕业生王家清，农学院农艺系毕业生郁英彪、汪国浩、马锷，园艺系毕业生虞佩珍，病虫害系毕业生赵又新，理学院化学系毕业生陆桐、王宝荣等八名，工学院毕业生邱祖荫等廿四名已蒙初步录取。相应检具各该生成绩单及毕业生名册一并备函送达。即请查照审核，分别录用为荷。此致

资源委员会

附成绩单廿四份（附相片），又加八份；毕业生名册三份。

校长　竺可桢

（本函系国立浙江大学复字第1452号公函，见《资源委员会选用三十七年度大学毕业生服务案（三）》。）

三十七、致资源委员会函（1948年7月19日）

查本校选送毕业生王家清等卅二名业将名册、成绩单、相片等件以复字第一四五二号公函附送在案，惟其中化工系毕业生陈明通一名之相片注明暂缺未送。相应检具该生相片随函补送，即请查照为荷。此致

资源委员会

附陈明通相片二张。

校长　竺可桢

（本函系国立浙江大学复字第1463号公函，见《资源委员会选用三十七年度大学毕业生服务案（三）》。）

三十八、致资源委员会函（1948年7月28日）

敬启者：本校本届毕业生业经分别函介各机关服务。兹有化工系毕业生赵广绪、林华文二名，愿赴贵会所属机关服务。该两生成绩尚佳，堪以介绍。相应检具各该生成绩单，函请查照，惠予分发中国石油公司任用为荷。此致

资源委员会

附成绩单二张。

校长　竺可桢

（本函系国立浙江大学复字第1488号公函，见《资源委员会选用三十七年度大学毕业生服务案（二）》。）

辛笛致唐祈书信五通

王圣思　整理

题　记

1981年，江苏人民出版社结集出版了辛笛、陈敬容、杜运燮、杭约赫（即曹辛之）、郑敏、唐祈、唐湜、袁可嘉、穆旦九位诗人创作于20世纪40年代的诗歌作品，书名《九叶集》，由辛笛题签。[①]在《九叶集》出版前后，他们书信往来频繁。1980年1月21日，唐祈在给辛笛的信中写道："你看，我们九个人中断写诗近三十年，现在才又续上了这根琴弦，又快乐，又心酸。"之后，他们接续了三十多年前结下的诗情诗谊，互相鼓励，坚持创作，并交流互评对方的诗作。辛笛收有九叶诗友的来信达七百多通，原信均捐由中国现代文学馆保存。而他本人寄出的部分书信则承九叶诗友子女提供，这里挑选致唐祈书信五通以飨读者。辛笛写信习惯把年月日标于信头，以下一仍其旧。

---

① 穆旦于1977年病逝，其诗由杜运燮选编，收入《九叶集》中。

一

80.3.17

唐祈兄：

十日夜写、十一日寄来的航信已收到，得悉近况甚慰。本来我生怕我把你的地址写错而你未能收到，现在才知你那里在这段时间也发生了不少周折，真是令人没有想到也。孙艺秋同志的三首诗，已由周圣野兄补充收入《黎明的召唤》诗选中。[①]我也曾要圣野和你直接通信，叫你放心，最近碰到他，也知他已如此办了，想来你也已收到他的信了。

寄来的组诗，我读后感觉很好，你毕竟是个有才华的诗人，已于昨日送《上海文学》编辑部，要他们考虑刊用，并请他们早日答复，如不合用，也要及早退我，以便我到时再转《文汇增刊》，望放心。你的信来时，适值唐湜陪了江苏人民出版社丁芒同志由温州来沪，《九叶集》出版事经我们大家向丁一再促进，大约可以排入今年该社的出版计划，已函辛之赶紧画封面，俾可一齐交印刷厂付排，因江苏印刷厂规定须正文和封面一齐交到，才能付排也。你的组诗，唐湜也看了，他觉得很好，但不免感情太强烈了一点，担心编辑们思想不够解放，不敢用。

附去《八方》古君来信的复印本（只有第一页，第二页没多

① 孙艺秋（1918—1998），与唐祈皆求学于西北联合大学，又同在甘肃师范大学任教，当时已至西北民族学院工作，唐祈后亦调往该学院。《黎明的召唤》，当作《黎明的呼唤》，周圣野、曹辛之、鲁兵选编，四川人民出版社1982年出版。

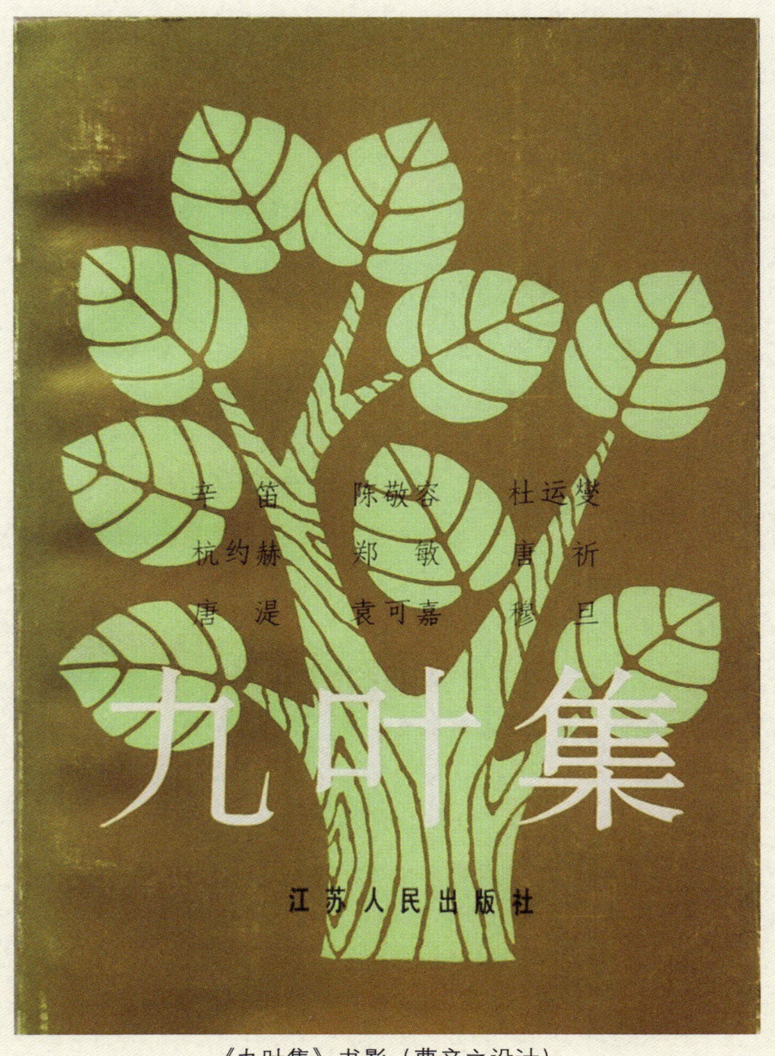
辛笛 陈敬容 杜运燮
杭约赫 郑敏 唐祈
唐湜 袁可嘉 穆旦
九叶集
江苏人民出版社

《九叶集》书影（曹辛之设计）

话，故未印），供参考。[①]原来早就要寄给你了，一来让大家高兴高兴，二来也怕误了《八方》的集稿期，催你早寄诗和小传来，但因一直未接你复信，总怕把这复印本寄丢了，不大妥当，就此拖了下来。也曾函敬容，托她向你催稿，她前天来信说已给你去信，但也很久未收到你的信了。希望你见信后，再抄寄三五首近作或未发表的解放后作品来，连同小传（二百字左右）一起寄我，以便转《八方》。现在唐湜已留下诗七首、小传一份。郑敏先寄来诗两首，现又续来两首，我因她两首太少，万一《八方》要选刊，要她多来两首寄去，可供采择。所以建议你也可选寄四到七首为好。敬容、辛之、可嘉、运燮（杜最近在《人民日报》第八版上刊出一首《占有》，甚好，想你已见到）、郑敏已定在昨日到辛之家聚晤，并邀诗歌理论家谢冕（北大青年，曾在《文学评论》和今年《红旗》第五期上发表关于诗歌理论的文章）一道谈谈，因谢对我们的风格也有兴趣。估计他们的选诗、小传也就要先后寄来，不会错过《八方》的限期的。香港喜欢语言新鲜的意象派或印象派的诗，政治内容不要强烈，所以小传关于在党的领导下如何工作以及曾在运动中犯过错误的正反两方面都不必提为好。

孙艺秋同志在师大教书谅必已有好几年，何以一下子就离开他去，可见人事复杂，叫人也替你担心。不过，世间事总不是简单的，诗人往往太单纯了。建议你先在可能范围内安下心来，在师大

---

① 古君，系香港杂志《八方文艺丛刊》编辑古苍梧，在《九叶集》出版前，《八方文艺丛刊》就拟设“九叶专辑·九叶新芽”的专栏。其来信中告知集稿期，要求提供九叶诗人的新作和小传。相关内容后于1980年第3期刊出。

至少教它一年，显出一些成绩来再定行业，而且孙那时在民族学院也扎下了根，你即便去他那儿，也比较把握大些。你说对不?

我上次寄你的两本杂志是否为《文汇增刊》和《上海文学》(还是《艺术世界》)?望告我，以便再寄，避免重复，如果你校图书馆已有，也可告我另寄其他。《诗刊》第三期发表郑敏诗三首，不知你那里看得到《诗刊》否?祝好

辛笛

上次，组诗因已全部交《上海文学》考虑，如待退回再寄《八方》恐来不及了。

唐湜已去杭州参加省召开的戏剧创作座谈，然后回温州去。

你此次去兰州，是否单人前往，还是全眷同往?

二

81.2.15早

唐祈兄:

终于收到了你二月上旬寄来的航信，欣悉你已收到《八方》③，本来我一直担心即使挂号，你也许还是收不到。现在好了，香港也已在最近寄来一本，请放心。袁编的《外国现代派作品选(一)》上、下两册，据老杜告我，他也已为你寄去一部，那么你就可把我寄你的一部送给孙艺秋或其他你的友好——这书销路奇好，市上已看不到了。

看到你近来心思安定了下来，写了不少诗、论文，还作了两次学术报告，真为你大大高兴。你的这两次报告如已印出，望即航

寄，俾可早日拜读，因为你出的这两个题目也正是我喜欢的题目。

你有意和孙艺秋同志合编一诗丛刊，这个计划很好。得到民院领导的大力支持，是颇为不易的，值得为你庆贺。我在上海看到甘肃的文艺刊物，只有一本《甘肃文艺》，从一连几期看，都未见你的诗作。这本来无关系，但如自己办起诗丛刊来，就要多少注意到和当地诗歌工作者关系的协调，否则也许会平添一些莫名其妙的阻力来的。我提这一点，仅供你参考。

现在浙江省文联也在积极筹备在今年第二季度出一“当代诗歌”，作为大型《江南》文艺刊物（二、三月出来）的增刊。最近向我征求意见，我已把《九叶集》的几位诗友地址抄寄给他们，要请你和在京诸友作特约撰稿人。这一诗丛刊得到浙省文联党委书记高光同志的支持，并将由公刘同志主编。公刘近在杭州疗养，日昨已来沪，即回合肥。等一会儿我就去看他，并代你向他致意。

我在春节前夕接到香港方面的邀请，将去作短期讲学，三月中旬动身，十分紧迫，因此忙上加忙，估计五、六月间总可回沪了。

辛笛

81.2.15午后[①]

信写到上处就去看公刘了。发现他的健康恢复得很好，十分高兴。他也非常关心你原拟双调大连的问题，因他早已托方冰同志（在辽宁文联，原旅大书记）为你贤伉俪办理此事。据他说，尊夫

① 原信月份误写为12，根据信纸以及内容看，当与前半部分写于同一天的不同时间，故改作2。

1981年2月15日辛笛致唐祈信首页

人已在大连友处候消息，方冰回信说不成问题，但不知你如何又变了主意云云。他坚嘱把你此次来信给他一看，我此刻已寄给他（趁他后天清晨离沪去肥之前），估计他会有信给你的。看来你应赶紧写一信给他，因他对你原来求双调甚急，而现在办成，你却有了变化，他一点也不知，不大好。谈起“当代诗歌”事，他已坚持向浙江推辞不干，仍由浙江本省先干起来，以后再作为四省一市合办，否则现在就合办，上面绝对批不准。

你的“西北组诗”也还未收到。

《九叶集》初校已过，但江苏出版社仍在担心省新华书店订货数字太少，无法满足读者需要。因“诗刊丛书”十二本内有艾青、严辰、邵燕祥、李瑛、雷抒雁、李瑛、黄永玉等人，也系由江苏出版。[①]但省新华书店要货奇少，艾诗只要一千是最多的，其他都在六七百本之间，奈何！现在由我和辛之联系，争取三联港店有一个好看的订数，以推动内销的要数，但现在尚无头绪。实在令人心烦。

再谈，此致

敬礼

王辛笛

公刘此次由他女儿刘粹（现也在《安徽文学》工作）陪同。回皖后，公刘将改在省文联工作，以便安心休养。你信可寄该处。

---

① “诗刊丛书”，当指“诗人丛书”，由江苏人民出版社于1980年至1983年陆续出版。

三

81.4.16

唐祈兄：

春节后即大病一场，至上月尾始渐见痊复，主要是工作、会议过多过累，引起老年性惯见的前列腺急性发炎，以致尿路感染，几至不通，幸经中西医综合治疗，多方调护，终告好转，然经此一病，益觉老境之来矣。

足下两次寄来大作，均已先后拜读，知大驾去江西接眷搬家，不知何时返兰，有时也曾忽发奇想，以为足下或将趁便来沪一行也。然而终不见足下来，怅怅。

大作亦曾由《上海文学》编辑部取去一阅，他们因已接到足下另一组诗，并决定选刊两首，故仍将你寄我之诗退回。足下给他们的组诗前言过长，他们也拟加以缩短，谅已有信给你了。

我因病未能参加香港中文大学主持的“四十年代文学研讨会”首期活动（三月下旬举行），其他如上海的柯灵、丁景唐（上海文艺出版社社长，研究鲁迅、瞿秋白），北京的唐弢、端木蕻良等共七人也均因日期紧迫，出境手续来不及办而罢。八月中仍有次期活动，届时大家或再争取前往。但出境手续也要在两个月前办好，否则仍有问题。

足下两组诗拟俟八月中去港时带去，看看有无地方发表，但现在香港文艺殊不景气，阵地极少，《海洋文艺》《开卷》均已先后停刊，惟余《大公报》附办的《新晚报》有一《星海》文艺周刊，但容量不大，未必能有大篇幅可以刊诗也。（去年冬，足下似亦有诗去《新晚报》上发表。)《八方》是否仍办第四辑，现尚不可知，也有停刊之议，古苍梧或拟去法国一行，是否长期进修，抑或短期访问，我已去信询问，尚无回音。

自来信中看到你近来心思安定，积极工作，并已有不少年轻人热情学习，值得令人鼓舞。你有雄心主办诗刊，并拟在秋间举行全国诗歌讨论会议，我如健康许可，自当积极支持。待加拿大归来后，当为你诗刊写稿；待香港回后，也当争取来兰州参加会议，并趁便去敦煌一游。(兰州我在六十年代之初也曾访问过，印象不差。)谢谢你的盛意。

兹寄去《文学报》四期，供参考。反对朦胧诗的“老”将不在少数，臧克家又在卖力呐喊，可称风派之至也。

再谈，祝双好

辛笛

近在医院治病，偶遇东北的方冰同志也来沪看病，故他有诗在《文学报》第三期上发表。

我近又有另一出国任务：本月廿四日飞北京，廿九日由京飞美转加拿大，参加“国际诗节”，五月半可望回国。《九叶集》本拟带去宣传，但仍印不出来，现正在抓紧，大约六、七月总可出书。

四

81.10.16

唐祈同志：

十月六日发的来信已在九日收到，因儿子圣群已飞兰州，带去信物，要他面奉，故而迟复了。同时从来信得知足下已迁居民院，曾即发一电给足下，请往师大取信，以便约晤圣群，深恐又错过了。不久，我已收到圣群信，欣悉已晤及足下，并承约邀游公园诸节，甚慰。

承索借阅香港的《现代中国新诗选》[①]，因在沪友处，容待要还后寄你。我在十二月初去港后，如能在该处弄到，当为你买一部，望释念。

《九叶集》平装样书已由南京江苏人民出版社寄你三本，谅日内当可见到。印刷质量不差，开本、封面设计大方，均系辛之的功劳。足下原订平装80本、精装20本，来信告我拟增加精装10本，已告出版社，估计问题不大，但闻精装本不及平装本，似此也不必多订了。至于平装本，我并拟为足下争取能订购120本（即增加40本），谅亦为你所乐于同意的吧。书款统暂由我代垫，日后再向各位结算。

今接章品镇来信说：从我信中得知兰州销三四百本无问题，可是他三次去信给你和兰州原来信要邮购的人，迄无回音，不知何故。望查明后，即去电给江苏人民出版社章品镇，告以要书数字、寄给何人，以便抓紧发书，否则迟了恐无书供应也。

我明早即去南京一行，主要为弄清有关《九叶集》各问题和在南京市文联讲诗。然后去扬州淮安（我的故乡）一行，估计七天后

---

①《现代中国新诗选》，香港大学出版社和香港中文大学出版部1974年出版，由张曼仪、古苍梧等八人根据当时所收集到的资料选编而成，九叶诗人皆收入其中，并在诗作前对诗人做了介绍。

总可返沪。

《中国新诗》何时出书？盼随时寄我三两本，此间亦多以先睹为快。暇时并盼通信。

姚昕同志已晤及，前信已详。①

余况当已由圣群面陈，不赘。

再谈，祝

撰安

辛笛

夫人等已到兰州否？请代问好。

又，古苍梧近已赴法读书进修，估计总要有两三年才能回港。

信封上地址系按圣群写来的，不知是否正确，望下次函告。

五

82.3.12

唐祈同志：

我在春节前夕由香港赶回过节，但随即病了一场，在家人严格监护下，完全闭门休息了廿天，否则在“好事成灾”的情况下，到底人老了，也会搞垮的。随后就又忙了起来，已向各处作传达报告六次之多，每次听众对象不同，讲的内容也就各异，讲前总要有所准备。还有，总是有开不完的会，真叫人气闷。因此，各处的信拖了下来。乞谅。总算办了两件大事：①把海关扣的书（各处由港寄

① 姚昕，唐祈在西北联大的同学，当时于辽宁师范学院外语系教授英美文学。唐祈介绍他去看望辛笛。

我）全部要回来。十日挂号寄你的一部《现代中国诗选》（上、下）就是其中之一。如果丢了，请问我如何向你和赠送人张曼仪女士（《诗选》编者之一，现任香港大学讲师，近年专门研究卞之琳）交账！我本拟代你、唐湜、郑敏各买一部，但已缺货，到处无售者。偶然和张曼仪谈及，她却慨然允予相助，结果送你们三人各一部，每部价港币180元，可谓代价不小了。所以，你见书后，即来信相告，并附一谢信来，由我一并转去。②把带回来的香港报刊上有关研讨会和我讲学的活动剪辑复印成套，现择要寄你一份，供参考。（《新晚报》半张整整两纸复印，又剪报复印十三张。）

《九叶》在港销路因我们在那里开会，销路奇佳，先来五百本，一下子卖完。三联港店又到广州要货，总算勉强应付下来。

你去年交给我的稿子已发表了两次：①你的《北京抒情组诗》；②孙克恒同志写的《朦胧的美》一文。现连同上述剪报复印一并挂号寄你。孙同志的一份并望转交。

另外，你的西北组诗（《西北画廊十四行诗组》）以后还会在港报上发表的。

上次你提到的你主编的《中国新诗》，现在想已出来，望寄我两三份来。

其余再谈，祝

全家好

辛笛

程千帆致施蛰存未刊书信二十通

宋一石　整理

题　记

施蛰存与程千帆、沈祖棻（子苾）夫妇，在新中国成立前就已相识订交。上世纪五十年代初，沈祖棻任教于江苏师范学院，施蛰存每周前去兼课，因而又有同事之谊。由于在文学上的相互欣赏、命运上的相互同情，三人交情很深，通信频繁，几乎无话不谈。即便由于政治运动阻隔，彼此近二十年不通音问，也未使他们有丝毫生分。这里收录的书信，就是最好的见证。

1973年4月，施蛰存偶得程千帆地址，率先来信，老友终于恢复联系。当时，程千帆下放湖北沙洋，沈祖棻独居武汉，故而夫妇二人基本上是分别与施蛰存通信。从1973年起，至1977年去世，沈祖棻致施蛰存书信达二十二通（据新版《沈祖棻全集》统计）。而程千帆与施蛰存保持通信直到上世纪九十年代，所存书信更多。《闲堂书简（增订本）》原收程千帆致施蛰存书信六通，新版《程千帆全集》增补至十七通，尤有未备。笔者近年广事搜集，又承金程宇、沈建中等先生不吝分享，至今已得未刊书信二十通。

书信内容十分丰富。如1973年4月30日，二人恢复联系的第一通信，程千帆一口气写了近千字。信中除谈及自己外，又简述了詹安泰（及其子詹伯慧）、任中敏、吴奔星、孙望、唐圭璋、夏承焘等老友近况，留下当时学界的一个剪影。1975年3月11日、1976年8月18日两信，多谈金石掌故，可广见闻。1978年夏，程千帆重返学界，被聘为南京大学中文系教授。这以后的通信，大多围绕沈祖棻《涉江词》的出版以及施蛰存主编《词学》辑刊的组稿展开。程千帆为《词学》稿件的征集贡献了不少力量，尤其在1981年2月25日、3月17日两信中，他向施蛰存介绍了当时在国内尚不太知名的叶嘉莹，举贤荐能，目光高远。

程千帆的信，末尾常有“阅后希交赤熛怒”“阅后乞转寄陆浑山”等话，都是希望施蛰存阅后付之一炬，所幸施蛰存没有照办，才使这些信件得以留存，其珍贵程度自然可想而知了。

现将这二十通书信略加整理，于《书信》刊发，以飨读者。书信格式基本依照原件；个别因篇幅较长，为方便阅读，略作分段；信有缺字或难以识读者，用□代替；所引古人诗句，与原诗有出入者，一仍其旧；此外，程千帆原名会昌，号闲堂，故而信末也不乏以“昌”或“闲”落款，特此说明。

1973年4月30日

蛰存我兄足下：

涪翁诗云“一面真能敌百书”，然一面既不可得，则远书珍重，亦一大快事也。七八年来消息间阻，每念兄况，疑艰难险阻必大过人，今知以心地冲夷，得安稳度过诸般苦厄，而复老学弥勤，著书不辍，欣慰之情，曷可言宣哉！弟倚杖牧牛，偶然躄足，得马失马，祸福盖亦难言。惟秉庄生形残神全之喻，随顺世缘，以延岁月而已，殊不足深较也。

承示旧友踪迹，生死契阔，感慨实深。今就所知，辄以奉告。詹祝南已于数年前去世，其子伯慧在武大中文系任讲师，而所治乃方言之学，未克绍箕。近闻其言任二北拟购其藏书，不知成否。吴奔星现在徐州师范学院编写教材，闻人言患有心脏方面之绝症，因恐加重其思想负担，故未告知本人。孙望仍住南京天竺路二号，现已返南师中文系编教材，其问题似在已解决未解决之间，或亦以不了了之，弟等亦迄未与通问。唐圭翁今已七十三矣，仍住南京剑阁路四十号，体弱多病，仍努力编辑《金元词汇》，不常到系。夏瞿禅客岁来书，欲编今世词家之作为《湖海词传》，征稿于子苾，子苾以此事但供日后批判之资，遂婉谢之，嗣后即未来信，或有所不满，如兄与之有书札还往，尚祈一为解释之也。

《苍雪词》旧日未荷寄示，惟抄论子苾词之《望江南》一首于来札中而已，如以全稿惠赠，固所愿也。

小女丽则，孩幼曾荷提携，今已颀长过母，现为武汉汽车标准件厂制螺钉之工人，婿张亦同操此业。能令后嗣不再作知识分子，即大佳事，想兄亦同此感耳。

尊恙殊为奇特，弟意应同时求治于老中医，以西医未能解决之病，中医每能奏效，似不妨一试也。

弟十数载来，亦了得《唐代文学探赜》（论文集）及《史通笺记》二书，惟恐不合时宜，终当以覆酱瓿，然如蚕吐丝，吐而后蛰存我兄足下：[illegible]诗云一面真能敌百书，一面既不可得，则远书殊亦一大快事也。七八年来，消息阔阻，每念兄况，[illegible]难险阻，必大过人，亦惟以心代[illegible]得安稳。[illegible]而复老学[illegible]，著书不辍，欣慰之情，岂千言宣哉。弟[illegible]杖牧斗[illegible]，譬之得马失马，祸福[illegible]亦难言，[illegible]庄生[illegible]神会之喻，随顺世缘，以送岁月而已，殊不足[illegible]也。承示旧友踪迹，[illegible]阔，感慨实深，今就所知，聊以奉告。[illegible]已于数年前去世，其子伯慧在武大中文系任讲师，而所治乃方言之学，未克绍[illegible]。[illegible]闻亦言任之此拟[illegible]其人藏书不[illegible]集[illegible]吴寿[illegible]，现在徐州师范学院编写教材，闻人言患有心脏方面之疾病，因恐加重[illegible]故来告知。本人[illegible]仍住南京天竺路二号，现已返南师中文

1973年4月30日程千帆致施蛰存信首页

快，亦初不计其传与不传，想彼此同之也。

见中玉乞为致声，西彦、声越、士仁、煦良诸君，若解后遇之，并希道念。

上海顷不知尚有旧日名牌毛笔，若王一品、贺莲青、李鼎和、邵芝岩诸家之货出售否？如有，望代购七紫三羊毫四五枝，笔管要粗，笔头要大（如旧式）。今所制笔管细如筷子，笔头差足供女郎描眉，近托顾学颉在北京所购亦复如此，因叹东坡归自海外，得诸葛笔而大喜，古今有同感也。

子苾疲病，不另奉复。拉杂书此，以当晤谈。即颂

俪苐！

弟 昌顿首

小女随叩

四月三十日

1973年5月19日

蛰庵兄足下：

六日手教□悉。弟忆兄居原颇宽绰，今云局促，仅可伏案，或后□让出。大抵各处皆然。弟原住一幢大小七间，今则两室□而已。

所云结集文献之事，实亦颇为有用。今日写当代文学史者，已皆不能举作家之姓字、经历、籍贯、年岁，它何论焉！兄知交遍于海内，若能随时札记，写以野史诗□之体，若宋人《墨客挥犀》、金人《归潜志》，其为有补无疑，但亦只可藏山，恐难公之于世耳。

子苾词虽尝存稿，未敢辄出，迻录之事，当俟后缘。

中玉昨有书来，云兄独为老健，观审造象，风采犹昔，且无白发，尤可欣羡。弟则霜雪盈颠，已较十分矣。

购笔事，以与维钊先生无相交之雅，且渠又极忙，但可便中一询，不必□托。此公善书，则弟知之已数十年。兄主编“珍本丛书”时，《词林纪事》一种即渠题署，笔势奇□可爱，至今印象深刻。想现人书俱老，所写当□大进。如其有暇，能以精纸写厉太鸿或符幼鲁诗一卷见惠，俾浙水风流，常在几案，则受赐多矣。而“能事不受相迫促”，留待异日渠较安闲时请之可也。弟于书法全无理解，而爱好笔佳墨，亦所谓附庸风雅者。

孙望，字自强（或书作“止畺”），近得其夫人霍焕明（即诗人霍薇）来书，云体弱而事忙，亦殊可念也。

《苍雪词》不必急急，能订好再寄下最好，此间无装订处也。

拙稿题署，承商榷，甚感。如有付刊之缘，即当从俗为称，不尔则听之可耳。

连日大雨，蒸郁殊甚，头脑昏昏然，草草以代面谈。即颂

俪茀！

弟 昌顿首

十九日

师大所编鲁迅资料及其它现代文学资料，如有印出者，望各设法寄孙望一份，来书曾重托也。

1975年3月11日

蛰存兄：

奉书及诗三首，又拓片一纸，具悉近状。七古甚有意思，非才俭如弟所能到。承命搜敝匣所藏稆园拓片，竟未发现。此老与先君交厚，平生所拓，无不见致。若在十年前，虽数百纸亦不难，今也则无，奈之何哉！（致兄者，盖残留之余也。）然又连带找出拓片若干，计开：

一、汉砖如干纸。二、《赤壁赋》（前后）二套。三、何贞老书联一副，有先公十发翁题跋，是家刻。四、退庵老人（祖棻王考）临《兰亭》，家刻。五、退老临《圣教》，家刻。六、刘湄村书雅安金凤寺三家诗四幅。七、先君书雅安飞翠亭额。

均别邮上（数日内），以供清赏。其中《赤壁赋》系两套，希以一套代为转寄维钊先生，以表谢忱。

《唐诗选》便中留意可耳，所谓可遇而不可求也。①

兄在旧书肆有熟人，看是否可买到《四部备要》本黄山谷诗任史注、元遗山诗施注。弟有此二书，而字太小，不复能看，故思得《备要》本也。如有旧刊大字本，亦佳，然恐不易得。匆匆即颂

双安！

弟　昌顿首

三月十一日

祖棻附候：一病半月余，恕不另函。

---

① 以下缺文。

1975年10月6日

蛰存兄：

九月十三日手教前不久由子苾转到，承称引靖节诗以相慰谕，非深于友情又深于诗者不能为也。三十年代文学已为古典文学之论，实具妙理。弟尝作杞人之忧，以谓自“五四”以还，迄于样板戏之出现，这一段文学史如何编法，无已则仅可分三章，一导言，二鲁，三郭。若诚如是，则三十年代之某些文学，将成坟典丘索，又岂仅为古典而已哉！

弟已于九月底响应号召，申请退休。按照各种规定，大概一可迁回武汉与子苾聚首，二可得每月四十余元之退休金，实已喜出望外。所谓“圣代即今多雨露”也。各种手续办理需时，至来年春节或可离此。俟少安排，即思东下与公等相聚耳。

黄、元集，弟所需者大字有注本。黄集小字本弟有之，元集旧有一部大字有注本，后失去。老眼昏花，非大字不可。此二集，黄多僻典，元多史事，又非注不可也。惟在图书馆亦易借到，故不急急，即终不可得，亦无关系。冒广生《后山诗补笺》（线装三册，商务出）如遇见，亦乞代为留下。

沙洋地荒僻，□□出西瓜及花生。西瓜不能寄远，不久当以花生一袋奉饷。想兄齿牙当不致如昌黎之见梨□而生畏也。

因兄称引陶公，亦□□及古人数诗，杂录如下，俾共赏之：

海内文章有定称，南来庾信北徐陵。
谁知著作修文殿，物论翻归祖孝徵。（右朱竹垞）

晚途流落不堪言，海上春泥手自翻。
汉使节空余皓首，故侯瓜在有颓垣。
平生多难非天意，此去残年尽主恩。
误辱使君相抆拭，宁闻老鹤更乘轩。（右东坡）

牢落周郎发兴新，管弦长对自由身。
早知才地宜江海，不道清歌却误人。（右赵秋谷）

放出沩山水牯牛，无人坚执鼻绳头。
绿杨芳草春风岸，高卧横眠得自由。（右沩山禅师）

又，唐人云："一生惆怅忆江南。"亦似是为弟夫妇咏也。

兄旧日主编杂志，如《现代》《文艺风景》，今尚有存否？《风景》第一期有陈江帆一诗，有云：

惯于和卫生学的禁物妥协，
香槟酒或感伤小说。

当时颇赏之。"文学珍本丛书"亦不知兄藏有否？思觅其中数种一读，幸便中示及之。

此上，即颂

俪苇！

弟 昌顿首

十月六日

1975年11月28日

蛰存老兄：

复示敬悉。叙述周详，深可感念。

武大领导一向执行一种无以名之，名之曰“土”政策的办法，其中一条即中央政策一概不与群众见面，故退休条例之类，弟等皆概乎未尝有闻也。又如五七年虽犯错误，然并未撤职，保留学衔者，在摘帽后，反而一概改为图书资料员，不容再事专业。偶有擅佉卢文之教师，或令其教“It is a dog”之类，亦不与学衔，而以图书资料员身份登上讲台。凡此之伦，皆非我兄所能想象。所语“各人头上一块天”，天实为之，奈之何哉！往者已矣，退休之身，更无所求。与兄一谈，聊发千里一笑耳。

拙诗承指其疵累，当徐思之，以求有所更易。其中亦有为兄所不知者，如谓无死法，即大不然。弟寄子苾诗云“酸辛避死曾无地”，乃实录，非夸言也。凡此惟可面罄耳。又窃思汪容甫《经旧苑吊马湘兰》，自拟娼妓，而痛己文之“事有伤心，不嫌非偶”。阮公致慨曹马易代，而以安陵、龙阳相喻，亦似不伦。若此之流，皆千古伤心人语也。此非与兄论文，但摅怀抱耳。阅后希交赤熛怒为荷。即颂

俪福！

弟 昌顿首

廿八日

1976年2月9日

蛰庵足下：

二月六日手教奉悉。弟于一月廿二日反此度岁，以户口尚未办妥，退休未正式公布，故仍系请探视假。然假满之后，拟设辞不再去，尚未知能成否耳。

徐迟五七年前偶于各种文艺集会中见之，时皆为武汉作协理事，然不甚熟。在沙洋时，知其在省五七干校某团（干校依系统分若干团），司牧牛之职，与弟适同。前又闻亦已申请退休，渠一子在苏州，一子在四川，欲回苏而不能上户口，故或将迁川云云。此系得之传闻，未必确也。

兄如能以休致余闲从事翻译，大是佳事，与玩碑亦无矛盾，愿努力争取之。

新春，舍妹携雏来住，扰攘不宁者多日。顷始略静。子苾近日身体尚可，反正悠悠忽忽度日耳。自前呈寄江南故人七首外，久不作诗，偶得一律，抄附纸尾乞教。破信箱似当修整，《水浒》中武二郎所云"篱牢犬不入"也。专复，即颂

俪苐！

弟 昌顿首

二月九日

孝章（姓陈，名志宪，四川酉阳人，吴瞿安师高弟，治曲甚精，任教川大）因病止酒数年于兹。客春，又以车祸折手，犹力疾作三诗，左笔书之，以答子苾见忆之作。

余顷反家度岁，乃始见之，因赋呈长句：

折手酬诗真倔强，欹斜左笔亦轩昂。
遥知私宴难倾碧，乍觉官杨又弄黄。
肝肺杈枒今视昔，云龙离合海生桑。
沉吟三十年中事，独愧余生足稻粱。

1976年8月18日

蛰存兄：

15日返家小住，以待后命。得读足下手札多首，又《金石百咏》。《百咏》精辟追复初斋，而出以风华，又大类越缦堂，乃愧相知之未尽也。谨下小笺数事，录如下：

①魏三体石经残字，近人孙海波所为《集录》最详。书已印行，不识曾入藏否？番禺商师锡永（承祚）复为之订正，作《魏三体石经残字集录校正》一文（题目可能有出入），载《清华学报》三十周年纪念号上册。

②晋辟雍碑，象山陈伯弢（汉章）曾为之跋，而所论犹略。武陵余季豫（嘉锡）复作《晋辟雍碑考证》，则极详实，殆无剩义。此文原载《辅仁学志》，解放后收入《余嘉锡论学杂著》。

③锡永师所撰《古代彝器伪字研究》及补编，载《金陵学报》，于凤眼张之游戏神通，所论甚详，并附图版。

④先师和州胡翔冬（俊）著《自怡斋诗》中载《辛酉六月十三日牛首山同杜岷原谒李文洁公墓》一首，文洁即李瑞清，所谓清道人也。其中有句云："去年游海上，夜办执杖屦。人群侧黄帽，开

口便成趣。吾之于人也，谁毁而谁誉。一个曾九哥，写字蒙主顾。寇雠郑羲碑，拈笔钱鬼输。（自注：农髯鬻书，不善书郑文公。）”其说与兄言李、曾皆以郑文公体书榜者，不一致。胡先生与小石师为清道人门下二胡，从游最久。录上以广异家。《自怡斋诗》金大文学院抗战时刊于成都，木刻。

⑤左贵嫔墓志，浦君练（江清）曾为之跋，载《清华周刊》。以其所载史实与《晋书》颇出入，疑其伪（《浦江清文录》未收此文）。弟往年考左太冲咏史诗，亦尝引用。于真伪未作断语，因未见石本，又不通金石学也。

以下说几件具体的事。

①祖棻词有弟手写全部定稿，有便当呈教。其《金缕曲》一首，已删去，今亦无存。全部五卷，约三百余首。

②《后山补笺》，便中可挂号寄下，以消永日。

③有沙洋分校同事朱祖荣君，托购下列三书，兄游肆时，乞代留心。如有，即希垫款买下。书挂号寄“湖北沙洋武大分校朱”收，发票及邮费可与弟结算，寄武昌。其书如下：

A. 中华书局新出标点廿四史本《三国志》。不要其他板本。新、旧书均可。

B.《三国志演义》
C.《西游记》
（以上两种）最好买到解放后新排印本，如无，其他板本亦可。新、旧书均可。

四川地震波及成都，忙于致书慰问诸友，不多及。专上，即颂俪安！

弟 昌顿首

18日

19　年　月　日　　第　页共　页

蛰存兄：

15日返芜小住，以待后命。得读足下手札，多皆文金石目录。目录精确周至，意所钦然，而出以风华，又大类越缦书，乃悦南来之未果也。谨下小笺数事，录如下：

① 魏三体石经残字，近人孙海波所为《集录》最详。本已印行，不谙曾入藏否？番禺商锡永（承祚）复为之订正，作《〈魏三体石经残字集录〉校正》一文（此目可能有出入），载《清华学报》三十周年纪念号上册。

② 晋辟雍碑，象山陈伯弢（汉章）曾为之跋，而所论较略。武陵余季豫（嘉锡）后作《晋辟雍碑考证》，判核详实，弥多胜义。此文原载《辅仁学志》，殁后收入《余嘉锡论学杂著》。

③ 商承祚所撰《古代彝器伪字研究》及续编，载《金陵学报》，于凤眠造之伪器神通，所论尤详，并祈同阅。

上海纸品一厂出品 16开 26格 道线报告纸（75.6-9）　（0560）

1976年8月18日程千帆致施蛰存信首页

1977年1月6日

蛰翁左右：

前得手教，即复一纸。涉江欲别作书，遂搁置未邮，重劳萦念，良以为歉。

《山谷集》如得杨惺吾刊影宋本（手边所有即世界书局景此本，目瞀已不能读其注，而山谷诗又非读任注无以玩其用意深处），十二元殊不昂，即恳代为买下。如邮寄，幸妥为包裹，或留尊处玩赏些时亦可。

弟出处之计已定，宋子京所云“老去师丹多忘事，少来之武不如人”，白乐天所谓“比类时流是幸人”，三句尽之矣。惟有著述二三种，乃时贤屐齿所未尝及，如能刊行，或于文史研究有露海尘山之助。是则不能无望于衮衮，然亦如小说成语所云，“谋事在人，成事在天”，不可强也。郑重九尝有诗云：“海内相哀能几辈，殷勤函札赖云鬟。”后又云：“云鬟函札今俱绝，海内何人更见哀。”弟尚有七十衰翁远垂廑注，胜郑多矣。

天寒，书不成字，聊发一笑。即颂

俪茀！

弟 闲再启

一月六日

1977年1月22日

退密先生书法自小欧阳上溯北朝小品，用笔清刚，不独词翰之工而已，钦挹无似。弟避地湖壖，偶以购物近市。今从尊处得知诸年少除知能骑车出入外，别无可告，窃喜其已为人所忘，视来书所云北雍知旧之戴□游者，差胜一筹矣。（名高迹近，为累多矣。山木自寇，诚哉庄叟之言！）户口事闻已解决，足以告慰。敬上

蛰庵老兄

弟 闲百拜

二十二日

1979年12月16日

蛰存兄：

惠示敬悉。弟抄涉江词，纸质太劣，故只有做袍套。夹板再另外设法做。此事重托老兄。

词刊，弟全力支持。

①已函刘丈之女及婿，询其是否同意在词刊发表《词论》（第二步再找复本），如不同意，则请将《诵帚词笺》交出发表（《词笺》即《词论》之压缩本，尤精）。另请寄照片、手迹及词集，交与词刊。

②旭翁书札百余封，荡然不存。今将其《唐宋词选识语》寄上。此系汪先生所授词选讲义中所加按语，子苾手录。兄可抄副，并汰其完全直录他说，不下已意者（个别误字，无他本可据，可酌定），可以发表。兄可加一跋，略序由来。又其《词学通论》一卷，弟所藏本在萧荪兄处，亦系中大讲义。虽浅显，但于今之读者未为无补。兄可索观，似亦可发表也。

③尹默、旭初二翁专集，弟前已言之，惟应得妥人抄之。沈翁手迹，极可宝也。

子苾《宋词赏析》已排好，在校样中，其有关词学论著，大多在内，恐来不及登词刊矣。

大概弟藏已故诸老零星遗墨，或还有许多照片可拍，容再清理。

弟亦极忙。昔如粪壤，今为熊猫，真使人啼笑皆非也。

专颂

俪安！

弟 帆顿首

12.16

另有季刚、旭初二师批注周词，所用唐诗数十条，在托人整理中，将来奉上。

1981年2月25日

蛰存尊兄：

前奉手书，又词刊目录，想见矍铄精进，极慰。嘱撰文，所不敢辞，惟各种杂务，在暑假前已排满时间，不得不推迟。

前年，叶嘉莹来南大讲学，携有顾苦水《稼轩词说》，弟当命主事者复制一份。顾亦北方治词曲之佼佼者，此稿似可作为“文献”，载之词刊。如须说明，可请嘉莹或北师大郭预衡做一跋，二人皆羡季弟子也。（原件抄后仍请寄还。）如词刊送叶一份，便可请其撰稿。此妪在西方汉学界颇负盛名，其学亦有根柢，盖尝在辅仁大学从孙蜀丞、陈援庵、余季豫、顾羡季学也。与弟相熟，如兄以为可者，便当为绍介也。《迦陵论词》，在沪出版，想已见之。

又，威斯康辛亚洲学系主任周策纵有一小册，乃以札记体写读静安词之断想，系在新加坡出版，国内罕见，亦无妨作“文献”刊出耳。如要看，即寄上。

祖棻词手稿数幅，呈刘弘老者，顷济南博物馆李清照纪念堂欲弟捐赠陈列，已允之。(其中有集外词六首。)仍拍照数幅，今以一纸奉呈。(又，尹默先生手迹一纸并送上。记已奉送，如未，乞示知，再寄。)

春寒，伏惟珍卫。专复，祇颂

著安!

弟 帆顿首

二月廿五日

1981年3月19日

蛰存兄:

侯镜昶带来条子及另函均收到。《涉江词》已托老书友装帧，极感。

叶嘉莹（嫁赵钟荪）地址如下:

Prof. Chao Yeh Chia-ying

Dept. of Asian Studies

University of British Columbia

British Columbia

Vancouver, Canada

词刊出后，似可长期送一份。[在美治词者，尚有林顺（纯?）

福（有白石专著）[①]、刘若愚（有论北宋词人一书）。］已函叶，并将词刊第一期目录寄去约稿矣。

刘弘度先生之《微睇室说词》上下卷，专论婉约派，而以梦窗为主。此稿在弟手边。如华师大科研经费充足，似不妨复制一份，随时可择尤载之词刊，不知尊意如何？

四月中，将去南宁为广西诸校讲课数次，大约五月初返宁。

1981年10月18日

蛰存老兄：

顷张月超兄由温州开会归来过沪，拟请其将《涉江词》稿带回，幸交付为感。张兄精研英国文学，甚盼二老结交。前马兴荣先生编词论集，略有献替，仍嘱请兄裁定，想已转呈矣。专上，即颂俪安！

弟 程千帆

十月十八日

1981年11月18日

蛰存兄：

《涉江词》已由启华兄带到。顷又接奉手示，屈兴国先生文可照尊见处理，望即挂号寄下。弟近用耳压法（用一种植物种子放在氧化锌橡皮膏上，压在耳朵穴位上），头昏已大好转，惟不能急行，

① 当指林顺夫，美国密歇根大学亚洲语言文化系教授，著有《中国抒情传统的转变——姜夔与南宋词》。

易心跳。一时也只好这样。如写纪念文，似可约南大吴白匋先生(由兄出面约为好)，子苾生前挚友也。近忙于准备研究生答辩，不多及。想寒假到上海住旬日，不知师大招待所有较舒适房间否？幸便中示及。专上，即颂

道安！

弟 帆

十一月十八日

1982年1月28日

蛰翁：

12月29日手示收到。屈兴国、严迪昌二君文分别寄呈，想均收到。

江苏出版社定2月10日开会，大约十天（或七天）。春寒，嫂夫人不来亦好。西安之会弟亦荷邀，届时或可同行。惟校事多，未敢必耳。

子苾词湖南已出校样。简体横排，可恶而无办法。惟愿少错字而已。匆复，即颂

俪安！

弟 千帆顿首

1.28

1982年11月6日

蛰存老兄：

去闽旬当，往返均在上海耽阁，而匆匆未得一见，甚歉。

阅《读书》知词学论文集即出，又《词学》二期进展如何，均望示知。

祖棻词手稿，前荷托黄君装潢，顷不知在进行否？乞便中一促。

江苏所编硕士论文集，非久可出。

盼复。祇颂

著安！

弟 帆

十一月六日

1983年4月7日

蛰翁：

绍介严迪昌、谢伯阳两兄奉谒，请在编纂《全清词》方法及资料方便赐予指示。此次重点在想顺利地将微昭夫人手中之六百种词集复印。如可能，国务院古籍小组愿收购。请指点如何进行。

江苏人民出版社送20元作审稿费，刻薄近于荒谬，使弟惭悚不已，然对此官侩亦无如何，惟有向兄致歉而已。

余可由二兄面告。即颂

双苐！

弟 帆

四月七日

1992年1月5日

蛰庵老兄：

贺年卡拜领，故人情重，真可感也。弟自90年5月退休，尚有

南京大学

蛰庵老兄：

去岁两过，往返均在上海驻留，而匆匆未得一见，甚歉。

闻《读书》知词学论文集印出，又《词学》二期进展如何，均望示知。

祖棻词手稿，前曾托黄君装潢，顷不知其进行否？乞便中一促。

江苏所编硕士论文集，旅之可出。

耑复　敬颂

著安

千帆

十一月六日

1982年11月6日程千帆致施蛰存信

琐事未能即了，而心脏病时复干扰，迷胡度日而已。偶有小诗，检寄二纸，其《独携》数章，赐阅后乞转寄陆浑山。天寒，千乞葆爱。顺颂

道安！

弟 帆白

元月五日

1993年2月15日

蛰存兄：

来示收到。林庚、舒芜和您一样，都说我那本诗集将人带回三十年代去了。前些年，我偶然和陈白尘谈起他的小说集《小魏的江山》。他说："那是儿时的光腚照片。"这话很有意思，它是幼稚的，但亦不可重复也。

中玉兄间有书来，每及兄闭户颐养之况，故久无函札，亦颇放心。《词学》九期及《花间新集》都收到。后者记曾作复。此集极好，汉语大概长于用短五七绝或小令，每每令人荡魄消魂，不能自已也。闻人言，《词学》编至十二辑为止，确否？停了可惜。但若交与外行，失兄宗旨，则不如不办之为愈也。闻兴荣兄亦退，何人可继耶？

弟今年八十，及门曾出一纪念文集，不知曾寄兄否？所带研究生最后一名，在客岁九月毕业，从此逍遥法外，与教学绝缘。然尚有二三本书，由门弟子相助，陆续成之，二三年可毕功也。

祖棻诗词已合为一集（连集外词），加以小笺，由江苏古籍出版社印行，已交稿，年内可出。唯此一事，足以奉告也。

病耳聋，几欲步兄后尘矣。然稍久，益知其妙，一切皆可推之

曰听不见也。呵！呵！敬颂

吟安！

弟 帆

二月十五日

《全清词·顺康卷》第一册非久可出。

1993年6月5日

蛰存老兄：

闻中玉言，兄近有庆。戋戋者何足道，但使“左棍”辈不满，亦足快意。叹息从文已渺，不得共享此乐也。近数十年文坛铁豌豆，惟兄与从文。哪吒有八臂，虽去其一二，犹有七八，此又与孙盛《阳秋》别行辽东之本完全不同，真令“左棍”无可如何也。弟近因小病住校医院，得此讯大快，温度亦正常矣。

近分得一小宅子，较现在略有改善，一二月后可移居。又出《宋诗》小册子一本，容当寄奉。可告者惟此而已。伏冀少病少恼，清吉平安！

弟 帆

六月五日

何为致徐开垒未刊书信十四通

马国平　整理

题　记

何为（1922—2011），浙江定海人，原名何振业，笔名晓芒、夏侯宠、夏奈蒂等，著名散文作家，曾任福建省作家协会副主席、名誉主席。他的散文创作如深水潜流，自成气象。1937年，何为与徐开垒同时在上海发表文学作品。此后，在柯灵先生的引导下，两人成为新晋作家，并由此结下一世友谊。

20世纪50年代末，何为调至福建工作，但与徐开垒依然保持着书信联系。何为退休归居上海后，彼此更是往来频频。岁月迢迢，两人从懵懂少年到皤然暮年，恒久不易。现经何为先生家属授权，撷取何为致徐开垒的部分书信，整理刊发，以此纪念二人之间的深厚友情，同时亦可一窥当时人的行止和心迹。

一、1973年1月30日

开垒兄：

前接来书，欣悉将去干校学习三月，这是一次认真读书的极好机会，适当参加劳动，作为调节，必有助于健康。当然，以我们的年纪，须注意量力而行，以勿过度为宜。

这次来信，得悉唐弢、钟洛、林莽诸同志的近况，殊为欣慰，便中望向我们共同相识的一些同志代为致意。

省文化组于去年十二月间召开了工农兵业余作者创作学习班，从上海迁厂而来的三明纺织厂刘广义同志，见面就谈起你过去对他的关怀和帮助，由于你向他介绍了我，彼此用上海话交谈，感到分外亲切，刘可能已去信相告。刘介绍了上海辅导业余作者的经验，对我们颇有启发。此间定于春节后召开全省创作会议，届时又将忙一阵，但苦于外间资料不多，因此你经常寄我的书刊，更觉可贵。

岁月如驰，我辈转眼都年已半百，子女皆已长大成人。[①]回忆昔日旧识，而今天南地北，至今保持联系者，寥寥数人而已。你在报社，接触面广，倘有熟人消息，望顺便告我。

内人于日前来福州，带了一些我们所在大队的土产，分赠上海亲友。现寄奉一个小包裹，其中瓜子是茅洲特产，尤以我过去那个小队所产者为佳。我是从不吃瓜子的，所以也无鉴别。瓜子是自己加工的，花生是生的，估计上海不一定有售，特寄上少许。千里鹅毛，聊供节日点缀，即请哂纳。

---

① 以下有删节。

近接上海人民出版社来函称，“文化大革命”前我的一本少儿读物《张高谦》将由该社重印。此书取材于同名报告文学，这次作了一些文字上的修改，出版后当寄奉就正。

尊夫人均此致候。

此祝

春节好

何为

元月卅日

光琳附笔问好。[①]

二、1973年6月10日

开垒兄：

二月间惠书早悉，因杂务缠身，迟未奉复，甚歉！上月又得来信，并蒙寄赠《鲁迅书信选》，至以为感。省内正召开大型创作会议，前些日子居于城外，绝少回来，未能及时回信，乞谅。

你有机会到云南、广西等地旅行，畅游桂林山水，足迹遍七省，见闻一定不少，新作问世，当可预期也。你编审的《外滩史话》，未悉何时出版，以快先睹。如有可能来闽，曷胜欢迎，并盼先告，俾便迎候。但此间后门之风亦盛，说来可叹。我久已不出省，亦无从比较，似乎有点麻木了。

我早在去年就退出京剧编写工作，其实我对京戏一窍不通，兴趣也不大，只是勉为其难而已。严永浩同志走后，我也就趁机脱

① 光琳，即何为夫人徐光琳。

身。近来则要我搞剧本辅导工作，忙得不可开交，也没有做什么事。由于房屋紧张，无处可居，至今仍寄寓京剧团宿舍。内人尚在乡间，一家分处两地，终非长久之计，也无人过问，只好听其自然。前接锺洛兄来信，极力主张我争取调浙，现通过有关方面积极进行中，不知能否如愿以偿。

匆复，顺祝

近好

何为

六月十日

三、1974年1月16日

开垒兄：

久未通讯，常以为念。但承寄书刊等都收到的，趁此机会一并志谢。

去年下半年，我大部分时间都在下面，走了不少地方。在乡居浦城度夏后，旋又到武夷山小住。上月又去福建新兴工业城市三明，日昨方回省。

《福建文艺》定于今年正式出版，目前仅限于省内发行，由于编辑部人手少，配备又不齐全，我暂时帮忙做一点辅导工作。刊物出版后，当寄上。

年来上海文艺界益趋活跃，所印文艺刊物，影响很大。《风雷激》与《争朝夕》亦时有佳作发表，新人辈出，极为可喜。便中可否将副刊组稿情况见告一二，以便我们学习。说不定今年上半年我或将赴沪“取经”，届时当可与兄畅谈。

开垒兄：

久未通讯，常以为念。但承寄示刊物都收到了，趁此机会一併道谢。

去年下半年，我大部分时间都在下面，走了不少地方。在乡居浦城度过，旋又到武夷山小住。上月又去福建钢铁工地住三晚，日昨方回省。

《福建文艺》已定于今年正式出版，目前仅限于省内发行，由于编辑部人手少，现备又不齐全，我暂时帮忙做一点辅助工作。刊物出版后，当寄上。

年来上海文艺界蓬勃活跃，所印文艺刊物，影响很大。《风雷激》与《朝霞》上亦时有佳作发表，新人辈出，极为可喜。从中可以得到新的创作情况之一二，以後

19×15=285　福建文艺　第　页

1974年1月16日何为致徐开垒信

我的朋友蒋风，在金华师院任教。他是研究儿童文学的，亟想经常看到文汇报的《红色通讯员》，不知能否从今年起按期寄他一本？他的通讯地址是金华建国路一九〇号。

我的家至今在浦城农村，内人来福州探亲前，约于本月八号在县里寄出瓜子一包。时间真快，转眼又一年了。此物恐上海不易得之，特寄上，聊供节日点缀，灯下助兴。此祝

阖府春节好！

何为

七四年元月十六日

四、1974年6月3日

开垒兄：

今年以来，蒙赠书刊并来信都收到的。给郭风的《通讯员》亦已转给他。[①]福建历来闭塞，上海出版的书刊就很难得，更不用说老朋友的特殊照顾了，这是应该向你致谢的。

上月底，我又回到浦城乡居，这次是来搬家的，大概总要个把月才能回福州。这里地处丛山之中，交通偏僻，搬起家来真是山一程水一程，恐非上海人所能想象的。[②]

我到福建屈指十余载，各种经历总算也有一些，如今年已五十多岁，不知晚年在何处定居。陕西南路的旧宅至今犹在，家里还有一个年近八十的老人，身边没有一个亲属，无依无靠，思之常觉怅

① 郭风，作家，曾任福建省作家协会主席。

② 以下有删节。

然。听说上海也有闽籍的文艺干部愿回福建工作的，倘有机会互相对调，各得其所，倒是两全其美。无奈这也是可遇而不可求，勉强不得的。

久未和菡子通信。[①]前一时期看到她的两篇新作，很高兴，不知她的近况如何，便中请代问好。

我大概六月底以前离此，惠书请寄福建省浦城县观前邮所转交即可。

此致

敬礼！

何为

六月三日

五、1977年3月14日

开垒兄：

二月廿一日惠示早悉，蒙再次见赠精美年历卡，亦已拜收，时值新春，倍感欢愉。上周又奉读大札，并赐书两种，均已收到。

《文汇》副刊下决心改革，我和郭风同志闻讯后亟为欢欣鼓舞，在我兄精心筹划下，必将面貌一新。嘱写散文，自当应命。但手头现无存稿，只好等以后写就再寄奉就正。我与《文汇》副刊有特殊感情，投稿历史数十年，以后自当再继续努力。如果方便，革新后的副刊单张可否每期掷寄，以便保存研究也。

近接上海来信，告沪地出版界运动及人事情况甚详，尤以翻译

① 菡子（1921—2003），原名罗涵之，作家，曾任上海市作家协会副主席。

规划的宏伟远景，令人振奋。但不知上海文学创作情况如何？著名人士发表新作的似尚不多，想来不久后将陆续见诸新编文艺期刊，便中盼赐告一二。

前些时候看了贺敬之同志在全国美展讲话记录稿及文化部简报，关于文学机构体制，今年也许能确定下来吧。这几年全国机构不统一，带来各种困难，以后当能予以解决。

“四人帮”插手福建，破坏工农业生产罪行严重，省摄制组拍了一部纪录片，加以揭露。春节前，我奉命协助编写影片的解说词，忙了一阵，现已结束，该片将作为内部资料送往中央。春节后，我又回到编辑部，忙于打杂，只能抽空写作，限于精力，往往力不从心，各方约稿，只好逐一应付。但心情舒畅，则为多年来所未有，我辈皆有同感也。

匆匆不尽，即颂

春祺

弟 何为

三月十四日

六、1977年4月19日

开垒兄：

前复一信，计已达。

上信来约稿时，不巧已脱稿的散文都已寄出，一时无以应命，十分抱歉。最近写了一篇，现特挂号寄奉，请斧正。

“四人帮”控制文艺界时期，文如其帮，盛气凌人，似乎越长越“高明”。今反其道而行之，力求简短，全文除题不足两千字，短则短矣，未悉能否符合要求耳。怀念总理，久思为文，而终未能成篇，现试作一稿，作为纪念，或可供“五一”国际劳动节之用。如蒙采用，可否将清样寄给我看看，阅后当即寄还。若因时间匆促，往返延误，则就作罢。

日内将去厦门一行，小住即返，临行匆促，不尽一一。

盼复。

握手！

何为

四月十九日

七、1977年6月3日

开垒兄：

来信及校样收到时，我刚好去厦门，回来时看到拙作已见报。[①]题目出自女工人书法家之笔，不胜荣幸。

前几天参加省里召开的纪念“五·二三”讲话三十五周年大型文艺座谈会，我和郭风同志都出席了，颇忙了一阵，稽迟奉复，乞谅。

日前，喜读巴金同志新作《一封信》。此间文艺界人士争相传阅，巴老行文流畅如故，痛斥“四人帮”的残酷迫害，情见乎辞，读后无不感到气愤。想起六〇年在其家作客，至今犹难忘怀，便中请代为问候。因为忙，柯灵同志处亦未去信，他终于能实现写长篇的计划，可喜可贺，请代问好。

---

① 指何为散文《向无名英雄问好》，刊于1977年5月1日《文汇报》“风雷激”副刊。

承寄《敬爱的周总理，我们永远怀念您》一书，早已收到，十分感谢。

匆复，即致

敬礼！

何为

六月三日

八、1977年9月19日

开垒兄：

赠书先后收到，谢谢。来信也拜读了。

遵嘱寄上散文一篇。[①]此稿构思已久，最近才有空写出，虽非直接配合国庆，但与毛主席逝世周年纪念和十一大华主席政治报告精神是符合的。另附图印一纸，有的不十分清晰，恐须加工，有的似乎稍大一些，有的是同一地方两种不同的图印，如何处理较好，请根据版面需要，根据文章内容，由你们决定。这些插图如能选用，或可使节日版面热闹些。

《风雷激》一般都能看到。老将纷纷出马，挥戈上阵，读者都很兴奋。由此想到你在组稿排版上花了不少心血，殊堪钦佩。看了《游赣纪行》后，预期不久后当也可看到你的新作问世。

这里至今未设创作机构，对文学也不够重视，我只能争取一切时间从事写作。入闽将近二十年，子女皆已成人，除最幼者，两个男孩早已工作多年，内人拟于年内退休，家庭很简单，而自己则年

---

① 指何为《纪念图印小集》，刊于1977年9月25日《文汇报》“风雷激”副刊。

一九七七年来信

福建文艺 编辑部

开垒兄：

1977年9月19日何为致徐开垒信

事渐增，“叶落归根”，不免常想回上海度晚年。盖上海老家旧宅尚在，堂上老母年已八十，膝下无子女，总希望有朝一日我能回去也。过去柯灵同志对我的工作一直很关心，今后如有需要和可能，还要请他大力帮忙，便中乞代致意。

不久前接赵自来信，他专为《上海文艺》来约稿，并告以该刊编辑部筹备人员，从所开名单看来，均系老手，且大部分都是我昔日旧识。兄当比我更熟悉，但不知菡子情况如何，便希示告一二。

王殊数十年未晤，见面时恐不复相识了。兄如去信，请代问好。

专此，即颂

编祺

何为

九月十九日

九、1978年1月5日

开垒兄：

此次返沪小住，得以与兄等畅谈，欢快何如！回福州后，连日开会不断，旋又参加福建省五届人代会，从年前开到年初，日昨始闭幕，但却因此欠下不少信债，稽迟奉函，甚以为歉也。

据丁景唐来信称，袁鹰曾去沪为《人民日报》召开文艺座谈会，报上且已发消息，并刊出发言稿。[①]兄当已与袁鹰晤谈。可能

---

① 丁景唐（1920—2017），出版家，同时致力于现代文学文献研究，曾任上海文艺出版社社长兼总编辑。袁鹰（1924—2023），原名田钟洛，即1973年1月30日信中提及的钟洛，著名作家，曾任《人民日报》文艺部主任。

我刚离沪不久，他就到上海。老朋友难得重逢，此番错过机会，殊觉憾然。

柯公处曾寄去刊物及剪报等，日昨得其惠示，多年未看到他的手迹，读后十分亲切，日来太忙，拟稍过数日再去信，便中请转告。他问及我的住址，我于年前迁居新建五层楼宿舍，地址是：福州市黄巷十八号。但如寄《福州文艺》编辑部，亦可收到。

水仙花又买到几棵，可惜太少，花蕾也不多，正在托人设法再买一些，到后当即一并寄上。

据省委宣传部一个副部长告我两条新闻，一是提倡写些游记，二是文汇报已改组，不知改组后情况如何，便希示告一二。

今天收到巴金同志寄来的《家》，不免想起年轻时读他的小说，现在收到他亲手寄赠的作品，也就感到格外可贵。日后当再专函向他致谢，你如见到他，请先提一下。

此祝

新年好

何为

七八年元月五日

十、1978年3月16日

开垒兄：

上月底来信早收到，谢谢你寄来的精美年历卡。

春节时接到赵自、唐铁海联名来信，约我给《上海文艺》三月号的小说专辑写稿。我写不出小说，却写了一篇较长的散文。因为寄得迟了，赵自就转给你了，承蒙采用，甚为感谢。今天看到赵自寄来的该文校样，改正了几个字，现在直接寄回给你。文题是否用《春夜的沉思和回忆》，请酌处。[1]

这篇小文的构成，首先还是要感谢你送给我的总理那幅照片。来信提到水仙花分送给好几位，颇感不安，因为带去的本来就不多，一分就更少了。今年当设法多带上一些。

全国五届人大和政协已开过，气象万千，实在令人欢欣鼓舞。福建将先恢复作协，拟于月底前开会，此后我仍搞专业创作。不知你近来忙得如何？念念。

柯公想已从北京回来，我曾一信复他，当可收到。王殊同志如到上海，请代问好，沈寂处请代致意，不另去信了。

握手！

何为

三月十六日

十一、1978年4月23日

开垒兄：

惠示欣悉。赠报亦收到，谢谢。

复冬兄患病达四十余年，堪称顽强，不幸终于去世，呜呼哀哉。[2]回忆五十年代中期，我们四人每周定期茗谈，笑语风生，至今记忆犹新。而人事变迁，转眼间我辈皆近花甲之年，思之怅然无已。兄等考虑周到，合赠花圈，以对故人的哀思，甚好。

---

① 此文后刊于1978年4月16日《文汇报》“风雷激”副刊。

② 复冬（1922—1978），即钟子芒，原名杨复冬，现代儿童文学作家。

《文汇报》在此间零售数量甚少，很难买到。友好来函索取，作为纪念，而无以应对，不得已只好函请再寄五六张，不胜感盼之至。

专复，即颂

编祺

弟 何为

四月二十三日

如果方便，请寄我一些《文汇报》稿笺，三百字、五百字均可，谢谢。

十二、1979年5月25日

开垒兄：

惠示欣悉。大作已发排，遵嘱将文题改过，请释念。《榕树》承大力支持，惠赐佳作，十分感谢。①

这本文学丛刊首辑散文专号，共收散文八十余篇，约三十多万字，大卅二开本，五百页左右，封面请茅盾同志亲笔题签，巴金、柯灵、萧乾、孙犁、秦牧、碧野等都应约寄了稿子来，给我们很大的支持和鼓舞。现由省出版社派美编去上海请画家设计封面，以期美观大方一些。

---

①《榕树文学丛刊》由中国作家协会福建分会编，福建人民出版社出版。此处所谓“大作”，殆指徐开垒《幽林里的琴声》一文，刊于1979年第1辑“散文专辑”中。

今日偶然读到兄与人合写《钢铁与作家》，颇为振奋。据悉文代会可能于七月初召开，回来后路过上海，当又可与兄等把晤也。

敬礼

弟 何为

五月廿五日

十三、1979年8月19日

开垒兄：

来信及资料都已收到。

杨幼生同志到上海文研所工作，并专事研究孤岛文学，十分高兴。[①]

你我都是从上海孤岛时期开始文学活动的，虽然相隔四十年，不少往事犹历历在目。我还有当年所写的日记多册，保留至今，可资查考。嘱写回忆录，亟欲一试，奈何近来大忙，此间又无藏书楼可翻阅旧报，《世纪风》还是请兄执笔，如有事垂询，当尽力奉告。十月间我去京回来，路过上海时，当可与洪荒兄面谈。

柯公近住何处？前些日子我给他寄去一信，内附序文校样（寄吴县秦南雄转），不知收到否？便中请代候。

《资料与研究》第一辑盼洪荒兄补寄。专复即致

敬礼

何为

八月十九日

---

① 杨幼生，笔名洪荒，学者，曾任上海社会科学院文学研究所现代文学研究室主任。

左起：徐开垒、何为、柯灵、晓歌、杨幼生，摄于1987年1月

十四、1979年12月19日

开垒兄：

信收到，回来后忙于杂务，约稿太多，皆无以应命。昨起又要参加省人代会，你约写的新年稿件，实在抽不出时间，兹乞宥谅。

今年水仙花均外销，现设法购得八枚，托便人带到上海，由内人外甥陈平送到你处。陈平爱好文艺，今后尚请多加指导也。

八枚水仙花，四枚给你，钦源及梅朵各两枚。后者频频来函索稿，我虽经努力，也还是交不出，深感不安，便中请代为致意。

三人合影尚未见到，郭风去参加政协，照片洗印后当即寄上。

敬礼

何为

一九七九年十二月十九日

另有四枚，郭风送的。其中两枚，烦交王西彦同志。

十二月二十二日又及

钱君匋的十通来信

范笑我　整理

题　记

1987年11月10日，桐乡君匋艺术院落成。坊间流传多种钱君匋的故事，总的印象是“君匋姓钱”。1996年1月，我寄了一张空白宣纸，请钱先生题几个字，给了三个理由。不久，钱先生回信，并随信寄来了所书“锲而不舍”四字。这改变了我对钱先生的看法。当时，我在嘉兴图书馆工作，负责经营秀州书局，时常将书局新出的简讯寄他，彼此就这样书信往复，直到两年后的大热天，钱先生去世。如今，将这些来信整理出来，既是对往事的一种纪念，也寄托了自己一份深深的哀思。

一

笑我先生：

前寄《朱生豪书信集》拜收，谢谢谢谢。此书内容颇佳，实得一读。附来简讯亦见，可以知道贵局的工作情况，使人兴奋。近日

钱君匋题书“锲而不舍”

书店能有如贵店这样服务，实在少得可怜！专此即颂

近祺！

君匋手启顿首

（一九九六年）一月廿九日

二

笑我先生：

信悉。附下书签数页及简报，拜读谢谢！

君匋艺术院中的藏品，完全是我自己所有，所捐赠的。来信说有一位姓徐的，名锦堂，往来没有听说过有此人！只有也是姓钱，名镜塘，倒是有这个人的，他比我小一岁，是我族弟。他是做书画生意的，生前在60年代被上海市政府抓去缴了欠税数十万元，后来在“文化大革命”中，他的家产全部被没收，比我好好叫要多十多倍哩。他已死去，在硖石建有一个亭子，在他的墓前。我的藏品都是我一件一件买进积聚起来的，没有别人的在内，流言不可听，随他们去说就是，真金不怕火，日后自然会澄清的！要20万奖金，不是我要，而是县政府拨付的，钱家的子女打官司是有的，是儿子与女儿打官司，与我无涉。这样，你可明白了吗？外面的话不可听，不可信！

近来身体很好，请勿念，谢谢。即颂

近祺！

钱君匋上

1996年4月3日

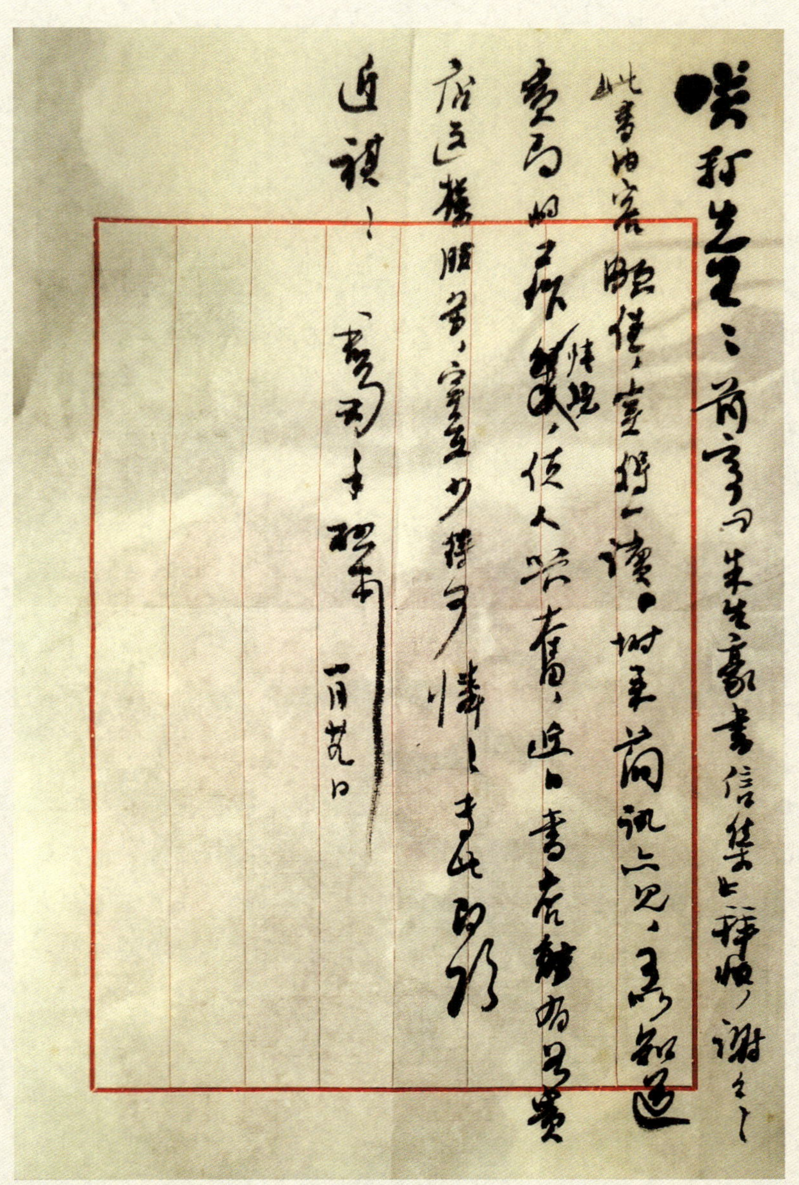

1996年1月29日钱君匋致范笑我信

三

笑我先生：

四月廿九日寄的有关我的书签两种，共二十枚，收到，谢谢！印得很好，以后如果再印，是否可以用色彩来印？这样，比现在的更好，但成本比较要高得多，是不是不合算？倘没有什么合算不合算的问题，改用彩色一定很好。即颂

近祺！

钱君匋上

1996年5月3日

四

笑我先生：

信悉。简报已读竟，很好。书签二枚收到，谢谢！

关于拍茅盾电视片，我处没有来过，我完全不知道有这回事。我这里拍不拍没有关系，因为我和他也不是十分亲近，故也。乌镇他的纪念馆我倒捐了一万元，为茅盾造了一座铜像，是雕塑家张充仁的手笔，非常出色。这一万元是1975年的捐款，不是现在的一万元。币值完全不同。其余再谈。即颂

近好！

钱君匋上

1996年6月20日

五

笑我先生：

信悉。寄来书签多页，拜领，谢谢！茅盾铜像捐赠时为1975年，没有错。那年的钞票还值钱，一万元可以抵现在的十万元，不是1985年。好像钞票早已跌价，不值钱了。特复。即颂

近好！

钱君匋

1996年7月15日

六

笑我先生：

信悉。简报亦见，且已读毕！你所要的《书衣集》原有存书，现检查一下已无存者，抱歉不能餍足，日后如再有机会，一定奉赠。即颂

近好！

钱君匋

1996年9月6日

七

笑我先生：

寄下简报已拜读。《游黄山记》我处有书，随手寄上四十本，照码七折，售出结账可也。最近，我在澳门举行书画篆刻展，乃澳门市政厅邀请的。为了一张公函护照打出须两个月，等不及，只好

十一月八日开幕，我没有亲自出席，真遗憾。是日到者据云颇众，有各方面的头面人物，酒会尽兴而散。海报及画册印得很好，因为没有寄到，所以无法相赠，日后到了再寄。《澳门日报》八日刊一整版彩色版画刊，连日文章不断，亦云盛矣。即颂

近好！

钱君匋

1996年11月11日

八

笑我先生：

寄来简讯，每期都到，我总是细看。最近一期谈起许明农的逝世，好像很突然。前不久，他还专信给我，要我为他作画，不料没几天走了，真是人生朝露。

我此次到新加坡去举行画展，一时轰动了新加坡，各报连日整版报导，真是热闹。画展开得很好，几乎售空。新加坡的故旧都得到见面，愉快逾恒。

今年，我的君匋艺术院匆匆快满十周年，在下半年九、十月间将举行庆祝典礼。现在正在准备一些礼物，即出版一些书刊，到时送来客，《新罗画丛》《钱君匋画集》《钱君匋墨迹》《钱君匋的艺术世界》及其《续集》。《启斋藏印》，这是钱君匋为朱屺瞻所刻的二百方印的结集，用线装本，古色古香，非常精美，是富阳古籍印刷厂印制。

以上为我的消息，不知简报用得着否？即颂

近祺！

钱君匋上

1997年3月3日

九

笑我先生：

寄来简报，每期收到，谢谢。前允赠拙作一幅请教，今始实践，用挂号寄上，请洽。这幅葡萄我画得还算满意，请注意及之。聊表赠简报之劳也！即颂

近祺！

钱君匋

1997年7月29日

十

笑我先生：

信悉。答复如下：

①书桌后面挂的是郁达夫写的对，句子为郁达夫赠王映霞的诗中两句，即“春风池沼鱼儿乐，暮雨楼台燕子飞”。是友人送我的一副对子，很新，很漂亮。不是描出的。至于画幅，是南浔的吴藕汀所画山水，他是黄宾虹的学生，画得很好。这幅是我请他画四幅中的一幅。

②《钱君匋画集》已经出版，我要送你一本。贵局是否可以出售？要几本，当邮上，你的两本同时寄上。该书是上海画报出版社出版的。还有一册是深圳出版的。

③我在海宁建造的“钱君匋艺术研究馆”已于五月九日落成开幕，忘了送你请柬，抱歉之至。九日那天天气晴朗，到场祝贺的人纷至沓来，广场上不久就满了人。准时开幕，剪彩后，人群挤入大

1997年7月钱君匋赠范笑我《葡萄图》

展厅，厅为之塞，热闹非常。看了我的书画、篆刻、装帧，都恋恋不舍。称赞这院子造得好，浙江第一了！

其他你还有什么，你提出，我一定写。即颂

近安！

钱君匋

1998年5月14日

简事书缘

延伫词宿徐行恭

叶瑜荪

叩访春最楼

1986年春节刚过，杭州《园林与名胜》杂志编辑部就来桐乡采访和组稿。我被文化局临时叫去陪同并做讲解，于是结识了周素子和陈朗伉俪。很快，他们把我当作了朋友。我不仅受邀为《园林与名胜》杂志供稿，每去杭州还会到杂志社相叙，彼此书信往来更是非常频繁。

一次闲叙中，我说："杭州有'二徐'，可惜我一个也无缘拜识。清平山人徐映璞前几年已归道山，听说还有一位徐行恭先生尚健在。"素子听后，兴奋地对我说："你想见徐老，我可带你去。这位老先生太好了，我经常去请教的。"她好像突然想起了什么，接着说："对了，去年我得了一批龙山石，其中一块形似灵芝，送给徐老以祝高寿。可惜没有座子，你是竹刻家，能否为芝石制一座子？"我说："完全可以。以前也曾为友人配制过座子，只是没有紫檀和红木类材料，只能找到黄榉木。"素子十分高兴地说："那太好了，明天就带你去见徐老。”于是由素子引见，我第一次拜访了春最楼主徐行恭老先生。

徐行恭，字颙若，号曙岑，别号竹间居士，1893年生于杭州湖墅书香世家。九十多岁仍是一头黑发，故又自号玄叟。其父徐宗源是清光绪二十年（1894）甲午科进士。家有延伫园，府宅后被选作拱墅区政府驻地。故徐老春最楼几经搬迁，我去拜访时，已搬至伞坛巷一幢新公寓中。徐老选了顶层——602室，因没有电梯，素子说徐老入住数年仅下楼一二次，连理发都是请理发师上楼服务的。

爬上六楼，便见到了这位清健的老人，虽已九十四岁高龄，却依旧精神矍铄。素子说明来意，徐老便热情让座，他女儿令修忙着为我们沏茶。

在徐老案头，我见到了那块芝形龙山石。旁边一方梅花填词澄泥砚更吸引我眼球。砚背有一篇桂馥所书铭文，一枝盛开的梅花环

九十四岁的徐行恭（叶瑜荪摄）

刻于周身，是我所见过最雅致的澄泥砚。后知此砚徐老曾于抗战时失去，又游宦北京，于地摊中重得。为此，他特意改书斋竹间吟榭为还砚斋。徐老见我们对砚有兴趣，又取出一方风字形老坑端砚，砚背刻有铁线描“竹间居士九十岁造象”，右下角有刻者印章，曰“冯宗陈”。砚仅手掌大，十分可爱。一天中得赏两方雅砚，很感庆幸。告别时，我带走了芝石，允为配一座子。

回桐乡后，我即写信感谢徐老的接待，并得手抚两砚。信中附了两枚我的竹刻拓片。很快便收到了徐老复信：

瑜荪小友：

你给我的信收到了。那天你和素姨过访，失迎甚歉。知道你擅场雕刻，赠我的两分拓本非常可爱，足见功力之深。

寒斋陈设薄劣，谬承赞许。你爱两研雕刻，得便来杭时，可携工具到舍径自拓取，我很欢迎。素姨赠我之石芝，维妙维肖，弥足珍贵，惜乎无相得益彰之座。如蒙你为我以竹、木根雕制一精美之座，则更显得天然配合，格外动人欣赏，盼之盼之。

闻素姨言：你与郑逸梅、谭建丞两先生常常相晤。郑翁曾与我女婿同校执教，却未见过；谭翁则是我的老友，你向他一提，他就能和你详谭我的情况。不多说了，祝你长足进步！

徐行恭谨白

一九八六年五月五日

瑜荪小友：你给我的信收到了，那天你和素姨过访，失迎甚歉。知道你擅场雕刻，赠我的两分拓本非常可爱，足见功力之深。寒斋陈设谫劣，谬承赞许。你爱好研雕刻，得便来杭时，可携工具到舍径自拓取，我很欢迎。素姨赠我之石章，维妙维肖，弥足珍贵，惜乎无相得益彰之匣，如蒙你为我以竹、木根雕制一精美之匣，则更显得天然配合，格外动人欣赏。盼之！盼之！

素姨：你与郑逸梅、谭建丞两先生常相联，郑翁曾与我女婿同校执教，却未见过；谭翁则是我的老友，你向他一提，他就能和你详谈我的情况。不多说了。祝你长足进步！

徐行恭谨白

一九八六年五月五日

國華造紙廠股份有限公司敬贈

1986年5月5日徐行恭致叶瑜荪信

拓徐行恭藏风字形端砚

徐老见我赞赏两砚雕刻，欢迎我去拓印。我高兴不已，匆匆准备后，便于六月中再访春最楼，不仅拓印了梅花填词澄泥砚和风字形端砚，还带了相机，为徐老拍了两帧留影，也顺便拍摄了案头两尊玩石。回桐乡冲洗后，即为徐老扩印了一套照片，并复印了砚拓寄去。月底又接复信：

瑜荪小友青及：

廿五日惠书奉悉，造象多帧及见遗拓本，承雕制石芝座之余兼有臂搁之制，拜兹多锡，谢谢。造象皆神态自然，具征长技。仆在中年亦有此好，洎连劫寇侵与内乱，数机尽失，不弹此调久矣。

平生有文物之嗜，丁丑与丙午两役，丧失殆尽。及得还归，已非全璧，尽以献诸公家，或可保全耳。旧有臂搁一事，形制古雅，考为明人沈凡民凤手镌，下次见过当共

赏之也。困暑未尽欲言，即颂

文祉不宣

徐行恭谨白

一九八六年六月三十日夕

澄泥砚故事后当面谭，又及。

有容乃大，以容名园甚好，当为书之。

七月上旬，芝石座子完成，我便拍摄一照先行寄去，并刻李叔同所书“寿佛”臂搁，拟赠徐老。七月底，我带着妻儿，携座子和“寿佛”臂搁三访春最楼。徐老大喜。临别，徐老取出两柄砚边滴水用水勺，一为水红铜所制，一为黄铜所制，要我选取一柄以为留念。我选了略有雕工的黄铜勺。徐老又取出一案头用木制卷足小几送我，阖家敬谢拜领。归家后，我便去信致谢，徐老即复：

臂搁、芝座大费匠心，列诸几案弥增古趣。报以稊米，何足挂齿邪。（1986年8月5日）

索稿忆卢公

徐老虽出身进士门第，但因1905年即废除科举制度，遂未能赶上科举考试。他于1908年去了北京，成为大清银行监督叶景葵的秘书。1912年，清帝逊位后，转入北洋政府财政部，曾与卢学溥共事多年。

卢学溥（1877—1956），字涧泉，桐乡乌镇人。光绪二十八年（1902）壬寅科举人。他不仅是茅盾的表叔，也是茅盾就读立志小学时的校长，是茅盾进北大预科和商务印书馆的引荐人，对茅盾有很深的影响。值得一提的是，他还是茅盾代表作《子夜》中吴荪甫的原型。

不过，因为卢学溥长期居于京沪，跻身财政金融界，有关其生平史料，桐乡本地极为缺乏。我得悉徐老与卢公曾是同僚故友，便恳请徐老回忆撰述一篇有关卢学溥的史料。不及一周，就收到徐老复信，并卢学溥小记一篇：

> 关于卢涧泉君之生平，昨偶发兴遵嘱写成小记一篇，老眼昏花，别笺涂成，附尘青览。亦尚能供文史方面之取裁否，乞酌之。倘不适用，则请掷还可也。（1986年12月8日）

徐老所撰卢学溥小记，题作《我所熟悉之旧友——卢学溥》，兹录存于下：

> 卢学溥，籍隶浙江省桐乡县之乌镇，字涧泉。曾中清代末科举人。师事劳乃宣，因得入端方幕学习刑名、钱谷两科目。才识敏锐，能当大事。民国初建，晋京，受知于首任财政总长周学熙，荐任财政部公债司科长，不久即升司长。亲近交通系（当时政界之一个派别），得主者梁士诒（时号为“梁财神”）信任。及梁任国务总理，擢卢为财政部次长。从此，梁倚叶恭绰与卢为政治活动方面之左右手，以交通银行为其经济枢纽，全国交通实权为交通系

所掌握。卢卸财政部次长任后，任上海造币厂厂长。旋当选为交通银行董事长（原为梁士诒）。我一贯在财政部任职，与卢同事多年，不断交往，国民政府成立，始各分散。卢笃于友谊，乐为人助。作家沈雁冰（茅盾）是其表侄，先后入北京大学及商务印书馆工作，皆由卢之援引，以是而得成名。卢对家乡亦极关心，曾重修《乌青镇志》。由于感恩知遇，撰《梁士诒年谱》。惜动机出于谀颂，叙事每多假借掠美，不能尽信。试举所载罢免总税务司英人安格联（赫德之后任，非常跋扈）一事，即类似移花接木。本案实出于财政部之整饬纪纲，一扫海关垄断税务之积弊。当时由我主管其事，秉承部、院机密处理，舆论称快。时梁虽任税务处督办，名义上管理海关，但实际形同虚设，有时反而互相利用，故梁对本案绝不相干。卢有子，小名阿方，曾赴美国留学，计年当在七十上下，不知尚健在否？至于卢本人之生卒年月，因手边资料在“文革”期间劫失，已无从考据。

丙寅冬孟徐行恭偶记，时年九十有四

1986年12月，桐乡政协文史资料第四辑《桐乡县历代名人史料》出版，内有“卢学溥”传略。我于1987年1月14日寄奉徐老一册。该书《卢学溥》篇中有：“1913年起，历任财政部制用局机要科长”一句，徐老阅后专门复信说明：

桐县史辑已收到，乞为向主者道谢。卢氏两记大致无

差，制用局为公债司之扩大组织，为了安置徐恩元为局长而有此举，不久即废而仍旧贯，故拙记不提。（1987年1月22日）

1933年，卢学溥出资为家乡重修《乌青镇志》，并请了他的原财政部下属朱辛彝（字仲璋）、张惟骧（字季易）分任编辑。由于朱辛彝亦为桐乡人，故在致徐老函中，我又询问相关人事。徐老回信说：

至于助编镇志之朱、张二君，亦皆与仆同事，年长于仆，而秩次于仆。恐皆归道山矣。（1987年1月22日）

赏竹抚珍藏

徐老知我学习刻竹已有多年，且又见到我寄奉的习刻竹拓，故对我能学习竹刻这门传统工艺十分赞许。这也成了我们相叙时主要的话题之一。徐老除了热情鼓励，还不乏真诚的支持。第一次见面，他就取出身旁一根方竹杖给我观赏。他家的延伫园里种了不少珍贵的方竹，1941年曾截了一些方竹制成竹杖，赠送长者和诗友。其中自留的一根还专门作了一篇《方竹杖铭》，请吴朴堂镌刻其上。方竹本是稀物，又有名家刻铭，更显精致和珍贵。我双手捧抚，细读铭文，曰：

员神方知，金坚玉粹。山颠水厓，保尔弗坠。君子冯之，庶几其无咎乎！

后有落款曰："竹间徐行恭截延伫园方竹作杖，自为之铭，吴朴堂刻，时辛巳冬日也。"

徐老给我观赏的第二件竹刻，即是沈凡民刻制的一个臂搁。其特别之处在于取扁平的两节段竹打磨、造型，周身却看不到雕刻痕迹，令人啧啧称奇。细观竹身，只在旁边找到"凡民"小款，应属素竹作品，但晶莹剔透，十分可爱，抚之不忍释手。有幸一睹，令我终生难忘！

我为徐老刻制李叔同魏书"寿佛"臂搁后，因喜爱他的字活泼而古拙，极富书卷气，便去信请其自书一臂搁，由我学习镌刻。于是，徐老写来了"笔端无俗韵，腕底有阳秋"五言联句。上款为"竹间居士清玩"，下款为"岁丁卯草长莺飞之月叶瑜荪刻"。翻刻完成后急忙先将拓片寄去，即收到复信：

> 承刻赐臂枕，字样丝毫未走，拓本已见梗概，真迹自更逼真，诚神乎技矣！（1987年5月6日）

徐老对我学刻的鼓励和支持可见一斑。

求书咸得偿

拜识徐老后，写信是我们主要的联系方式。每接来书，展读徐老华翰，真是一种享受。不仅文笔简洁隽朗，字也极工整秀美。给我的信，每次都正巧写满一页笺纸，如一幅小楷作品，使我捧读一遍又一遍，不忍释手。这不正是晋唐人简帖风尚的当代再现吗！

因我太喜欢徐老写的字，就开始请徐老题字。当时，我正好得到半块大方砖，可刻制斋额用，就致书请徐老题写“容园”二字。徐老当即复信允之。不及半月，就收到徐老来信并“容园”字额：

容园砖额试涂一纸附上，倘能合用，印章略偏，可移正之。如欲更书，候示遵行。（1986年7月13日）

字额上款“瑜荪胜友属题”，下款“丙寅夏玄叟时年九十有四”。

因我未写明方砖尺寸，寄来“容园”二字觉得小了点，竟贸然要求徐老重写两个再大一点的字额，徐老仍很快满足了我的要求。

我学刻竹，宗浙派文人竹刻一脉，每刻竟一件，必拓印竹拓若干枚，以赠师友。拓片积累多了，就想装裱，于是又想请徐老题端。1987年1月19日，寄去纸样索题，23日就收到复信和题字：

属为竹刻拓片裱幅眉题，谨涂就附上，不审可用否。（1987年1月22日）

“容园”砖额

题字为“鸿雪留痕”，款作“岁丁卯元辰为瑜荪胜友题，徐行恭”，钤印“城北徐公年登九五”。

同年4月，徐老为我题了“媲美双钩”四字。此后，桐乡电大文科校友成立了语溪文学社，我又请徐老为我们题写“语溪社”三字。

我藏有一幅清人蒲华（字竹英）的墨竹册页，久想配一诗堂，以便裱成立轴。1988年4月8日，我将墨竹复印件寄给徐老，请其按同样尺寸题一诗堂。19日就收到复信：

> 见遗蒲竹英画竹印本，谢谢。遵属题一小诗，兹并别书册叶三幅，随函附请察入，不审能副尊旨及求书者之期望否。（1988年4月18日）

诗堂题曰：“交契蒲吴美夙闻，尔题我画最殷勤。偶抒一匊灵襟感，涤笔春容写此君。瑜荪胜友出示蒲竹英画竹小幅，为题绝句。吴盖谓仓石翁也。戊辰仲春，竹间徐行恭时年九十六。”

当时，我还替多位友人向徐老求字书联，均一一得偿所愿。

1987年5月，我见到了西泠印社出版的《浙江书法选》。该书收了现当代能代表浙江书法阵容的书家八十位，以年龄为序，从黄宾虹、徐生翁、锺毓龙、马一浮，一直排到1963年出生的钱少敏。徐行恭位列第八，但排在他之前的七位皆已归道山，连排在他之后的潘天寿、陆维钊、吴茀之、朱家济等亦都已作古。至此，我才知道徐老当时是健在的浙江年事最高的书法家。其书清癯而又丰腴，规正而又活泼，且徐老作书从来不抄别人诗文，书则必自制文学。

交契蒲吴美夙闻，尔题我画最殷勤。偶抒一角灵襟感，游笔春容写此君。

榆荪勝友出示蒲竹英画竹小幛，为题绝句。吴美谓仓石翁也。

戊辰仲春竹间徐行恭时年九十六

徐行恭题清人蒲华墨竹册页

仅此一点，后辈书家大都难以企及。故徐老在书坛一向深受敬重。而我却未明就里，竟轻率求书索字，回想起来，真为自己的贸然之举汗颜。

长忆高士缘

徐老是我亲近过的、年龄最大的文化前辈。拜识之初，只知他是被尊为“杭州二徐”之一的耆宿，具体有何擅长却不甚了了。认识后，我才意识到这是一位最值得自己崇敬的前辈，但该如何称谓其身份却仍觉茫然。

说徐老是前朝官员、银行家，应该没有错。他十六岁就成了大清银行行长的秘书，后任北洋政府财政部司长多年。南京政府成立，本应到宁苑财政部就职，但叶景葵对他说：“你应该回浙江，为家乡做点事了。”于是，回杭州成了兴业银行分行经理。

> 要我任杭州浙江兴业银行分行经理的，是该行董事长叶景葵，号揆初，原是前清进士，曾任大清银行监督。我曾经当过他的小秘书，所以有这段渊源。（1987年9月21日）

浙赣铁路开建，徐老任浙赣铁路理事会经济研究室主任，为建路筹资出了大力。我在徐老处曾见过一幅1932年浙赣铁路竣工典礼的合影照，徐老即在前排位置。

叶景葵（1874—1949）是近代很有影响的实业家和藏书家。1987年，我买到了顾廷龙所编、上海古籍出版社出版的《叶景葵杂著》一书，急忙函告徐老，不久收到复函：

《叶景葵杂著》此间未见，其人与仆有瓜葛，意欲得一帙以为纪念，恳足下为之代购。需值几何，晤当奉还。费神心感。（1987年11月20日）

于是，我马上又向苏州古籍书店邮购一册，寄往春最楼。

称徐老为诗人，应是当之无愧。虽我不懂诗词，但所有介绍徐老生平者，总有“擅诗词，著有《竹间吟榭集》”一语。抗战前，杭州有“东皋雅集”，徐老即该活动的骨干之一。姜亮夫先生誉之为“浙东名宿，一代词宗”。1984年，徐老又整理编成《竹间吟榭续集》十二卷，收诗千余首，分四册印行。又编1950年至1984年间所填词为《延伫词》《延伫词续》《延伫词赘》，一一印行。我拜识徐老后都蒙赠与。

近年，与浙江大学陈谅闻教授谈起徐老，谅闻感慨道：“玄叟翁真是填词高手，在他们这一辈杭州词友中，其能屡拔头筹。”

1968年，徐老得知被抄的万卷藏书未焚毁，而被送到了图书馆，便填了两首《浣溪沙》，其序云：“所失藏书知已尽入公库，欣酬夙抱，别有悟焉，因赋。”词曰：

尘黯瑶华结念深，倚床飘忽梦相寻，倘邀荃察动微吟。　　三劫常遗千古恨，万全真获百年心，耸云山馆蔚书林。

非雾非花去复来，故应欢对莫轻猜，奈他生小卖痴呆。　　书种狂夸违世育，讲堂淳朴就田开，夜珠明月接高台。

周素子所赠石龙山芝石

1984年，得周素子所赠芝石，喜而以《千秋岁》调，赋“题石龙山芝石”一阕为谢：

石龙昂首，清唾婵娟叩。非雨露，非琼玖。仙芝才入抱，从莽偏缠肘。江畔路，崎岖易触青鞋剖。　亿万年前构，驰梦频推究。风孕育，云操守，包涵灵异物，传诵荒唐口。欢举赠，情高华祝天生就。

右调倚《千秋岁》，奉酬素子诗媛见遗石龙山所得石芝，即希正声。考是山为定山支脉，因并记之。丙寅孟夏，玄叟上稿，时年九十有四。

说徐老是书法家，当更无异议。

但能让我内心拜服的，不是因他银行家、诗人、书法家的光环，而是他的品德和精神。

徐老的座右铭是“律己、助人、惜物”。看似简单，然能像徐老一样践行之，决非易事。

徐老一生供奉公职，案头除公家信封信笺外，自备笺封。公事用公笺、公封；凡家书和友朋通信，则概用自备笺封，从不占用公家片纸。

自搬出延伫园后，徐老亦居大杂院中，左邻右舍，相处融融。见有丢弃杂物者，徐老置一大筐于公共处，将别人所弃之铁钉、螺丝，甚或一段麻绳、一根铁丝及瓶瓶罐罐等，皆捡回集于筐中。告知邻里，若一时缺钉、钩、瓶罐等物，可去筐中寻觅，或能利用。物尽其用，千万不可浪费。

1987年，我在君匋艺术院重晤谭建丞老先生。提到徐行恭，谭老竖大拇指赞不绝口，谓徐老为官有清廉正直名，北洋时期，军阀某入踞北京后，大闹财政部，持枪逼其办理向外国银行借款手续，即严辞拒绝，毫无惧色。凛然正气令军阀顿时气馁。

中国历代画家好作《高士图》，传颂古之高士，以振中华士之正气。我尊徐老为现代高士。能有缘亲近高士，聆教于徐老跟前，真是我此生之幸！

1988年6月25日，收到徐老来信：

瑜荪胜友砚席：

十七日手毕奉悉，承见遗竹刻拓片二事，精美绝伦，神乎技矣。丰君诗画元本妙到豪颠，诚不愧为一代漫画大家。良拜嘉惠邮票多枚，尤引孙辈欢跃，谨谢鸿赐。

…………

顽躯畏热，每夏必感失健，今年置一冰箱，可调冷饮，或能疏解体温于酷暑之际。辱注周至，心感弥既，草草上复，祇承

阖好不宣

弟 徐行恭拜白

一九八八年六月二十三日

正当我为徐老新添冰箱可抗高温而欣慰之时，未曾料想7月1日开始，杭州持续高温长达一周多，老人终于未能扛住连续的酷暑而离世了！我是8月17日收到其女令修来信，才惊悉噩耗的。

十分不幸的是，由于今夏持续高温，父亲因中暑已于七月八日凌晨突然离世，致使我们做子女的悲痛至今。讣告曾登在七月十四日之《杭州日报》上，可能在外地的亲友未能及时知悉。遵照父亲生前安排，准备将他老人家亲自做诗并书写所铸成的纪念币一枚（“西湖十景——花港观鱼”）赠与您。因您久未来杭，不及完成。今特寄上，以慰父亲在天之灵。收到后请复信。(1988年8月15日)

我捧着来信哀伤不已，久久难以平息。此生能遇到徐老，是我之大幸。受其亲炙仅两年零三个月即遭永别，是我之至哀。所幸

者，徐老给我的信札和书、物仍在我身边，徐老的音容笑貌长留在我心间，故我与徐老的情缘将和我的生命一同延续至久远。

附记：由中国钱币学会监制之“西湖十景币型章”，一套共十枚，邀请擅诗善书之十位名家，分别为“西湖十景”赋诗作书。徐行恭分得“花港观鱼”一题，遂赋诗曰：

细雨跳珠乐锦鳞，香光岚影镜中春。
凭阑宛入濠梁梦，衔尾群来惯近人。

一封最短的信

陈子善

在文坛前辈写给我的信里，诗人臧克家先生的一封是最为简短的，先照录如下：

子善同志：

信收，我极忙，写了两句，请正。

好！

克家　93.7.9 日

此信蓝色钢笔书于诗刊社便笺上，连上下款，不算标点，总共才 23 个字，真是短得可以。而且，信写得较匆忙，时隔多年，落款时间中的“7”，我是从信封上“1993.7.9”的邮戳才辨认出来的。

随信附有臧先生毛笔所书的一副小联，题作：“凌霄羽毛原无力，坠地金石自有声。”

我曾拜访臧先生，并帮忙查找过他的旧作，也得到过他的赠书。但当时为何冒昧致信拜求墨宝，已不复记忆。小笺上的这副对

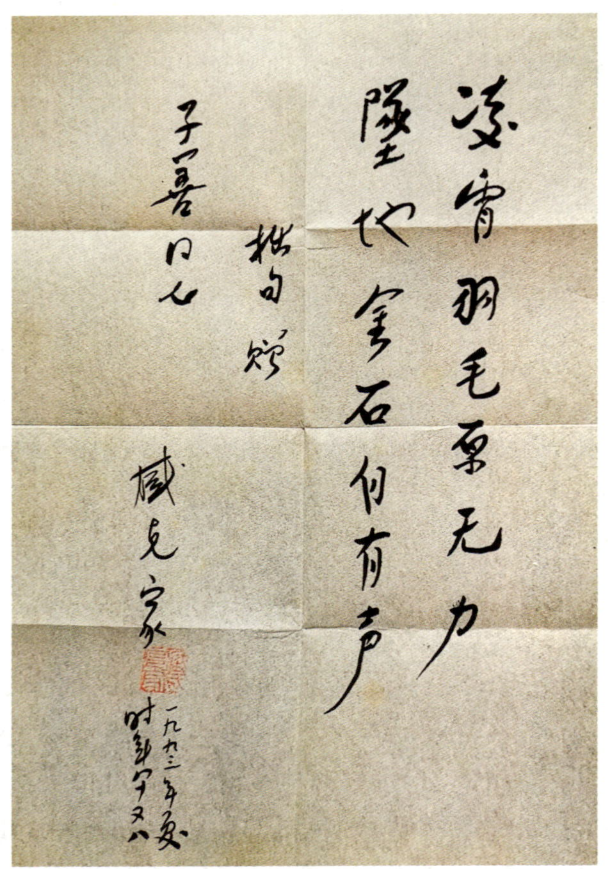
凌霄羽毛原无力
坠地金石自有声
拙句嘱
子善同志
臧克家
一九九三年夏
时年八十又八

臧克家题赠小联

联，系臧先生自撰，也是他的自况，他曾多次书赠友好。

时光已流逝了三十多个年头，偶尔检出臧先生这封最短的信和这张小联，前辈在百忙中拨冗满足我的请求，关爱后辈之情，仍使我感怀。

林斤澜给我的信

张振刚

一

1987年10月23日，著名作家林斤澜造访乌镇。陪同他的是陆明和《嘉兴日报》的魏荣彪。

林斤澜那天穿的是黑色防雨绸夹克，灰蓝布裤子，脚上一双浅棕色旅游鞋；腰间拴一个鼓鼓的牛仔钱包，正好让松紧的夹克下摆兜住。整个显出很利索的样子。他的头发已经花白，脸色却红润饱满，笑吟吟的，给我的初始印象是饱经风霜后的睿智和世故。

一见面，他对我们说："不久前刚退休，就出来各处走走。"表明是一种民间姿态。他本来完全可以和地方的文化部门打招呼的，但他不愿意，由此可以见出他的作派。

到乌镇当然主要是参观茅盾故居。在茅盾故居，他不像一般参观者作仰慕状或者虔诚状，而是很随意的样子，听介绍也不额外提问，只是对陈列的实物看得仔细。在前楼茅盾父母房间那张老式床前，他自言自语地说："茅公大概就出生在这张床上了。"讲解员说是，林斤澜就笑了。

下楼的时候，林斤澜讲了他亲身经历的茅盾的一件逸事。

1950年，在北京一个青年作家的座谈会上，茅盾应邀作讲演。茅盾的普通话是不怎么地道的，他操的是从前的所谓“官话”，浙江口音很重，而在座的绝大部分是北方人，听起来未免要打折扣。说到“玉米”这个词的时候，茅盾将“玉”念成“nio”。台下的听众不禁纳闷：“nio米是什么米啊？”茅盾解释说：“玉米就是苞谷啊。”他将“谷”念成“go”，听的人依旧茫然：“苞go又是哪种粮食呢？”茅盾只好摊开两手，苦笑着说：“没有办法了，我没有办法了。”林斤澜是听讲者之一，他是浙江人，当然听得懂，便站起来，将“玉米”和“苞谷”两个词的音念准了。于是，人们释然地大笑起来。

那一次，林斤澜在乌镇过了一夜。第二天一清早，他就起来，去了中市的一家茶馆，泡一壶茶，和同茶桌的农民聊天。

1987年10月，张振刚与林斤澜（右）在乌镇合影

后来他说，这次的乌镇之行“美好如花雕”。

二

1988年9月下旬，我们在北京西城区雕塑公园举办“茅盾故乡书画展”，除了对公众开放外，还邀请在京的一些领导和文化界名流，如韦韬、徐肖冰、沈左尧等前来捧场。我就自然想到了林斤澜。因为没有他家的电话，只好事先不打招呼，贸然寻上门去了。

记得林斤澜当时好像住在西直门外一幢大楼里。我是和文联的邱一鸣一起去的。乘电梯上楼，过道非常宽阔。找到门牌号，一摁门铃，就有人来应门。一看，正是林斤澜。乍见之下，他不免有些惊诧，但立刻热情地将我们让进屋去。那天，家里就他一人，大约在写作吧。

林斤澜将我们领到客厅，端出水果、茶水招待。我们说了来意，林斤澜一边说“好，好，好”，一边跟我们随便地聊起来。后来他说：“陆明要是来就好了，喝他几斤老酒。”又说：“你们不喝酒，可惜了！”

坐了大约二十分钟，我们怕耽误他写作，就起身告辞。他要留我们吃饭，我们婉言谢绝了。他只好送我们出来，还一边说：“留下吃饭喝酒多好！”

三

1988年11月的一天，我收到林斤澜的一封信：

振刚：

你来北京，匆匆坐了一会儿，我很过意不去。我到各处走走，多少写点东西，独乌镇未写，因为有特殊印象，倒难落笔了。曾和陆明说起，有机会还要坐一趟船去。

小说集《草台竹地》已出书，你来信要二十本，这是我个人买下，分寄要书又发行不到的地方。各处要的多，只能寄你们十册。书到后，书款亦寄我这里，与出版社无涉。

极望得空看后，谈谈意见。我虽老了，还想写写，还想改进，望你们直言，做个老朋友吧。

近好!

斤澜　11.2

他还在为我之前的造访，没能留住尽地主之谊而不安，足见他待人的真诚。来信提到订购他的小说集《草台竹地》，那是三四个月前由我的一篇稿子顺便说起的。也有林斤澜的一封来信：

振刚兄：

我因外出，不能及时处理稿件信件，请原谅。你的来稿我交编辑部，指定一位处理。据他说，已给你回信并寄还稿件。不知现在收到没有？你和陆明、余华都写得相当好，各有特色。不想嘉兴有你们几位，我很注意，也很高兴。这次在浙南跑了两个多月，选了几篇小小说，编为一辑，发表在八月号上，有便可以看看。可能你们不一定满意，不过想提倡一下短小之作。我总以为短篇还是要短。有些作品若是短了，几乎就是精彩了。

编辑部用不用稿件，也不易掌握，不免失误。请多谅解，还望多所联系。

来信说到买不到我的书。这回到浙江，到处听见这么说，连在浙江出的书也如此，可见印数过少，渠道又不通。人民文学出版社将在四季度出我一本小说选集，自五十年代至近年，约四十万字以内。你们如有兴趣，可商量一个数字（也可联系出售点），由我转告出版社，出书直接发给你们。不用预付书款，有人负责即可（书名《草台竹地》）。

附上小书一册，请多提意见。

见到陆明、余华，请代致意，我常经过杭州，有时间有便很想见见你们，聊聊。

暑热珍重！

斤澜　7.5

你们来信，请不要因我迟复，就不来信了！

信中提到的我那篇稿子，名叫《陋习》，是一个短篇。这稿子起初是给黄亚洲的，他也打算用，但争取了几次，还是没通过，主要因为其中一个细节不雅：农村妇女吵架要赖脱裤子。寄给林老，只是想请他看看，不想他转给编辑部了，结果也没用。这稿子后来在天津的《文艺》双月刊第四期上发表了。

林老送我的“小书一册”是他的短篇小说集《满城飞花》。

有意思的是，11月2日来信后，隔了三天他又给我写了一封信：

振刚兄：

抽作确已出版，编辑曾拿来一本样书。试想成批的书要从印刷厂上汽车下汽车到出版社，由出版社上汽车下汽车到邮局，由邮局上汽车下汽车到火车站，由火车站……

现在的事不是“欲速不达”，但愿“不速而达”。我想到了1989年，你有可能看见我的不像样的书了，我将听见你的观感。

近好

斤澜　11.5

余华来文学院后，叫外语弄得足不出户。若见到陆明，告诉他写小说累了时（他怕累），不妨写点茶酒散文寄我。你有便也写点生活佳兴或败兴有佳趣者，如何？

果然被林斤澜不幸言中，这书直到这年十二月的某一天才到。尽管迟了一个多月，见了还是十分欢喜。林斤澜的小说被称作“怪味小说”，但真是够味，有咬嚼。他的《溪鳗》《李地》《王瑶》《白儿》，真是好，以至于我每过一段时间便会翻出来读读。

四

2004年4月2日，在时隔十七年后，林斤澜再次造桐乡。

据说他这次南来，是应邀参加故乡温州一座学校的揭幕仪式（好像这学校与他父亲有关），因为他刚刚重读了丰子恺的散文，就想趁机来石门缘缘堂转一转。机会是抓到了，却没能如愿坐船。

十七年不见，林斤澜风采依旧，就是多了不少白发。他见到我，特意对我说："上次有句话忘了告诉你，你很像陆文夫。"他指的是面相。我听了一乐，说："是吗？"

中午在君匋艺术院吃的便饭。林斤澜的酒量依然惊人，绍酒、白酒不拘。考虑到他当天还要赶回温州，天又有些炎热，便建议喝啤酒。林斤澜笑吟吟地说："好，来一瓶。"

看着他喝酒的样子，我忽然想起汪曾祺的一篇散文——《林斤澜！哈哈哈哈……》。在那篇文章里，汪曾祺说："斤澜患有心脏病，三十岁就得过一次心肌梗死。后来又得过一次，但都活下来了。六十岁时他就说过他活得已经够了本，再活就白饶。"又说："斤澜的身体不算好，但他不在乎。我这些年出外旅游，总是'逢高不上，遇山而止'，斤澜则是有山就爬。他慢条斯理地，一步一步地走，还误不了看山看水，结果总是他头一个到山顶。一览众山小，笑看众头低。他应该节制饮食，但是他不，每有小聚，他都是谈笑风生，饮啖自若。不论是黄酒、白酒、葡萄酒、啤酒，全都招呼。"汪曾祺还说："斤澜爱吃肉……爱吃猪头肉，尤其爱吃'拱嘴'（猪鼻子），以为乃人间之'大美'。"

汪曾祺是林斤澜的挚友，汪的话可谓是说到了根子上。这说的是林斤澜对生活的基本态度，其实也说了他作文的基本态度。

几杯酒下肚，话就稠密起来。因是为丰子恺、为散文而来，话题自然就转到了丰子恺和散文上来。

林斤澜说，上个世纪前五十年，中国的散文，除了周作人，应当是丰子恺。鲁迅的散文当然好，但他的成就应算在小说上。茅盾也是。不过，丰子恺要没有晚年写的《缘缘堂续笔》三十余篇，那他在散文上的成就也许就排不上第二。他写的《塘栖》好似没有结构，漫不经心，实则精心构思，匠心独运。历来文章讲究虚实。丰子恺的可贵处是，实者虚写，虚者实写，将实来作铺垫，在虚处铺陈，使文章进入哲学的深度。比如他写到著名的塘栖枇杷，说在船里吃枇杷是一件快适的事。吃枇杷要剥皮，要出核，把手弄脏，把桌子弄脏。吃好之后必须收拾桌子，洗手，实在麻烦。船里吃枇杷就没有这种麻烦。靠在船窗口吃，皮和核都丢在河里，吃好之后在河里洗手。又写坐船逢雨天，在别处是不快的，在塘栖却别有趣味，因为岸上“淋不着”，绝不妨碍你上岸，有一种诗趣。因而使人联想起古人歌颂江南的佳句：“人人尽说江南好，游人只合江南老。春水碧于天，画船听雨眠。”称江南佳丽地，塘栖是代表。说他谢绝二十世纪的文明产物火车，不惜工本地坐船去杭州，实在并非顽固。

林斤澜说，他一遍一遍读《塘栖》，不知读了多少遍，已读得口齿生香。

林斤澜说，梁实秋、朱自清的散文当然不错啦，但你可以感觉到他在“做”。《荷塘月色》是名篇了，但是——做。

稍后说到上世纪后五十年的散文，杨朔、刘白羽，林斤澜用一个字来概括——甜。他说，汪曾祺说“甜得没意思”，非常有意思。说着这些，他近乎天真地笑了。

这就提到汪曾祺了。林斤澜说，现在有人把散文划分为文化散文和艺术散文两大类，还一口吃煞艺术散文一定要第一人称，编集子居然不选汪曾祺的散文，这就让人想不通了。

与姜德明先生的一次书信往还

书 同

我平生只给姜德明先生写过一封信，也收到了他回我的一封信。我写给他的信，估计早已不存，而他给我的信，却一直被我珍藏着。现在姜先生故去了，这封信，便成了我精神上的莫大怀念，也是一种最美好的回忆。

我给姜先生写信，大约在1996年的夏天。那时我在一家地方党报做编辑，因1992年至1994年参加北师大研究生课程进修，受朱金顺先生“新文学资料学”课程的启发，渐渐喜欢上了搜罗新文学史料，工作之余，便四处寻书。当时正对江绍原先生大感兴趣，对他的几部关于民俗学的著作，颇为神往，却一时无法得到。记得在修朱金顺先生课程时，曾听他提及过姜德明先生，是一位差不多与唐弢先生一样的书话作家，于是专门跑到琉璃厂中国书店，购买了姜先生的《余时书话》，还从图书馆借阅过他的《活的鲁迅》。几番阅读之后，对这位著名报人，专藏现代文学书刊的大藏书家，算是有了几分了解，感到亲近起来。想来正是在这种情形下，我才冒昧写了一封信，邮去了姜先生当时工作的单位——人民日报出版社。

姜先生收到我的信，于几天后的7月8日，写来一封回信。从回信内容看，我的去信是询问江绍原的两种著作《血与天癸》和《发须爪》，以及王世颖、徐蔚南的《龙山梦痕》。姜先生回信说："尊信所提《血与天癸》我没见过，似未出版。另一本似已影印。《龙山梦痕》则不易见到。"

我对江绍原的兴趣，缘于读他和周作人关于民俗的所谓"礼部文件"通信。那些流传久远的生活中的迷信，以及浅浅的调侃、幽默的文字，非常吸引我。正是读了他的通信，知道他有出版《血与天癸》和《发须爪》等著作的计划，但究竟有没有出版，却并不十分清楚。另一层原因，是他的祖籍乃在旌德江村，我因地利之便得以常去，数次参观了他的祖居笃修堂后，便不觉"睹物思人"，迫切希望多读他的著作。

姜先生所言"《血与天癸》似未出版"，是非常严谨的表述，后来通过进一步阅读，知道这确是事实。"另一本似已影印"，话说得留有余地，但随后不久，也被事实所证明。

那时，我们小城尚未大搞开发，市区锦城路、状元路、叠嶂路等处，尚有很多卖所谓旧书的小书店，如江城书店、宛陵书店、状元书店。城中心叫作府山头的一带，也即叠嶂路的一段，晚上更是有很多卖书的地摊，形成很长的阵势。不知是大家都爱读书，还是都不爱读书，总之书都摆到马路边上来了。但《血与天癸》《发须爪》《龙山梦痕》一类的书，尚难发现。

姜先生在回信中说，"此间买旧版书也很难"，"现在买旧书已是可遇不可求的事，但愿你在当地与书店的同志交朋友，包括书摊的个体户，也许能访到一点旧版书"。言之谆谆，情意深深。

在姜先生指导鼓励下，我以更大的热情，投身那些大大小小书店，逡巡于各路地摊，渐渐也积累起一个不小的书房。

一天晚上，又去府山广场地摊寻书。一个一个挨着走过去，又一个一个挨着走过来。忽然一抹大红闯入眼帘：《发须爪》，几个彤红的大字。蹲下身一看，《发须爪——关于它们的迷信》，正是江绍原先生的大作。看样子，很像一本旧版书，但实则是一个影印本。这正是听了姜先生那“经验之谈”后，一个成功的实践成果。

诚如姜先生所言，《龙山梦痕》不易见到。后来孔夫子网上虽能看到民国年间的初版本，一则因为价格甚高，二来早年的兴趣已然转移，便不了了之。

如今，活到九十四岁的姜先生，终于还是故去了。这无情的事实再次警告我，有些事是根本无法阻止的，活着就要尽力做自己喜欢做的事。如果一生都在做自己喜欢做的事，譬如姜先生那样，就是哪天不幸死了，又有什么遗憾呢？

《中国新诗鉴赏大辞典》引发的往事

吴心海

2023年12月中旬，乍暖还寒，惊悉原江苏文艺出版社总编辑、民间读书刊物《开卷》创办人蔡玉洗先生不幸病逝，不胜惆怅。

上个世纪80年代末，我父亲吴奔星主编的《中国新诗鉴赏大辞典》，正是在蔡先生任内，由江苏文艺出版社出版的。那时候，我充当父亲的联络员，去出版社跑腿、送信，和蔡先生见过不少次面。1989年2月26日，江苏文艺出版社特地在上海南京东路新华书店为《中国新诗鉴赏大辞典》举办隆重的首发仪式。这在当时尚不多见。活动吸引了辛笛、罗洛等众多诗人出席，多家媒体竞相报导，一时洛阳纸贵，出版社也因此实现了社会效益与经济效益的双丰收。不能不说这与蔡先生的胆识和魄力密不可分。

也正是在这次首发式上，我父亲应《新民晚报》记者之邀，对编纂辞典的前因后果做了口头介绍，并经整理以《我编新诗辞典》为题，发表在1989年3月14日《新民晚报》"读书乐"专版新开辟的"作者解书"栏目上。原文不长，附录如下：

由我主编的《中国新诗鉴赏大辞典》，历时五年之久，最近由江苏文艺出版社出版。这是中国第一部新诗工具书。

我为什么要编这本新诗鉴赏辞典，因为中国是诗的王国。而中国新诗的发展也已经超过了古稀之年，七十余年来，中国新诗取得了不容否定的巨大成绩，这本工具书既总结了以新诗为突破口的文学革命七十年的成果，也是向“五四”运动七十周年的献礼。我想，这部新诗辞典，首先能让读者了解“中国新诗”的整体面貌，辞典之前有一篇序言，对中国新诗的主要流派和基本方向，作了宏观的考察；辞典之后，附有《中国新诗七十年》，这是一篇学术性与资料性相结合的文章，有重点地叙述了七十年来新诗走过的道路，帮助读者认识中国新诗向前发展的历史面目。

为了保证这本辞典的质量，我们约请了臧克家、周振甫、何其芳、唐弢、公木、雁翼、张志民、罗洛、黎焕颐、木斧等名家撰稿，作艺术分析，并附有朱自清先生及港台名家洛夫、张默的文章。这是两岸诗人隔绝四十年来第一次在诗歌领域内卓有成效的亲密合作。这本辞典还兼收并蓄，对各种流派，各种风格的诗作入选，包括周作人、徐志摩、沈从文、梁实秋等人的诗，也包括当代颇有争议的朦胧诗。在总体上既有较高的准确性，又有一定的可读性。老一辈诗人刘延陵、冰心、冯至、臧克家、艾青、贺敬之分别为之题辞。正如艾青说：“《中国新诗鉴赏大辞典》集名家之精华，是帮助读者理解新诗之文库。”作为主编，是否达到这一水平，我真诚地盼望得到广大读者的指正。

令人没有想到的是，文章发表十天后，父亲就接到一封来自浙江瑞安的来信：

敬爱的吴奔星教授：您好！

首先向您道歉，我很冒昧地写这封信给您。

今见89年3月14日的《新民晚报》上载着一篇作者解书的文章，拜读后，得知艾青为您的大作《我编新诗辞典》题词。我想，他和您一定是挚友了，我才敢写这封信给您，并请您劳神把我写给他的信转寄给他。因我不知他的地址，只好求您助我一臂之力了，非常感激，特在此向您致以衷心的感谢！

您既是他的挚友，我想您总不会推却吧！

我是个退休的小学教师，于1928年秋季和艾青一起考进国立艺术院，后改名为国立杭州艺术专科学校，也就是今天的浙江美术学院。我和他是绘画系乙组的同班同学，那时他的名字叫蒋海澄。

待我接到他的回信，再写信来谢您。

敬祝

健康！长寿！

晚 金如珠上　1989年3月28日

敬爱的吴奔星教授：您好！

首先向您道歉，我很冒昧地写这封信给您。

今见89年3月14日的《新民晚报》上載着一篇作者解书的文章，拜读后，得知艾青为您的大作《我编新诗辞典》题词。我想，他和您一定是挚友了，我才敢写这封信给您，並请您劳神把我写给他的信转寄给他，因我不知他的地址，只好求您助我一臂之力了，非常感激，特在此向您致以衷心的感谢！

您既是他的挚友，我想您总不会推却吧！

我是个退休的小学教师，於1928年秋季和艾青一起考进国立藝術院，后改名为国立杭州艺术专科学校，也就是今天的浙江美术学院。我和他是绘画系乙组的同班同学，那時他的名字叫蒋海澄。

待我接到他的回信再写信来谢您。

敬祝

健康！长寿！

晚 金如珠上 1989年3月28日

温州新华印刷厂 21.5书写400格稿纸 20×20=400

地址：浙江省瑞安市丽岙镇茶堂西街95号

1989年3月28日金如珠致吴奔星信

信中所称“浙江美术学院”，1993年改名为中国美术学院。至于我父亲与艾青，二人于1939年6月初会于桂林，当时艾青正在《广西日报》编副刊；1950年3月，二人又在北京一同参加了诗人戴望舒的追悼会；不过此后，因为运动频仍，多年失去联系，故而虽未必称得上“挚友”，但称为老朋友，却是名副其实的。

收到来信一个月后，我父亲再次接到金如珠的短函，这次是来报喜的：

敬爱的吴奔星教授：您好！

承您不弃，为我转了一封信给艾青，使我非常感激，特写此信向你致以忠［衷］心的感谢！

我的信是由藏［臧］克家先生的女儿亲自送给艾青的。他在4月14日就写了回信，并附寄了一张他生日那天拍的彩色相片。并说一个月后要搬家了，因现住房要拆迁，要我以后去信直接寄到北京沙滩北海二号中国作家协会。等几天，我先父的诗文集印好后装订成册，就可寄一本给他了，这也要谢谢您了。

您是中文系的教授，我也要送一本给您，请您指正。

如果您以后给信藏［臧］克家先生，请代为我谢谢他的女儿，本应我写信去谢她，可是不知她的地址。

敬祝

健康！

晚　金如珠叩上

1989.4.26

显然，当时父亲委托诗人臧克家，把金如珠的信转交给了艾青。之所以没有直接寄给艾青，确实如金如珠信中所称，艾青“现住房要拆迁”，要乔迁新居，正在过渡之中。1989年4月26日，臧克家在给我父亲的信中说：“艾青同志友人的信，得你前次信后，即由苏伊亲自送去了。”

事实上，金如珠女士亦出身书香世家。其父金涛（1894—1958），字子长，雉城镇（今属湖州长兴）人，精通目录之学。1950年春，被聘为浙江省文史馆馆员。1958年，在为《千家诗》作注时，猝然逝世。只不过，信中提到要送给艾青和我父亲的诗文集，我却未曾见及。后来，我在旧书网上查到一本已经出售的、题为《金子长诗文集》的出版样稿，封面题签者为复旦大学教授严北溟，还附有严写于1989年2月的旧诗《桃源忆故人》，时间倒与金如珠信中所述吻合。

关于金如珠本人，比较靠谱的信息是郑朝所写《艺专剧社》一文，其中记载：

> 1928年，国立艺术院在杭州创立。是年冬，在当时话剧运动的影响下，学生蒋海澄（诗人艾青）发起排演熊佛西的《一片爱国心》，他自任导演，徐存中、金如珠主演。1929年元旦演出，是为艺术院首次演出话剧。

当年的演出是否留有影像资料，不得而知。幸运的是，1930年，《图画时报》第656期刊登了金如珠在艺专两周年活动上的照片，得以让我辈能在九十多年后的今天，一睹金如珠如花岁月的风采。

㊂藝專金如珠女士任劇中要角
③ Miss Chin Ju chu took part in the play.

《图画时报》所刊金如珠女士照

2010年3月20日，《温州都市报》刊载了题为《金如珠：音乐作伴走完百年人生》的报道，称老人于19日病逝，“走完她的百岁人生”。文章说：

> 1911年，金如珠出生在浙江省长兴县一大户人家，她的父亲金涛是当时浙西六名士之一，学识渊博……
>
> 1928年，她考上了国立杭州艺术专科学校绘画系预科班……当时的她，就像一朵娇艳的鲜花，吸引着无数的目光，除了后来成为她丈夫的徐存中外，还有一人就是她同班同学艾青，那时他叫蒋海澄……

> 1930年，在一艘长兴开往杭州的小轮船上，金如珠的脚不小心被开水烫伤，住进杭州的一家医院后，一帮同学结伴去探望她，徐存中几乎每天都来看她，为她买好吃的，给她补课。而此时，艾青已去了法国。心存感激的金如珠便与徐存中在长兴结婚，并有了一个儿子……
>
> 通过旧时的好友，金如珠得知艾青回国后找了她很多年。在收到艾青寄来的满纸关怀时，金如珠没有回过只言片语。后来，重新复出的艾青又给金如珠寄来了他新出版的诗选，还夹着他的照片。直至艾青去世，金如珠一直呆在八水小学，没跟艾青见上一面。
>
> 如今，艾青的信已经找不到了，只剩下艾青送她的诗选。发黄的扉页上一行“如珠同志留念，艾青，一九八一年十月四日北京”的字样，见证着他们之间的情谊。

读罢此文，不觉有些茫然。如果文中所述属实，艾青从法国留学归来后，以及重新复出后，都曾找过金如珠，并给她写过信、送过书、赠过照，那么这种联系当至少持续到了1981年10月。而八年后，因《中国新诗鉴赏大辞典》的出版，金如珠得知我父亲与艾青相识，特意来信求助，想必当时两人已因故失去了联络。当然，也不排除一种可能，即金如珠当年并未回复艾青，而是直到1989年，才决定联系诗人。而她托我父亲转交艾青的信函，其中内容自然不为旁人所知，是否含有内情可能也永远是一个谜。故而即便是出自善意的动机，我也是无论如何不能去猜度信中的内容，更不能去“合理”想象两位老人的心理活动！

同年3月26日，浙江永嘉一家报纸副刊又刊载了题为《解读金如珠的遗物》的文章，文中这样写道：

> 艾青的心里，始终都装着金如珠，回国之后，总不忘打听金如珠的下落，满纸关怀的信件，也通过好友转到了金如珠的手中。甚至有好友转告过艾青曾说过的一句话："如娶得如珠为妻，这一生已很幸福了。"也许是命中注定，在金如珠了解到了艾青的心思后，她未对艾青回过只言片语。

且不说作者是如何得知艾青的心理活动的，文中所谓的好友无名无姓，好友所转告的艾青的说辞更是缺乏时间地点。最重要的是，此时此刻，案头两封1989年来自浙江瑞安的泛黄书信，已经有力地批驳了前述两文金如珠没有回过艾青只言片语的说法。

更有甚者，在《解读温州模式与温州现象——世纪之交看温州》一书中，凭空虚构出了这样一段文字：

> 在蹿动着黄豆似的火苗的菜油灯下，金如珠默默地捧着一封书信，静静地用心灵聆听遥远的声音。这是解放后不久的一个夜晚，在金如珠执教的大罗山下一个村庄的小房子里。
>
> ……告诉我你的近况？告诉我你这几十年是怎么过来的？告诉我你嫁给了谁？告诉我你……这是与如珠断绝了几十年音讯的艾青的来信。此时，艾青已是蜚声诗坛的人

> 民文学出版社的编辑了。面对满纸问号，如珠把远方的来信轻轻地合上了。她该怎么告诉他这几十年来的一切呢？过去的一切历历在目，过去的一切刻骨铭心。

文中四个“告诉我”的排比句，酷似琼瑶笔下小说人物的口吻，和诗人艾青所处时代的气质及风格，相差天壤！另外，艾青只在上个世纪50年代初担任过《人民文学》杂志的副主编，从未做过人民文学出版社的编辑，这是基本常识。常识之外的编造，不值一驳。

从杭州到“北大荒”

——一段知青的爱情故事

赵东旭　李文军

上世纪六七十年代，成千上万的知识青年响应号召，从城市走向农村，奔赴祖国的广袤边疆，挥洒青春与汗水，并留下了无数刻骨铭心的回忆。

机缘巧合，我们发现并整理了一批珍贵的知青通信，共计三十三封，讲述了身在“北大荒”的杭州知青阿文与远在故乡的女友美华之间的一段爱情故事。其中既饱含着年轻恋人之间深深的思念和坚贞的爱恋，也可以看到那个年代，知识青年的日常生活和工作状况，以及对个人、民族和国家前途命运的思考。

这批通信最早写于1969年10月9日，彼时的阿文还身处杭州，与在萧山红垦农场工作的美华认识不到半年。阿文写信给美华，倾吐分别数日，自己对她的思念：

美华友：

你好，身体怎样？工作吃得消吧？很是挂念。虽说分别才几天，可好像是几年没见面似的，一直想着你。回场前跟我的谈话一直在头脑里翻滚着，甚至每时每刻都在考虑着。说实话，过去讨厌去农场，如今竟很想去农场。我多想和你在一起，工作在一起，生活在一起，就是幸福。当然，农场十七块钱的待遇怎会不想过，但一脉相存的感情怎能分割？自分别后，哪一天不想你，哪一个夜晚没有梦见你啊！从第一次向你倾吐内心秘密，到今天的分离，这只不过是半年不到的时间，而它又是过得多么飞快不留情，又是一去不返。回顾这半年时间的生活，怎不感到羞愧与难过？我得到了多少的温暖和关心，而给你带来的又是什么呢？每当夜深人静就想到这些，每当想到这些，就好像做了最大愧心事似的，对不起，对不起我们的友谊。想当初，是分配工作使我们结合在一块，不是真正的感情。今天又是分配工作使我们分离。不，我们绝没有分离，我们永远在一起。第一次的谈心，向你发誓，永远在一起。今天仍旧向你发誓，永远在一起。不管怎样，我的心永不变。

阿文于1969.10.9晚

显然，他们在农场相遇并相爱。也因为美华的缘故，阿文对农场的工作由反感变为期待。五个月后，阿文响应号召，报名参加黑龙江建设兵团。他在1970年3月12日写给美华的信中，这样说道：

我是在前天夜一点左右已报名去黑龙江建设兵团，并当即迁去户口。由于形势紧迫，不容跟你商量，擅自行事了。现在我已是黑龙江人了，从事实来看，我们的感情会随此而转化，甚至……但这一点并不惊奇，因为它确实太突然了，过去的感情是真挚的，那我想你只要冷静一想，在一般情况下，我会离开自己所真正爱上的人去黑龙江吗？是形势所迫啊！当然，可能你一时不会这样想，甚至会恨我，恨我这个口蜜腹剑的人，恨过去……但是，在我心里的你想必不会这样。当你看这里，必定会有多种想法。也许会恨我太狠心，恨自己过去不长眼，错看了人，甚至会在心里，深深地刻上一个永不消失的“恨”。也许会谅解我，会希望我们能成为两个在不同岗位上的一般朋友，这也是我所希望的，也是比较恰当的。当然，也许你还会考虑到跟我在一起，这种想法你会有，也一定会有。但作为我，我是深深地爱上了你，直到如今也真挚，希望你能成为我的终身侣伴。但我爱你，并不想害你，也不等于害你，我不能不为你前途所考虑，因为我所要去的地方并不是杭州，而是黑龙江啊！

阿文在信中流露的情感是复杂的。一方面，他积极响应号召，报名前往黑龙江建设兵团；一方面，他又担心美华为此而怨恨自己。故而，他在信的末尾非常大胆地向美华表白，这在那个年代无疑是需要勇气的，却也是那个时代真实的爱情写照。

从5月10日阿文在火车上写给美华的信中，可以知道他是5月8日由杭州出发的：

美华友：

你好！列车还在继续向……前进，到现在已是正正［整整］两天两夜了，前面不远就是山海关了，可是我的心确［却］总是想念着家乡，想着……

列车上一切都很好，生活、身体都好，勿挂念。相反之，使我担心的是你，你的身体及一切。8日以后，父母亲及家里情况怎样？9日回场可能下雨了，不知路上怎样？很是挂念！列车上写信很不方便，有些也不多写，唯一希望你自己保重!!! 对于我们今后的事，我永远是把它看作我的唯一希望与力量。

“海内存知己，天涯若比邻”，让我们永远把它牢牢记在心上吧！

紧紧地握住你的手

再见！

愿幸福

友阿文于1970.5.10下午，于列车至山海关

信写得很乱，见谅！唯一希望你能自己保重，对于有些事也不要多想了！

途中的阿文并没有为自己考虑太多，担心的仍然是美华和她的家人，就连家中下雨这些细节都考虑到了。对恋人的爱意，成为他前行的唯一希望与力量。

从5月17日阿文写给美华的信中，可以大体知晓他到达黑龙江

美华友：

你好！列车还在继续向……前进。到现在已是二天二夜了。前面不远就是山海关了。可是我们心确是想念着家乡，想着……。

列车上一切都很好。生活身体都好，勿挂念。相反之，使我担心的是你，你的身体及一切。8日以后父母亲及家里情况怎样？9日回坊子能下浦了，不知路上怎样？很是挂念！列车上写信很不方便，有些也不多写，唯一希望你自己保重！！！

对于我们今后的事，我永远是抱定着你我的唯一希望与力量。

1970年5月10日阿文致美华信首页

建设兵团连队的行程，以及基本的生活状况：

美华友：

您好！分别虽共五天，非常挂念。不知近来身体、工作如何？

我们是十二日晚上到连队的。原来马上想写信，但由于太晚了，收拾一下东西，就没有时间了，所以今天才写这封信。我们是十二日上午到佳木斯，开了欢迎大会，再乘船过松花江到三十团十三连，水路大约七八十里。那天一上岸，兵团老战士就在岸上迎接了，有马车、汽车、拖拉机，由于我们连离团部较远，所以是乘汽车的。到了连队受到老战士的热情接待，吃了丰美的晚餐，大米饭、松花江鱼。我们连队是在68年建的，所以大部分是知识青年，有哈尔滨、北京、上海的，加上我们四十几个新战士，共二百左右。大家都是从祖国各地来的，所以都很亲切、热情。在吃住方面，都是我感到满意的，吃的大都是面，当然大米是少数，但我已是非常满足了。住的由于新砖房还没有造，所以暂时住草房，但今年是要造的。我们现在住的草房比你们原住的就不知“高级”了几倍，因为它还有“楼”的，我就住在楼上。我们连似乎跟你们农场有些相象［像］，条件比别的连差，但我想条件差能锻炼人，面貌能改变，一张白纸能画最新最美的图画。说实话，兵团生活真是紧张，也是想象不到的。早上四点半起床出操，六点半出工，现在我们还没有出工，在办学习班。其实紧张生活对我来说也无所谓，对有些喜欢吃酒、抽烟的人就难熬了，因为兵团战士不能吃酒、抽烟。我们连队离松花江很近，但还没有去过，因为生活太紧张了，连洗衣服的时间也没有，不过生活中也渗透着团结、严肃、活泼。今天还跟老战士打了球，其实哪有时间打球，但他非打不可，所以也不好推却了。今后的生活看来跟解放军没有区别的，可能还要吸收武装战士，我也打算准备争取。因为武装战士今后可能有调动……

阿文于70.5.13　桦川

阿文和他的四十几个新战友几经周折，到达连队，受到了老兵们的热情接待。几天下来，虽然兵团的生活总体上是艰苦而紧张的，但阿文对“北大荒”的生活却感到满意。他在5月19日的信中写道：

北大荒的生活，现在对我来说已是非常习惯了。每天早上豆浆、馒头，中午馒头，晚上西［稀］饭、馒头，几乎几天时间就吃得比过去胖了，也黑了不少。看了［来］几年后，我们也许会成会［为］“北佬”。来到北大荒所看到的人最显著的特点就是黑与胖，当然这些也是外界条件所决定吧！

阿文这时似乎已经习惯了“北大荒”的生活，甚至戏谑自己会成为“北佬”。他不仅向美华讲述当下的生活，也有对人生的严肃思考。在6月13日的信中，他写道：

> 社会中问题是多种复杂的，人与物的关系、人与事的关系、人与人的关系，确实是极其复杂的。在这些问题上，就得靠自己如何来对待。人生的道路是曲折的、复杂的，作为自己，首先在思想上适应时代洪流，树立正确的世界观——无产阶级思想，在各项政治活动中努力积极。首先在政治上为自己打好基础。要想为自己创造出良好的前途，最终一点就是要紧跟形势，做形势的促进派。

“北大荒”的训练与工作令阿文成熟了很多，对自己的前途和命运都有深刻的反思，最关键的一点就是要“紧跟形势，做形势的促进派”。

当然，阿文在信中表达最多的还是对恋人无尽的思念。在5月27日的信中，他写道：

> 亲爱的华：
>
> 您好！虽分别才半个月，却好像已是半世不见似的，我的心是多么难受，难熬啊！今天我没有收到你的来信，但我知道你的心情更是如此，你的真挚的脸意［依］然向往着我，想［向］往着……
>
> 华，我们相处时间并不短吧？然而天天在一起又是多么平凡！感情使我们立下共同的誓言，感情使我们的心紧紧地连在一起……回想过去相处的日子，回想过去的一

切，它似乎慢慢地远去、远去……然而，真挚的感情也随着时代的列车来到遥远的“北国”，它意［依］然刻在我的心里，仿佛伸手就可以抓住。回想过去，千头万绪，势如松花江之水，冲激着心头。当感情到达顶峰时，真想跟你紧紧地拥抱在一起……回想过去，使我怅惘、悲哀……

眼泪，固然改变不了客观。亲爱的华，让我们的感情沿着钱塘江、松花江之水永远流下去吧！钱塘江、松花江，条条江河归大海。钱塘江的水啊！松花江的水！隔山隔水不隔心。“海内存知己，天涯若比邻”，我们的心永远连在一起。

亲爱的华，今天我们已相隔千山万水，千里迢迢。使我不安的是，我不能跟你生活在一起，工作在一起，不能及时得到你的关心、帮助。但我相信，感情决不被千山万水所相隔。安心吧！你的安心就是我的安心。希望你能安心工作。在社会上有各种不同的人，生活在社会上，就得学会跟各种不同的人打交道。有些事，还是自己放聪明些吧！另外，也希望你千万保重自己的身体，如回家的话也代向父母亲、外婆、奶奶、姨娘等问好！也代向那几位你的不知名的同事问好！再见！

祝愉快。

阿文于70.5.27　桦川

太抱歉了，上次临走前你要我印的照相忘了。

他用钱塘江、松花江滔滔不绝的江水来寄托自己的思念，也使自己对恋人的情感显得更加真挚感人。像这样的“情话”在信中随处可见。在7月1日的信中，他表达了千山万水都无法阻隔二人爱情的信念：

> 转眼，令人喜迎的七月又到了。忆往昔，我们相亲相爱，那时的生活是多么幸福，使人不舍。有多少个夜晚啊！是你陪伴着，使我幸福渡［度］过。我有多少心里话要对你讲，千言万语把我们的心紧紧贴在一起，我们……
>
> 看今朝，我们虽然相隔千山万水，但我们的心仍然是连在一起的。我们在信上仍然倾吐着自己的心胸，我们的感情是任何客观、外因所改变不了的……
>
> 想未来，多么令人欣喜，恨不得马上就踏上那幸福的一天，那一天我们又团聚在一起，我们相亲相爱，永远，永远生活在一起，永远……未来的生活是多么美好，但迎接那未来的生活还要靠我们的努力。但我相信，今天我们有一颗海枯石烂不变心的雄心，我们能够冲破一切障碍，我们能够在不远的将来就踏上那想望［向往］的一天……

阿文在通信中，对当时的元旦和春节都有描述。他在1971年1月3日的信中提及在黑龙江度过的第一个元旦：

> 七十年代的第一个年头已经过去了，迎来了伟大、光

荣的一九七一年。

今年的元旦是我到黑龙江后的第一个元旦，过了很不错，想象你们也会愉快的［地］渡［度］过这个节日的。节日原来准备放两天假，但由于我们正在搞“四好”总评，还没有结束，所以领导上就决定元旦放一天假，以后再补假。31号晚上，团机关、司令部召开了晚会，各单位演出文艺节目，总之搞到十一点多。当天晚上，还收听了元旦社论。1号早上，我们全班一起包饺子，吃了来东北后的第一顿饺子。下午食堂会餐，八个人一桌，鸡鸭鱼肉，共十五个菜，再加大米饭。团政委等首长都和我们一起渡［度］了节日。元旦已这样过去了，不知你们过得怎样？马上紧接着又是春节到来了，每到节日就更加想家，怀念亲人。最近，我们团有很多青年回家了，杭州人也不少。团里对这些人也实在没有办法，只得说服教育。当然，后果我想是可以设想的。我很想家，也很想亲人，但今年看来是不能回家了，到明年再说，如没有探亲假，也会给事假。

而在2月1日的信中，他则谈到了刚刚过去的春节假期：

美华：

您好！近来身体好吧？工作中生活如何？精神愉快吧？春节飞快度过，转眼已是七十年代第二个春天，在新的一年里，让我们携手共同前进。

人生易老天难老，岁岁重阳，今又重阳，战地黄花分外香。一年一度秋风劲，不似春光，胜似春光，寥廓江天万里霜。
毛泽东

美华友友：

您好！今天收到了你的来信，看了一遍又一遍，似乎我们又欢聚一起，畅谈幸福的过去，设想着美好的将来……。看了信后，我的心是多么激动，久久不能平静。自分别后，那一天不等待着您的来信？多收到您的一封信后的心情……。真挚的语言，把我们的心紧紧连接在一起，使之更加可贵、活泼……。

七十年代的第一个年头已经过去了，迎来了伟大光荣的一九七一年。

今年的元旦，是我到黑龙江后的第一次元旦，过了很不错，想家乡你们也会愉快的度过这个节日的。节日，原来准备放两天假，但由于我们正在搞"四好"总评，还没有结束，所以领导上就决定元旦放一天假，以后再补假。31号晚上，团机关司令部召开了晚会，各单位演出文艺节目，总之搞到十一点多，当天晚上还收听了元旦社论。1号早上我们全班一起包饺子，吃了来东北后的第一顿饺子。下午食堂会餐，八个人一桌，鸡蛋、鸭、鱼、肉，共十五个菜，再加大米饭。团政委等首长都和我们一起渡了节日。元旦已这样过去了，不知你们过得怎样？马上紧接着又是春节到来了，每到节日就更加想家、怀念亲人。最近，我们团有很多青年回家了，私奔人也不少，团里对这些人也实在没有办法，只得说服教育，当然后果我本是可以设想的。我很想家，也很想亲人，但今年看来是不能回家了，到明年再说，如没有探亲假也会给事假。

最近，我们还在搞"四好"总评，前一阶段搞了路线分析，

1971年1月3日阿文致美华信首页

春节我们一共放了五天假。说实在，在生活上来讲，春节是算不错的，但精神上却总好像是漂漂当当［荡荡］的，感到非常不安，无影的激浪冲击着，使人久不能平静，想念家乡，怀念亲人。回顾这过去的每一幕，心潮澎湃，热血沸腾，有多少话要跟你讲，有多少语言……“每逢佳节倍思亲”，亲人的身影，亲人的嘱咐，亲人的一切都显示在眼前。每当回忆起这些，使之加倍新鲜、甜蜜……节日的每一个夜晚都是你陪伴着幸福渡［度］过……

节日正飞快渡［度］过，节日过得很好，身体、生活一切都好，勿念！不知你的节日过得如何？回家没有？身体精神如何？很是挂念！马上节日过去，又要进行紧张的工作，在工作中千万注意身体，别搞垮自己的身体，今后的日子还长着呢！另外，关于我们的事，我想只要有真挚的感情，就会有幸福的一天，真也如你所说的那句话：“真挚的感情胜于一切。”“海内存知己，天涯若比邻”，我们的心是紧紧连在一起的。

春节前，家里给我邮来了东西，年糕、肉、糖等，基本上都是吃的。你妈妈也给我邮了四斤糖。说真的，我真不知怎么是好，我真是从心眼感到大家对我的关心。时间关系，暂到此搁笔，再见！

祝

愉快！

阿文草　71年2月1日

可以看出，不论是元旦，抑或春节，连队始终处于热闹喜庆的氛围中。然而“每逢佳节倍思亲”，不少知青却因为思乡心切回家，甚至到了不得不说服教育的地步。而客居异乡的阿文，尽管物质生活是不错的，但此时的精神生活同样苦闷，对家乡、亲人、恋人的思念，使得他“心潮澎湃，热血沸腾”。他在信中关心的不是自己，更多的是嘱托美华要保重身体。

这批通信的最后一封是阿文于1971年8月30日写给美华的。他在信中说：

美华：

您好！近来身体怎样？工作、生活都好吧？很是挂念！

今天要告诉你的是，我已决定要在国庆前回杭探亲。关于这事，我想你一定是早已知道了吧？原来我也早就想告诉你了，但是由于工作情况，所以不能确定，我也没有告诉你。当时，我也想针［征］求一下你的意见、看法、打算，但后来，我考虑到没有什么必要，因为设身处地，你的心情一定是跟我一样的，你一定是盼着能早有团聚的一天。那幸福的团聚就在眼前了。这些日子来，我的心是不平静的，虽然离回杭还有一些日子。我总是回想着以前的幸福生活，回忆着过去的每一幸福会面。今天，相隔一年另四个月的今天，我们又将从分割［隔］祖国两地的南北幸福团聚，这一切都是党和伟大的毛主席对我们知识青年的最大关怀……

阿文于1971年8月30日午

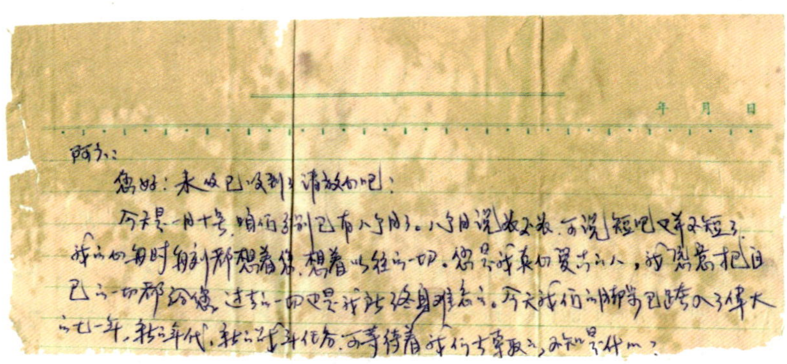

年 月 日

阿文：

您好：来信已收到，请放心吧！

今天是一月十号，咱们分别已有八个月了。八个月说长不长，可说短吧又并不短了。我的心每时每刻都想着您，想着以往的一切。您是我真心爱恋的人，我愿意把自己的一切都给您，过去的一切也是我所终身难忘的。今天我们的脚步已跨入了伟大的七一年，新的年代，新的战斗任务，可等待着我们去索取的，不知是什么？

1971年1月10日美华致阿文信

从中可知，阿文决定国庆节前回杭探亲，面对就在眼前的“幸福的团聚”，已经离杭一年四个月的他，内心当然无法平静，激动而急切地盼望着和美华相聚的幸福日子早些到来。

稍有遗憾的是，这批通信中美华的回信很少，这里选取美华1971年1月10日写给阿文的一封回信：

阿文：

您好！来信已收到了，请放心吧！

今天是一月十号，咱们分别已有八个月了。八个月说长不长，可说短吧又并不短了。我的心每时每刻都想着您，想着以往的一切。您是我真心爱恋的人，我愿意把自己的一切都给您，过去的一切也是我所终身难忘的。今天我们的脚步已跨入了伟大的七一年，新的年代，新的战斗任务，可等待着我们去索取的，不知是什么？

尽管原信仅残留片纸，但依然可见，八个月的分别并没有改变美华对阿文的思念与爱恋。

爱情，不仅是文学的母题，也是亘古不变的话题。每个时代都有自己的爱情故事，上个世纪的知青岁月概莫能外。阿文和美华是这些青年中的代表。这对恋人因为响应国家号召而不得不分隔天南海北，但他们并未因此放弃自己的爱情，而是通过一封封书信倾诉衷肠，联系彼此。尤其是阿文，尽管远离家乡，远离爱人，内心起初有纠结、惆怅、悲伤，甚至迷茫，但“北大荒”忙碌的生活使他的内心渐趋平静，而与美华之间的爱情则更成为他“唯一的希望与力量”。地域的分离不仅没有减弱他们的感情，反而使彼此更加坚定地走在一起。

这些书信的最后，其实并没有交待这对恋人最终的爱情结局，但我们今天重新审视他们之间的爱情故事，其中折射的不仅是整个时代，也是每个人的内心。

雁素鱼笺

一回相见一回老

——吴昌硕致万春涵信札笺释

梅 松

万春涵（生卒年不详），字康父，号东园，孝丰中箢（今属浙江安吉）人。其祖父万人杰正是近代艺术大师吴昌硕（1844—1927，名俊卿，以字行）的外祖父。关于万人杰，《（光绪）孝丰县志》卷七称其为贡生，"乐善好施，独力铺东门大道石板十里。嘉庆二十年（1815）岁饥，赈谷二千余石，率族建孝丰乡社仓"，可见他注重慈善事业，在地方上具有较高的声誉。

万家有一方历经兵灾而保存完好的祖传砚台。万春涵曾以此为题作《持砚图》，吴昌硕为之题跋：

> 万东园表弟以《持砚图》属题。东园遭难后，犹得保先人遗物，传之绘事，可记也。赋三首："孤露余生手泽稀，粗安窀穸北山陲。剩将一片寒云色，秋雨潺潺写墓碑。（东园屡属余为其先大父刻墓志铭，盖即余外祖也。）""垂髫曾侍校奇书，深院梧桐叶落初。干死砚田鸲

鸲眼，难寻当日玉蟾蜍。”“纪难诗篇彻夜裁，一池秋水下帘开。阿兄半壁尤堪宝，疑是东坡食破来。（谓佩珊表兄所藏紫端破砚。）”

吴昌硕与万春涵年龄相仿，兴趣相近，加之表亲关系，彼此往来频繁，吴昌硕诗集中便不乏寄赠万氏之作。日本谦慎书道会所编《生诞一六〇周年纪念——吴昌硕书画集》中，收录吴昌硕致万春涵信札十二通，原为诸乐三旧藏，颇为稀见，不仅是研究吴昌硕生平的重要资料，还可补《吴昌硕全集》之阙。今据手迹，整理考订如下。

第一通

康父老表弟阁下：

昨由周锦章寄奉一书，并篆屏等件，已达左右否？兹接开春叔来信，谓寒族盗坟一节，邑尊愿给款项修理墓所，再行严缉等情。俊意此事总以安妥先灵为第一要义。开叔既无力修墓，则此款似乎可以领取，特属其来前，望指示商办一切，感激无量。俊远客不能躬亲其事，致劳清神，实抱不安，然泉下人亦必深感盛情于无尽也。肃恳，敬请道安。

愚表兄 俊顿首

此札撰写于光绪十八年（1892），二纸，“缶庐”笺。

邹涛主编《吴昌硕全集》收录吴昌硕致顾潞信，有云：

俊以小儿考事至湖，安吉考数无多人，渠得以第七名入学，文墨不通之秀才，天下又多一个，可笑也。安吉校官索册费多至八十元一边，弟如何有此力量，故至今未曾说定。……考后，弟率小儿至芜园一拜老母。适鄣吴村寒族有明嘉靖时古冢，为人发掘，与弟虽属旁支，然不敢坐视。复至孝丰城递公呈请官往看等事，至十四日始得返沪。缶庐笔墨堆积如山，对之生愁。吾哥近来兴致如何？窸帅精神健否？何时来沪一游？藻弟长见面否？

其中“适鄣吴村寒族有明嘉靖时古冢，为人发掘”一句，正与致万氏信中“谓寒族盗坟一节”相合，可知二札作于同一时期。又，窸帅即吴大澂，为吴昌硕友人。据顾廷龙《吴窸斋先生年谱》载，光绪十八年，吴大澂居家丁忧，“春三月，赴杭州就医”，无怪乎吴昌硕有“窸帅精神健否”之询。这也从侧面印证了信札的撰写时间。

开春叔，即重修《吴氏宗谱》时，担任协理一职的吴为大，是吴昌硕族叔。从信中可知，吴氏家族墓地被盗，而吴为大无力修复。在万春涵的周旋下，孝丰县给了一部分修墓费用。周锦章，其人待考。

第二通

……再，壶儿入学后，尚肯用功，唯身子太弱，又无名师导之先路，可叹也。安吉入学较易他处。鄙意试草不刻（何必骗人），亦不开报（何必张大），尊意想必以为

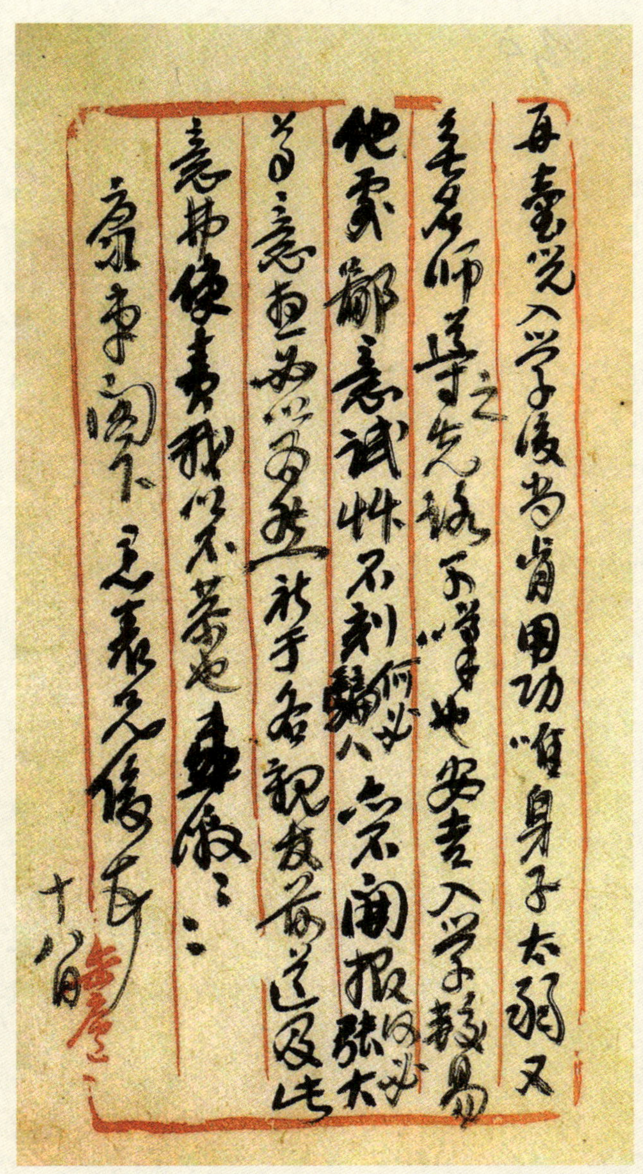

光绪十八年某月十八日吴昌硕致万春涵书札

然。祈于各亲友前道及此意，弗使责我以不恭也。感激、感激。康弟阁下。

愚表兄 俊顿首

十八日

此札撰写于光绪十八年（1892），残一纸，“缶庐”笺。

壶儿，即吴昌硕次子吴涵。“壶儿入学后，尚肯用功”，与前揭吴昌硕致顾潞信中“俊以小儿考事至湖，安吉考数无多人，渠得以第七名入学，文墨不通之秀才，天下又多一个”相呼应，可证信札的撰写时间。是年春，吴涵在父亲的陪同下回湖州参加府试，名列第七，入泮学习。

第三通

康父表弟大人阁下：

前接手教，敬知寒族坟案已蒙吾弟善为料量，复蒙邑侯给以修墓之费，为数虽微，略存体面，非吾老弟代劳，安得有此。当世客民扰攘，凡事需求过得去，是言谨当三复。以后此案应如何办理之法，皆祈老弟斟酌而行。唯求泉下人弗至深为抱憾于后死者，是为有道。俊叩头遥恳而已。肃复，敬请秋安，不一。

愚表兄 俊顿首

七月廿五日

此札撰写于光绪十八年七月廿五日，二纸，“缶庐”笺。

札中“复蒙邑侯给以修墓之费”一句，与第一通“邑尊愿给款项修理墓所”正相呼应。知此札作于第一通之后，是感谢万春涵对祖墓被盗之事的周旋之力。前揭吴昌硕致顾潞信中，有“适鄣吴村寒族有明嘉靖时古冢，为人发掘，与弟虽属旁支，然不敢坐视，复至孝丰城递公呈请官往看等事”云云，可见吴氏本人也曾为此事出面奔走。

第四通

康父表弟阁下：

读手示，敬悉一切，扇二叶先涂奉，余件容带沪书寄。昨有书画三件交开春叔持上，已收到否？俊事承商之步洲表叔，深为可感。步丈热心人，素所深悉，再求便中与杏红别驾一谈。倘能得两竿之数，则事无不成矣。此事实不能不办，佐杂实做不下去，唯亲友中之知我者，亮我苦情耳。立盼回音，至托，至托。鲁风年伯分二元，步洲表叔分一元，对使拜领，不敢言谢。复请道安。

愚表兄 俊顿首

初八日

再，谱事已告之开春叔，其言略有款可酬，望促之使成。又及。

此札撰写于光绪十八年，二纸，“上事”笺。

据札中“佐杂实做不下去”以及第六通“俊拟捐加一事”等

语，可知吴昌硕正为捐纳之事筹款。光绪十九年（1893）十月，吴昌硕以县丞（佐贰）捐试用江苏知县。光绪二十年春至二十四年秋，正式修纂《吴氏宗谱》。因此，光绪十八年开始，吴昌硕为捐纳筹钱，为修谱筹备经费、落实人员，合乎常理。且此札当撰写于光绪十八年，方可与第五通互证。

杏红（别驾）、步洲（表叔）、鲁风（年伯），待考。

第五通

康父表弟阁下：

王氏表弟辈送出沪上。接惠书，领悉一是。比想秋兴无涯，吟眺在迩，以欣以颂。俊落拓奉差，笔墨高阁，有心人闻之齿冷，而当局者实出于不得已也。所事承与步洲、杏红二公说项，感激之至。俊已函商西江，俟有复书，再行奉告。九月八日为涵儿完姻，其时望于亲友中结伴来沪畅游，是所深盼。奉去请帖数分，乞饬送为托。

愚表兄 俊顿首

小儿辈随叩

此札撰写于光绪十八年，二纸，“缶庐”笺。

林宏编《吴昌硕手札诗卷合卷》所收吴昌硕致子选学博信，有“涵儿入学完娶，宠锡隆仪”一语，知二事间隔不久。吴涵于光绪十八年春考取秀才，入泮学习，札中谓“九月八日为涵儿完姻”，一前一后正相印证。

是年，吴涵十七岁。又，吴涵先后四娶：潘、杨、蒋、赵氏。

此当为潘氏（1876—1895），与吴涵同年，不幸早逝。

第六通

……再者，俊拟捐加一事，时不可缓。前日，承许代为与杏翁、步翁二公商筹款项，未识有无回音。望即惠我数行，以便遵行。若再迟迟，则盐票将买尽矣。再请康弟鉴之。

表兄 俊顿首

此札当撰写于光绪十八年，残二纸，“缶庐”笺。

札中“俊拟捐加一事”一语，与第四通“佐杂实做不下去”相呼应；“前日，承许代为与杏翁、步翁二公商筹款项，未识有无回音”一语，与第四通“再求便中与杏红别驾一谈，倘能得两竿之数”、第五通“所事承与步洲、杏红二公说项”相呼应。可知以上数通的撰写时间相去不远。另据“则盐票将买尽矣”一语，可知吴昌硕捐纳是通过购买盐票上兑。

第七通

康父表弟大人阁下：

接手示，敬悉起居安适，小儿完娶，承老弟与各亲戚厚锡隆仪，感惭交集（共四分计五羊），唯是天各一方，未能踵谢，只有临风叩首而已。奉去请帖二分、谢帖四分，祈饬送为荷。委买办播威表，容稍暇托人，再行写信通知。肃复敬请吟安。

杏红别驾、晓隄姨丈、绘青世先生前，祈叱名请安问好。

表兄 俊顿首

八月廿九日

此札撰写于光绪十八年八月廿九日，二纸，“缶庐”笺。

前揭吴涵的婚期是光绪十八年九月八日。此时八月二十九日，已经陆续接到亲友的贺礼，还有未能寄送的请帖也逐一寄奉，所以札中有“奉去请帖二分、谢帖四分，祈饬送为荷”之语。信中还提到万春涵委托吴昌硕代买播威表。播威（Bovet）是瑞士表的一个品牌，道光四年（1824）传入中国，深受皇家贵族喜爱。万春涵作为一个生活在安吉乡村的地主，其新潮思想和经济能力，由此可见一斑。

绘青，即王立三（1875—1951），孝丰县缫舍（今属浙江安吉）人。王立三早年东渡日本留学，并加入同盟会。民国元年（1912），以光复安吉、孝丰两县之功，出任安吉民事长。后任江山县知事，因与地方势力不合，拂袖而归。回乡后，致力于实业、教育，对地方经济和社会发展贡献殊多。晓隄（姨丈），待考。

第八通

康父老表弟大人阁下：

别后冒雨还安吉，回思相聚之乐，复踊跃不能已。然一回相见一回老，则又凄然，有此乐也。近维覃第纳福为颂。寒族请修家乘一节，重劳大才，心实不安。然俊文弱而忙碌，奔走如马牛，十余载以来未尝在家，而族中人又

光绪十九年十一月初八吴昌硕致万春涵书札（一）

光绪十九年十一月初八吴昌硕致万春涵书札（二）

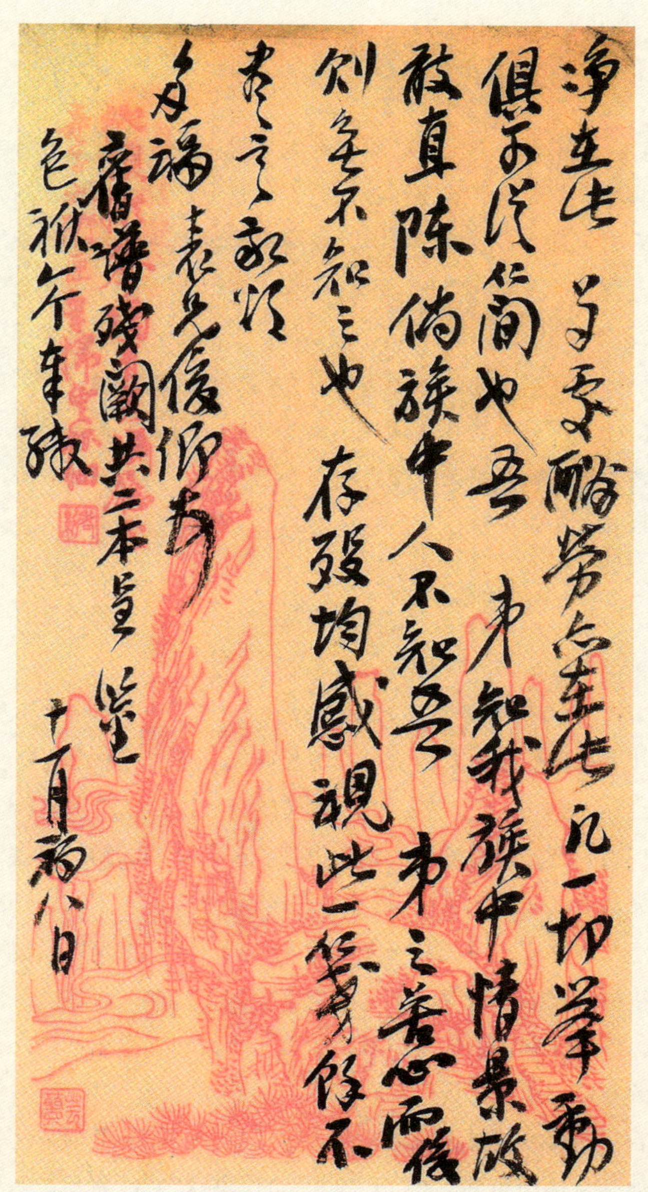

光绪十九年十一月初八吴昌硕致万春涵书札（三）

皆目不识丁者居多。近访得横塘本家有秀才号灿若者，特请其与昧弟同来，望为指教一切，或议薄酬帮忙尊处。灿若系俊侄辈，人极能干有为，唯老弟因才器使可也。谱款极力搜罗，只有贰百五拾元（村内百卅元，北山卡百廿元）。族中人俱贫苦不堪，无从生法，望吾弟尽此数目办事，谱匠包净在此，尊处酬劳亦在此。凡一切举动，俱可从简也。吾弟知我族中情景，故敢直陈。倘族中人不知吾弟之苦心，而俊则无不知之也。存殁均感，视此一笺。余不尽言，敬颂多福。

表兄 俊卿顿首

十一月初八日

旧谱残阙共二本呈鉴，包袱一个奉缴。

此札撰写于光绪十九年十一月初八日，三纸，三种山水笺。

《吴氏宗谱》始纂于光绪二十年（1894）春，修竣于光绪二十四年（1898）秋，历时五年。札中提到委托万春涵襄助、筹款，并交付由吴昌硕之父吴辛甲搜辑的旧谱残篇剩卷等事，说明修谱准备工作已经基本完成，系此札于光绪十九年末，合乎事理。从信中可知，由于吴氏家族的没落，不但能识字的族人甚少，而且经济情况也不佳，所以此次修谱经费只筹得二百五十元，其中包括谱匠和万春涵的劳务费。

灿若，即重修《吴氏宗谱》时，担任校阅一职的吴炳荣，是吴昌硕族侄。从信中可知，《吴氏宗谱》的实际修纂者是万春涵、吴为大、吴炳荣等人，至于主修吴昌硕、纂辑吴涵只是挂名而已，没有参与具体的编纂事务。万春涵由于是外姓，最终并未名列其中。昧弟，其人待考。

第九通

康父老表弟阁下：

前奉书并拙画一帧，未得复，已收到否，念念。山荆还苏备述三月间登堂叩喜，承为一切款待。如置吾身于溪壑间，与老弟谈诗论文，香温茶熟时也，为之欣羡不已。佳儿佳妇，老以自娱，兼之名重士林，一乡仰望。虽山中宰相，无此大乐。昨由老母处寄到承惠笋脯一蒲包，煮而尝之，香味溢颊，惜兄齿牙已脱三四，昌黎所谓“叉牙妨食物，颠倒怯漱水”。人生到此境界，如之奈何。保甲差六月间当满，一无门路，另谋别事，或者秋冬之间可以回里一行。承询寒族谱事，至今高阁，序文皆作就。总之，族内太穷，兄之官运又不佳，所以如此耳。肃此，敬叩吟安，并问弟夫人坤福，表侄辈好。

表兄 俊卿顿首

五月二日，匆匆

此札撰写于光绪二十四年（1898）五月二日，二纸，“缶庐”笺。

《吴氏宗谱》中，吴昌硕序的落款时间为光绪二十四年三月，则此札亦作于同年。从信中可知，是年三月，吴昌硕夫人施酒回安吉，受到万家的热情款待。此外，这一年四月前后，吴昌硕曾奉委查宜兴、荆溪铺税药牙差。八月初一至十二日，又赴昭文秋勘差。而此札则提供了六月前后，吴昌硕还任过保甲差的信息。

第十通

康父表弟大人阁下：

前月拜读鸿篇，快慰无比。文章的的佳妙，唯中间有数字宜酌。若自存稿，则不必改也。三佛曾饬迈儿奉呈，未知已达于长者之前否？念念。承惠笋衣、茶叶，病夫得进乡味，心脾一沁。弟之惠我赊矣。俊患腿疾，大有躄一足之意，迎以霉令，其痛尤苦。回寓两月，未曾出门一步，闷极欲死矣。吾老弟何以教之耶。闻老弟精神特健，寿者相固如是耶。深望时锡一笺，以慰悬想不尽。专此布臆，即鸣谢悃，敬颂道安。

裕侄文吉。

表兄 俊顿首

六月朔

久不作诗，近为人属强和寿诗，向不善步韵，更见恶劣矣。奉去两纸，希康老吟坛教之。

愚表兄 俊又沏

弟得三孙女，兄亦得三孙女，天之瓦窑多哉。一笑。

此札就书法、笺纸看，撰写时间似与第十一、十二通相去不远，疑即作于光绪二十九年（1903）六月初一，四纸，鱼纹笺。

三孙女，当指吴涵长女吴棣华、次女吴棣吟，以及吴迈长女吴棣英。

第十一通

康父老表弟大人阁下：

继之四表弟来苏，得读手札，如见苍颜，泠泠泪下。俊家运不佳。七月杪，内弟施石墨由震泽来寓就医，不数日逝矣。（其在许玉农处就馆。）其极寒士，为之料理化去百番。廿四，涵儿电索迈赴新淦。八月初，知二媳亡矣。俊在差次，得家书，知内人病剧。初八日到苏，即大作寒疾，呕吐不止，而小便遗精自不知觉。内人为求神做鬼卜卦，均妄效。后经医家用羚羊、大凉诸药，渐渐平服，至廿日方得起坐，每日进陈米粥汤。近日稍健，又因受风，正在腹泻已甚之时也。草草复数行，弗责为幸。迈儿来书，大约九月望后随其兄偕来。涵儿差已销去，因訾捐概归湖北代收。俊年仅六十，而老丑可笑，颇思与弟台一握手也。侄辈多好。即颂道安，并颂弟夫人安。

愚表兄 俊顿首

初八日

奉呈拙作二本，请以一本赠济之表弟。

此札撰写于光绪二十九年（1903）九月初八，四纸，鱼纹笺。吴昌硕生于道光二十四年（1844），札中云“俊年仅六十”，正

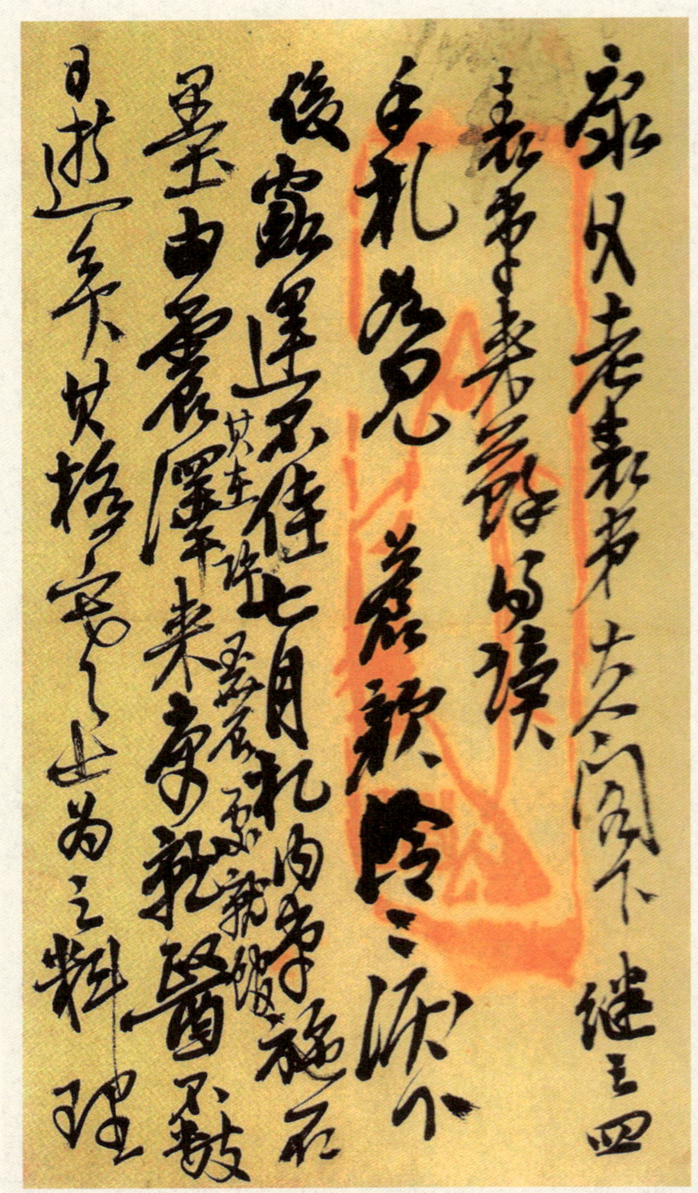

光绪二十九年九月初八吴昌硕致万春涵书札首页

可证此札撰写年份。

是年，吴昌硕流年不利。据此札可知：七月，内弟施为（施石墨）病亡。八月，儿媳杨氏亡于新淦。《吴昌硕全集》所收吴昌硕致吴涵信，有“媳妇分娩时，须小心将事”一语，可见是难产之故。此后，妻子施酒病剧，吴昌硕本人也“大作寒疾，呕吐不止，而小便遗精自不知觉”。九月十五日后，吴涵销江西临江膏捐局之职，与弟吴迈同归故里，原因是“膏捐概归湖北代收”。

第十二通

康甫老表弟大人如晤：

绘兄回苏，知吾老表弟已径由扈［沪］归里，在苏时又不肯屈留，何见外乃尔。此番为取媳事，恳劳作伐，虽云至戚，亦感盛情，总总不周，还乞原亮。今科豫侄未售，深为抱歉，然功名迟蚤有定，深望养到功深也。眼药灵否？如已用竣，可函知再买。专此布臆，敬叩道安，并请弟夫人安。修甫、济之二位表弟候候。

愚表兄 俊顿首

九月廿一日

此札撰写于光绪二十九年九月廿一日，二纸，鱼纹笺。

《吴昌硕全集》收录光绪二十九年七月十七日吴昌硕致洪尔振信，有“九月间为苏儿娶妇”一语，正与此札“此番为取媳事，恳劳作伐”相呼应，指三子吴迈与王薇青婚事。“恳劳作伐”，说明吴、王联姻，请万春涵做媒。绘兄，即王立三，为王薇青之兄。

茅盾致姚蓬子的一封信

金传胜

1942年4月8日，《新蜀报》副刊《蜀道》第七〇五期以《茅盾来信》为题刊出茅盾的一封书信，内容如下：

> ……夙爱桂林山水，今兹幸得生还，颇想小作逗留。但米价日涨，居亦不易，而空身脱险，衣物尽失，偶过市廛，询价为之咋舌。亦试想写些什么，则稿值千字尚不能买半斤米，而识者尚谓此后米价将有进无退，此间友人戏谓吾人稿费将不得不以米计，俾生活稍有保障，然恐亦只成为戏言而已……

收信人应当就是副刊主编姚蓬子。黄山书社版《茅盾全集》卷三十七以《致姚蓬子》为题收录此信，并有如下注释：

> 原刊于重庆《新蜀报·蜀道》，一九四二年四月八日。刊出时首尾均被略去，估计作于是年三月。后编入《茅盾

蜀道

第七〇五期　編者　主子　羅蓀

廣告

看戲日記（二）

徐昌霖

——之一——
悲哀的觀衆
十二月×日

——之二——
「照牌」所惹起的
正月×日

敵人的攻勢正在疲弱下去

雨鯨譯

致A．托爾斯泰電

A托爾斯泰的覆電

茅盾來信

《新蜀報》副刊《蜀道》第七〇五期剪報

书信集》，百花文艺出版社出版。

姚蓬子当时不仅负责《蜀道》副刊，而且与徐霞村、老舍、赵铭彝共同编辑一本名叫《文坛》的杂志。《文坛》创刊号问世于1942年3月20日，由姚蓬子主办的作家书屋发行。该刊十分重视各地文坛情形的报道，有时直接刊登作家来信，如创刊号即在《作家书简》题下刊载鲁彦致姚蓬子、许广平致孙伏园的信函。

一个月后的5月5日，茅盾的这封来信全文以《茅盾近况》为题刊登于《文坛》第三期。兹照录如下（漫漶之字以□标示）：

蓬子兄：

月之八日抵桂林，始知谣传弟已遭毒手，今贱□尚存，异日握手道故，兄应知弟犹顽劣如昔也。寓港文友，亦均脱险，想兄已知其详。夙爱桂林山水，今兹幸得生还，颇思小作逗留。但米价日涨，居亦不易，而空身脱险，衣物尽失，偶过市廛，询价为之咋舌。亦试思写些什么，则稿值千字尚不能买半斤米，而识者尚谓此后米价将有进无退，此间友人戏谓吾人稿费将不得不以米计，俾生活稍有保障，然恐只成为戏言而已。舍予兄已返渝否？甚念！乞为致意问候。兄之烟瘾，近复如何？逃难时有一发见，即广东土烟用土纸卷而吸之，殊不恶，若且胜于三元十枝之所谓黄金龙，不敢自秘，敬以相告，但恐渝市未必能购得广东土烟耳。至若桂林，则凡顶熟生切之类，颇易购得，六七元可得一斤，此亦弟赖在桂林之一理也。久不

见《蜀道》，想更开展矣，匆上，恕不多及，顺颂
撰祺

雁冰启　三月十九日

相熟诸友均请代候。

姚蓬子为什么将茅盾的来信两次发表于其编辑的刊物上呢？茅盾信函的首句或许可以为我们释惑。

1941年12月，太平洋战争爆发，香港陷于日军之手。因受战火影响，信息渠道不畅，小道消息不绝如缕，社会上一度出现茅盾在香港“已遭毒手”的谣传。这一传言可能最初来自1942年1月的桂林报纸，随后广为传播。例如2月8日《江苏日报》第二版即刊有一则“桂林通讯”《茅盾死节！惨遭暴敌杀害殉国》，报道茅盾与陶希圣同时遭敌人杀害。于是，各地报刊上便陆续登载了一些悼念茅盾的文章。如1月8日衡阳《大刚报·新阵地》刊出署名“辛”的《悼茅盾》，1月13日桂林《扫荡报》发表符号（符业祺）的《悼茅盾》，1月26日《前线日报·磁铁》刊载蔓的《闻茅盾遇难》，1月31日《武汉日报·鹦鹉洲》同时刊发寒蝉的《但愿传闻失实！悼念茅盾先生》和施倍的《没有泪和声音的哀辞——悼茅盾》，2月22日《西安晚报·路灯》刊载沈沉的《由茅盾先生殉难说起》。茅盾致姚莲子信的刊载无疑使传闻不攻自破，让关心茅盾的文友与读者额手称庆。不过，可能由于《新蜀报》发行量更大，传布范围更广，当时的报导，如4月27日《前线日报·磁铁》刊出《茅盾庆获更生》，5月18日《中山日报》刊出《茅盾尚在人间》，5月22日《泉州日报》刊出《茅盾无恙，脱险香江，卜居桂林》，均是据副刊

《蜀道》转载。

除茅盾外，其他寓港文人的安危也是大家关注的话题。同期《文坛杂碎》第一则消息即是有关徐迟、夏衍由香港脱险的：

> 由港脱险归国作家，最近抵重庆者有徐迟和夏衍。二人虽均神色清朗，但精神极好。徐迟抵渝次日，即参加文协成立四周年纪念聚餐会，夏衍则抵渝当晚即往国泰戏院观郭沫若近作《屈原》。

从香港脱险的文化人一部分暂居桂林（如茅盾、胡风），一部分则抵达重庆（如夏衍、徐迟）。

茅盾晚年曾在回忆录《桂林春秋》中说："阳历三月九日，我们终于乘火车到达了桂林，距我们离开香港正好两个月。"这与信首"八日抵桂林"的描述略有出入，极可能是茅盾晚年记忆差错。3月9日，桂林《大公报》第一时间登出短讯一则："茅盾、以群由港脱险抵桂。"若是3月9日抵桂，当天的报纸通常是来不及报道的。

据《桂林春秋》叙述，因为桂林的房子十分紧俏，茅盾夫人孔德沚奔波了一个星期仍无结果。最后是邵荃麟将他的一间厨房让了出来，茅盾夫妇才算有了栖身之所。作家彭燕郊在《胡风和茅盾》一文中有类似的说法："茅盾先生和胡风先生先后来到桂林，一时找不到住处，正好文化供应社（桂林最大的出版社）盖了一栋职工宿舍，邵荃麟分到一套住房，让出一间给茅盾先生住。"不过，1946年，作家宋云彬在《沈雁冰》一文中，则称茅盾在桂林住的房子是他提供的。总之，暂时安定下来的茅盾于3月19日给姚蓬子写了这封信，旨在向重庆的朋友们报平安。

针对茅盾信中抱怨的稿费过低的现象，桂林文化界曾开展过“保障作家合法权益”活动。1942年4月26日，中华全国文艺界抗敌协会（简称“文协”）桂林分会在广西省立艺术馆举行文艺座谈会，以“保障作家合法权益”为中心，决定向出版家与书商提出数项办法，以保证作家合理的版税与稿费收入，并推田汉、茅盾、胡风、宋云彬、李文钊、司马文森、秦似、胡危舟、艾芜九人负责办理。5月10日，“文协”桂林分会在艺术馆召开保障作家权益代表大会，茅盾、田汉、胡风、宋云彬、艾芜等九位代表均出席，讨论决定于短期内发动本市编辑人举行聚餐会，交换关于提高稿酬之意见，并另日举办茶会，招待本市各大书店负责人。据作家秦似回忆，“茅盾当时十分积极地参加了这一工作，与出版界投机商进行了有力的斗争，取得一定的成果”。胡风在桂林期间的日记中，恰好有几条关于他与茅盾共同交涉鲁迅著作版权问题的记录。如1942年11月5日日记曰：“到印刷所，查出《鲁迅短篇小说选集》，即约茅盾到科学书店，证明系陆凤祥指使店员所做。”次日，又有“约茅盾等到文献出版社，证明《鲁迅杂文集》系‘文献’友人车某所做”的记载。《鲁迅短篇小说选集》《鲁迅杂文集》均是当时桂林图书市场出现的翻版（盗版）书。

总之，相比于《蜀道》所载片段，《文坛》杂志刊载的茅盾来信全文使我们能够更好地了解到信件中最初蕴含的丰富信息。《茅盾全集》再版修订时，这封信不妨据此收录。

与《红楼梦》的不解之缘
——赵清阁致胡文彬书札三通释读

张翕然

赵清阁（1914—1999）是中国现代文学史上一位重要的剧作家。尤其是对于中国古典名著《红楼梦》的改编，赵清阁倾注了大量的心血。她在《红楼梦话剧集》自序中曾说：

> 回溯我从事戏剧创作四十余年，出版了剧本二十个，我愿一概弃如草芥；只有对《红楼梦话剧》，还有些锲而不舍，虽然也是拙劣之作；但我想《红楼梦》原著是卓越不朽的，研究和改编工作势必还要继续下去，今后一定会有优秀的《红楼梦》剧本出现，那时我改编的剧本就让读者去淘汰吧！

这段话虽然是自谦之词，但可以看出赵清阁对《红楼梦》改编工作的重视。学者傅光明在《赵清阁与〈红楼梦〉的未了缘》一文中，曾评价赵清阁是改编《红楼梦》中“最热心者”，“是中国现代话剧史上成规模、有系统地改编‘红楼’话剧的第一人”。笔者藏有赵清阁致红学家胡文彬（1939—2021）的书信三通，信中论及《红楼梦》剧本的改编和出版等事，同时也揭示了古稀之年赵清阁的生活和创作，具有丰富的史料价值。

第一通

文彬同志：

哈市一别，忽忽月余。这次《红楼梦》研讨会开得相当好，我曾撰文简介（见《人民政协报》七月十五日）。遗憾的是，我未能全部与会耳！

在哈时，原拟面谈《红》剧事，又以您忙，也没有如愿。日前，魏绍昌同志电话促询，我想还是直接联系一下为宜。《禅林归鸟》我已着手修订，因系孤本，尚需复印，为此还要一些时间。且溽暑多病，月内能否交出，不敢定。如尊编《红楼梦戏剧集》急用，来不及，我就不必滥竽充数了，可考虑选他人改编的话剧。不知你意如何？盼复！

再者，在研讨会上，有人为我和端木蕻良、周策纵等拍了些照片，能否设法要一份寄来，留作资料，纪念。请问问周雷同志，记得他也拍过。即此顺颂

夏祺

赵清阁

八、七

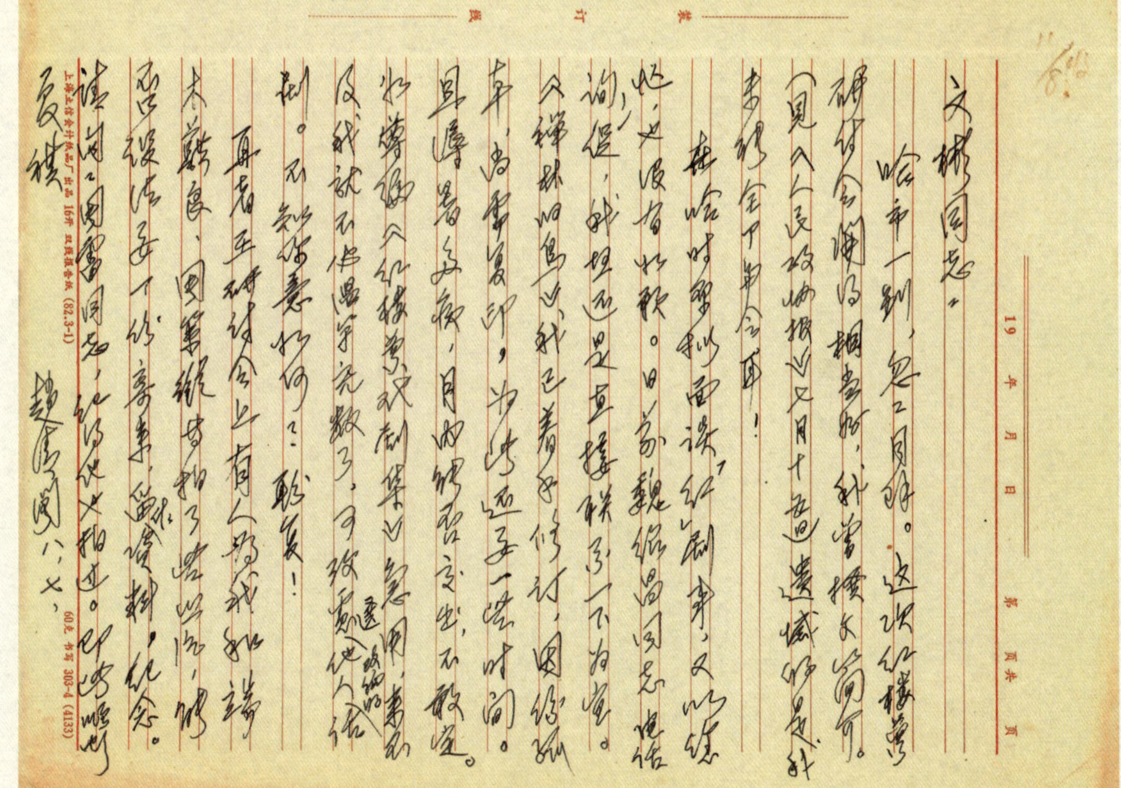

1986年8月7日赵清阁致胡文彬信

此信写于1986年8月7日。这一年，胡文彬拟编一本《红楼梦戏剧集》，决定将其在香港《海洋文艺》1980年第7卷第9期上看到的赵清阁《红楼梦》话剧本《鬼蜮花殃》选入其中。为保证事情顺利进行，胡文彬先请好友魏绍昌作为中间人，联系赵清阁。魏绍昌（1922—2000），浙江上虞人，曾任上海作协资料室主任，喜交游，与赵清阁友好。魏绍昌对此事非常用心，多次给胡文彬写信说明事情进度。1986年3月16日，他致胡文彬信称："赵清阁《鬼蜮花殃》，我已先去信请她支持，改日再去当面疏通，估计不会有什么问题也，请放心。"3月21日，致胡文彬信称："赵清阁同志来函，说《鬼蜮花殃》已收入她本人所著《红楼梦话剧集》（四川人民出版）内。如尊编愿意转载，她当然没有意见，但不知与出版社有碍否？"4月21日，致胡文彬信又称："尊编红楼戏曲集事，收赵清阁《鬼》剧，她完全同意，但要求用她新的修订本，已收在去年四川文艺出版社出版的赵清阁《红楼梦话剧集》中，您可找到否？此书上海亦未出售，但已出版，您可去函成都邮购一部。"

或许考虑到《鬼蜮花殃》已改名《晴雯赞》，收入《红楼梦话剧集》之中。赵清阁向魏绍昌提出，自己还有一个《禅林归鸟》剧本，因1982年（一说1983年）才重新找到发表本，故而未能收入《红楼梦话剧集》中。《禅林归鸟》是民国时期赵清阁改编《红楼梦》剧本的第四部，共四幕，是以"贾府贾母、贾政、王熙凤为主的政治悲剧"，曾在1945年12月和1946年1月的《人之初》月刊上连载前两幕，随后又重新在1946年《文潮》月刊上连载。5月10日，魏绍昌致胡文彬信称："四川文艺版赵清阁《红楼梦话剧集》到手否？其实，赵另有《禅鸟归林》（妙玉）的剧本未收入此集，

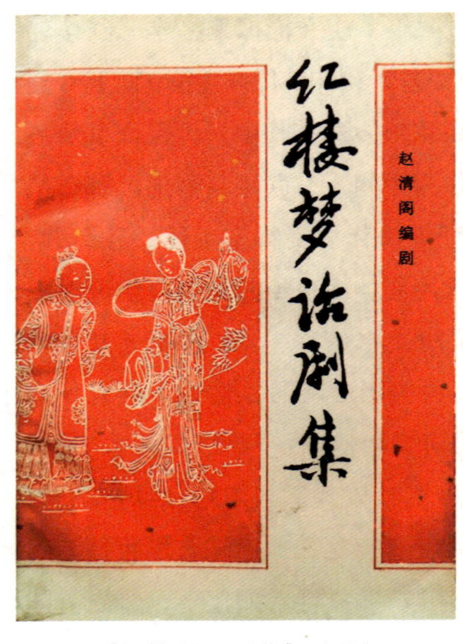

《红楼梦话剧集》书影

当时未找到，今已找到，作了些修改，您是否可将此剧本收入呢？此乃未收过的也，岂不甚好？”考虑之下，胡文彬和赵清阁一致决定将《禅林归鸟》收入《红楼梦戏剧集》。5月28日，魏绍昌致胡文彬信称：“赵清阁已同意将《禅鸟归林》整理好寄您，但因在修改，要七月奉上，可以吗？赵清阁的《红楼梦话剧集》，上海已见出售，我会买一本送您的，勿念。您来信中欢迎赵老来哈领奖，她听了非常兴奋高兴，很愿意来哈参加盛会。可是她既未收到过国际讨论会（她如来，也应参加）的邀请书，也没有收到过艺术节的请书，又怎么能来呢？所以还望尽快寄来请柬才好。”

1986年在国际《红楼梦》研究史上尤为重要。这一年，由哈尔滨师范大学和美国威斯康辛大学联合发起、哈尔滨师范大学筹办的第二届国际《红楼梦》研讨会，于6月13至19日在哈尔滨召开，同时举办《红楼梦》博览会、《红楼梦》艺术节及文学讲习班等活动，可谓规模盛大，影响空前。由于赵清阁在《红楼梦》改编方面的贡献，作为此次研讨会会务委员会委员、秘书处副秘书长的胡文彬代表大会组委会邀请赵清阁出席。收到邀请后，赵清阁非常高兴，于6月13日飞抵哈尔滨。会上，赵清阁获得《红楼梦》话剧改编荣誉奖。她对《红楼梦》的改编获得国内外的认可，使她的精神得到极大安慰。为记录首次“出关”东北，她特意写下一首诗：“出关北域夏如春，红楼盛会哈尔滨。几国学人风云集，锦心鸿文立论新。阔别更喜逢旧雨，隔海神交相见亲。一曲回荡疑是梦，古稀婆婆笑天真。”并且撰写了一篇散文《〈红楼梦〉盛会记》，刊载于《人民政协报》，记述了这次国际《红楼梦》研讨会的情况。在她看来，“这次的会议相当成功，虽然我不是红学家，也能从许多精辟的宏论中获得启迪，而有助于我的《红楼梦》改编工作”。

这次会议期间，她不仅与阔别多年的端木蕻良夫妇、黄宗江、林默予等旧友重逢，还结识了不少神交已久的新朋，如周汝昌、许宝骙、周策纵、周雷、胡文彬等。据胡文彬回忆：“在这次盛会上，我第一次见到赵先生风采，并面聆她的发言。记得在这次见面时，赵先生赠送我一本刚刚出版不久的新著——《红楼梦话剧集》。”

赵清阁还将《禅林归鸟》剧本带去哈尔滨，本拟与胡文彬商量此事，但因胡文彬太忙，二人仅有短暂交流，未能细谈。7月14日，魏绍昌致胡文彬信称：“赵清阁处我打过招呼。她说在开会期间，与端木等合影的照片，以及周雷在艺术节活动拍的有她的一些照片，最好寄一些给她留念。此事托您便中一办，也可问问周雷。她收到是很欢喜的。至于话剧本《禅林归鸟》，这次她是带到哈尔滨来的，而且很想和您当面谈谈，不料您实在太忙，她只好带回。所以除了我向她说说之外，您最好去一信催促，更有效果也。”

接到魏绍昌的信后，胡文彬便去信向赵清阁催询《禅林归鸟》剧本事。赵清阁此信即是对胡文彬来信的回复。旧作能编入《红楼梦话剧集》，赵清阁感到很荣幸。但修订《禅林归鸟》耗费了她许多时间和精力，因此迟迟不能将剧本寄出。为了不耽误胡文彬的工作，她说："如尊编《红楼梦戏剧集》急用，来不及，我就不必滥竽充数了，可考虑选他人改编的话剧。"可见赵清阁对待创作认真严谨，又处处为别人考虑，体贴入微。8月8日，魏绍昌致胡文彬信称："赵清阁剧本事，您已去信，甚好，我再去一信，推一把，促其早些寄上吧。"8月13日，魏绍昌再致胡文彬信称："今接赵清老来信，说她的剧本决定在月底寄奉，她本拟不改了，您的去信起作用了。她在《人民政协报》写大会一文，也要我寄赠给您，可见此老也很高兴也。"为促成《禅林归鸟》编入《红楼梦戏剧集》，赵清阁、胡文彬、魏绍昌三人常常互相通信，也是一段文坛佳话。

第二通

文彬同志：

大作《红边脞语》收到，谢谢！

上月十九日去信，想亦达览。但信封单位可能写错了，据魏绍昌同志告知：您的单位乃新华文摘社。地址未错或不至遗失。(老魏已给您去信。)

《禅林归鸟》已修改竣事，考虑之下，还是此剧较妥，一者过去没人写过这一题材（即贾府溃败），似还新鲜；二者有一定现实意义（见后记）；三者建国后不曾再出版；四者也是你的嘱愿。

剧名改用《树倒猢狲散》较切题。剧后写了篇"修订后记"，此文拟先发表。

剧本航挂另寄，因平挂时间太长（大作走了廿天才收到）。收到盼即赐复！顺颂

文安

赵清阁

九、三日夜

时间拖延了，歉歉！

此信写于1986年9月3日。此时，赵清阁已完成《禅林归鸟》修订工作，并决定将剧本寄给胡文彬。胡文彬收到剧本后特意重抄一遍，如此重视，令赵清阁大为感动。10月3日，魏绍昌致胡文彬信称："赵老稿承重抄一过，可谓体贴入微，她闻之感激涕零矣。她虽是卅年代前辈，但社会对她冷漠久矣，即今仍未得应有之重视也。"

赵清阁在信中提及"剧名改用《树倒猢狲散》较切题"，也就是说《禅林归鸟》已改名为《树倒猢狲散》，并且她还在剧后写了篇"修订后记"。信首赵清阁提到的《红边脞语》一书，是胡文彬研究《红楼梦》的随笔集之一，1986年6月由辽宁人民出版社出版，著名红学家端木蕻良和邓云乡作序。书中《终因树倒猢狲散——"树倒猢狲散"之出典》一文介绍了"树倒猢狲散"的典故出处。文中指出，在《红楼梦》中，元妃之死是贾府崩溃的根本原因，而"树倒猢狲散"标志着以贾府为代表的四大家族无可挽回的命运。曹雪芹把"树倒猢狲散"这句他祖父曹寅的口头禅写入小说，实际隐喻康熙皇帝之死和曹寅之死是曹家衰落的根本原因。另外，"树倒猢狲散"还是秦可卿托梦王熙凤时说的一句俗语，暗示

着贾府必将一败涂地的命运。因此，有理由猜测，赵清阁正是看到胡文彬这篇文章后才决定将取材于《红楼梦》后四十回情节的话剧本《禅林归鸟》改名为《树倒猢狲散》，便于读者和观众理解全剧的情节和主旨。赵清阁为《树倒猢狲散》所写的修订后记则以《梦醒人去——〈树倒猢狲散〉修订有感》为题，发表于《团结报》的文艺副刊《百花园》（1986年11月22日）上，后收入散文集《浮生若梦》中。

值得注意的是，学者傅光明指出，赵清阁还曾将《禅林归鸟》改名为《富贵浮云》，并且也写了一篇修订后记。这篇后记是傅光明从赵清阁的远房亲戚、好友、作家韩秀处得到的。1987年7月21日，赵清阁致韩秀信说道："为了让你得到剧本的全豹，我即将最后的一个剧本《树倒猢狲散》（原名《禅林归鸟》）寄给你，无论是再出版、或演出，你都可斟酌作主。"此时，还用着《树倒猢狲散》这个剧名。

两年后，《红楼梦戏剧集》仍没有出版。1989年7月21日，赵清阁致韩秀信称："我又重看了此剧一遍，觉得较其他各剧，戏剧性强，无论发表、演出都还有其可看性。此剧'后记'保留，是为了让你们了解我对主要人物作了些新的诠释。只供研究时的参考。倘《红》剧集一时不能重印，我意此剧可以先发表，因战后从未发表。你不妨问问痖弦先生，他的刊物要不要？收到来信，如不需，我拟与《香港文学》联系。剧名改《富贵浮云》较剀切。"不难看出，赵清阁至此才将《树倒猢狲散》更名为《富贵浮云》。考虑到《富贵浮云》未编入《红楼梦话剧集》，在新中国成立后也从未发表，所以她迫切地希望这个取材《红楼梦》最后章节改编的剧本，亦即《红楼梦》的尾声能够早日刊发。

又过了四年，《红楼梦戏剧集》付梓仍遥遥无期。这时，赵清阁应当已从胡文彬处知道，没有出版社愿意赔钱出这样的书。1993年11月24日，赵清阁致韩秀信说："我给你那本《红楼梦话剧集》及《梦醒人去》，能否找一家出版社合并印成一册？此间对剧本也不欢迎。所以也想麻烦你为我考虑考虑，能否在台湾出？"显然，赵清阁已经对在大陆出版她改编的《红楼梦》剧本不抱希望了，所以她想在台湾试试，经韩秀多方联系，也没有成功，终成遗憾。

事实上，《梦醒人去——〈树倒猢狲散〉修订有感》与《〈富贵浮云〉修订后记》两文在整体内容上极为相近。前者当写于1986年9月初，而后者则是在前者基础上修改的，当作于1989年7月。此外，两篇后记还有一个很明显的区别。前者提到赵清阁是1983年才重新找到发表本的，而后者说她是1982年找到的发表本。至于原因，有待后续资料的发掘。

第三通

文彬同志：

年前给您一信，附《团结报》剪报，不知收到否？今接印件通知，你已调红楼梦研究所，兹后工作对口，收获必丰，贡献也会更大，为你高兴，致以贺忱！

我也正要通知你，最近迁居，新址为"上海吴兴路246弄3号203室"，今后惠书请寄此可也。（电话：379849-194分机，备而待用。）

《红楼梦》电视剧已看过，有报要我写点观感，因忙未果。此间红学家魏同贤及师大一教授均有评论，对有关明写秦可卿天香楼问题（也许是导演的处理），我同意他们的看法，觉得不甚妥帖。当然，见仁见智，无法求得一统（小说乃暗写）。不过，如今电视剧形象于荧屏，是否与原作者意旨相符，很难肯定。我在改编话剧时，只敢于为完整人物性行而稍作改动，但也必须依据原作，遵循情、理逻辑，使之能合情合理。比如我对宝玉性行的处理，我认为他爱黛玉是忠贞不渝的，高鹗写他出家的结局很自然可信，而遗腹留子一笔似有画蛇添足之感。所以我在《树倒猢狲散》一剧里略去这一笔，这样于宝玉人物的性行情感前后一致，或无损于原作精神，不知然否？

尊编《红剧选》付梓有期否？念念。

余不一，顺颂

文安

赵清阁

三、十六、八七年

闻李希凡、冯其庸同志均已任职艺术研究院，周雷同志是否也在红学所？

此信写于1987年3月16日。信中提及“《团结报》剪报”，当指赵清阁发表在《团结报》文艺副刊《百花园》上的《梦醒人去——〈树倒猢狲散〉修订有感》一文。

1980年10月，文化部文学艺术研究院更名为中国艺术研究院，

1986年11月，李希凡任中国艺术研究院常务副院长，冯其庸任中国艺术研究院副院长。1987年3月，胡文彬正式调入中国艺术研究院红楼梦研究所，周雷未进入中国艺术研究院红楼梦研究所工作。1987年2月22日，赵清阁由上海长乐路迁居吴兴路246弄3号楼203室，这是她人生的最后居所，与赵清阁同住一幢楼的邻居有104室的黄启汉、201室的王蘧常、202室的师陀、501室的孙大雨、503室的程十发、803室的陈仁炳和1001室的王元化，秦怡、陈念云等也曾住在这里。

1987年春节，电视剧《红楼梦》试播前6集，在海内外引起了热烈的反响，毫无疑问，电视剧《红楼梦》已经成为最受欢迎的《红楼梦》改编作品。同时，大量的评论性文章开始出现，可谓盛况空前。赵清阁当然也看了电视剧《红楼梦》，但作为长期从事《红楼梦》改编工作的她是从专业的、学术的角度看这部剧的，所以在这通致胡文彬的信中，她写下了自己的一些看法。

关于电视剧“明写秦可卿天香楼问题”，赵清阁并不认同。对于秦可卿的死亡方式和原因，学界主要有两种看法，即“病亡”和“淫丧”。据著名红学家俞平伯考证，秦可卿应该是“淫丧”，只是在书中由明写改为暗写。这是当时学界最认可的一种观点。电视剧《红楼梦》的编剧们即采纳了俞平伯的观点，恢复了被曹雪芹删去的“秦可卿淫丧天香楼”的情节。但很多学者与赵清阁一样，有不同看法。张恒在《谈电视剧创作中的非道德倾向》（《光明日报》1987年4月26日）中批评道：“（电视连续剧《红楼梦》）其精神其成绩固然值得称誉，但有些委琐俗陋的败笔，也着实不能忽视。其中最甚者，莫过贾珍与儿媳秦可卿偷情这一节。”

而在赵清阁看来，改编即是再创造工作，但再创造必须是在忠于原著的基础上，应与原作者意旨相符，所以她在信中说："我在改编话剧时，只敢于为完整人物性行而稍作改动，但也必须依据原作，遵循情、理逻辑，使之能合情合理，比如我对宝玉性行的处理，我认为他爱黛玉是忠贞不渝的，高鹗写他出家的结局很自然可信，而遗腹留子一笔似有画蛇添足之感。"在民国时改编的《禅林归鸟》中，赵清阁依据高鹗所续，给贾宝玉安排了与薛宝钗婚后应试中举，还有了尚未诞生的孩子，最后被一僧一道点化遁入空门的结局。四十年后，为了"照顾读者和观众的感情"，在《树倒猢狲散》中，她对贾宝玉的结局进行了一番再创造，即略去了贾宝玉应试中举、薛宝钗怀孕以及僧道点化出家等情节，"写他对林黛玉的忠诚和忏悔；写他对功名利禄的极端厌恶；写他目睹家破人亡，万念俱灰，终于毅然主动出家，叛逆了封建礼教的枷锁"。赵清阁认为贾宝玉和林黛玉的情爱不渝，因此，她这样改编才符合感情逻辑，符合原著精神，与《红楼梦》前八十回描绘的贾宝玉性行情感一致。

在电视剧《红楼梦》中担任副监制的胡文彬，与赵清阁的看法并不一致。他承认秦可卿因预感与公公贾珍的丑事败露而最终在天香楼自缢这场戏是"《红楼梦》前八十回中唯一改动较大的地方"。在他看来，"编导恢复了曹雪芹受命删去的'秦可卿淫丧天香楼'的情节，使全剧的故事情节更合理、更具有深刻的讽刺意义"。赵清阁和胡文彬是否就电视剧《红楼梦》的改编问题继续探讨过，暂不得而知。但无论是赵清阁改编的剧本，还是1987年版电视剧《红楼梦》，都已经成为《红楼梦》改编史上的经典作品。

1943年，重庆的一个阴冷之夜，赵清阁和冰心谈起《红楼梦》，冰心劝她把《红楼梦》人物搬上话剧舞台。从此，赵清阁与《红楼梦》结下不解之缘。赵清阁一生根据《红楼梦》共改编五部话剧，即《贾宝玉与林黛玉》（原名《诗魂冷月》）、《晴雯赞》（原名《鬼蜮花殃》）、《鸳鸯剑》（原名《雪剑鸳鸯》）、《流水飞花》和《禅林归鸟》（后曾改名为《树倒猢狲散》及《富贵浮云》），但她从不以红学家自居。她反复地研读《红楼梦》，对《红楼梦》有着自己独特的认识和理解。在改编《红楼梦》时，既忠实于原作，又稍加改动，去芜存菁，因此每部剧本都蕴含了赵清阁的思想，体现了她对个人、家庭、社会以及政治的认知和洞察。遗憾的是，赵清阁及其改编的《红楼梦》剧本还没有得到学界足够的重视和研究。期待未来能有更多的材料被发掘出来，能有更多的研究成果问世。

故纸陈香

由《上恩帖》看欧阳修与司马光的交集

朱绍平

一

《上恩帖》，全称《致端明侍读留台执事帖》，现藏于台北故宫博物院。这是北宋熙宁五年（1072）三月初二，欧阳修在收到司马光来信后的回信。这一年也是欧阳修生命中的最后一年。回信全文如下：

> 修启。修以衰病余生，蒙上恩宽假，哀其恳至，俾遂归老。自杜门里巷，与世日疏。惟窃自念，幸得早从当世贤者之游，其于钦向德义，未始少忘于心耳。近张寺丞自洛来，出所惠书，其为感慰，何可胜言！因得仰诇起居，喜承宴处优闲。履况清福，春候暄和，更冀为时爱重，以副搢绅所以有望者，非独田亩垂尽之人区区也。不宣。修再拜端明侍读留台执事。三月初二日。

除了宋代往来书信的常见格式，即起首语“修启”、结尾语“修再拜端明侍读留台执事”以外，全信大体可以分为三部分。

第一部分：从“修以衰病余生”至“未始少忘于心耳”。大意是说，我欧阳修晚年衰弱抱病，承蒙圣上开恩，念我平生工作勤勉诚恳，允我辞官养老。我回乡以来，一直在家休养，对外界的世事也越来生疏。唯一能让自己感到安慰的是，年少时有幸与朝廷内外的一批有识之士共事交游，使我能向善厚德、光明磊落，让我的一生没有落下太大的遗憾。概括来说，主要表达了三层意思，先是对皇上的感恩，再是叙述回家养病近况，最后是对自己一生的深刻反省与感受。

第二部分：从“近张寺丞自洛来”到“何可胜言”。大意是说，近日，张寺丞从洛阳到我这里来，带来了你写给我的信。对此，我的感激与欣慰之情难以言表。这部分主要引出回信的缘由。

第三部分：从“因得仰诇起居”到“不宣”。大意是说，从来信得知，你眼下起居如常，生活过得清闲优雅。马上就是春暖花开的季节了，希望你多加珍重，不负文人士大夫对你的期望，这不仅仅是我这个即将终老田野的微末之人对你的私心期许啊。其他就不一一细说了。

通读全信，有三点给人印象深刻：一是欧阳修的感恩报国情怀，二是对自己一生的深刻反省，三是对友人的坦诚与勉励。

二

对于司马光而言，欧阳修不仅是一位年长十二岁的文坛前辈，更是仕途上的伯乐与楷模。而欧阳修应该也早就对司马光这个名字

宋歐陽文忠公脩書上

脩啓 脩以衰病餘生蒙
上恩寬假哀其懇至俾遂
歸老白杜門里巷与世日踈
惟竊自念幸得早從
當世賢者之遊其於欽嚮
德義未始以忘於心耳近張
寺丞自洛來出
所惠書其為感慰何可勝言

乙一 12

宋歐陽文忠公脩書下

因得仰詗
起居喜承
宴處優閑
履況清福春候暄和更冀
為時愛重以副搢紳所以有
望者非獨田畝垂盡之人區區
也不宣 脩再拜
端明侍讀留臺
執事
三月初九日

乙一 13

《上恩帖》明信片（见朱绍平藏民国版《故宫信片》第二辑）

有所耳闻。庆历四年（1044），二十六岁的司马光与司马旦、黄元规皆丁忧期满，敕令复任旧官的制词便是由欧阳修亲笔起草：

先正制礼之中，不使贤者过，而愚者不及。故三年之丧，谓之通制者，人皆所共行焉。惟立身事君，用显亲扬名之节，则必贤者勉焉商可至。此孝之火大者也；为其用之。

嘉祐三年（1058），欧阳修权知开封府，而司马光出任开封府推官，成为他的属僚。两人的直接往来大概就始于这个时候。次年二月，欧阳修免去了开封府的任职，此后历任礼部侍郎、兼翰林侍读学士、户部侍郎、参知政事等，深得宋仁宗和英宗的信任。而司马光则历官起居舍人、天章阁待制、知谏院、龙图阁直学士。到治平四年（1067），欧阳修以观文殿学士、刑部尚书出知亳州为止，二人同在京城为官，达十年之久。在此期间，虽不见彼此有直接的文字往来流传，但还是可以找到一些间接的关系。

譬如嘉祐四年（1059），三十九岁的王安石于提点江东刑狱任上，作《明妃曲》二首。诗中“意态由来画不成，当时枉杀毛延寿”“咫尺长门闭阿娇，人生失意无南北”“汉恩自浅胡自深，人生乐在相知心”的种种命意，可以说独辟蹊径，一举改变了前人吟咏王昭君，以其远嫁入胡为悲，抒同情悯惜之意的创作传统，引得一时俊彦唱和，而其中就包括了欧阳修与司马光。

可见，当时欧阳修与司马光并非不通声气，彼此有着共同的朋友，也有着相通的审美与看法。

尤为难得的是，治平四年（1067），时任参知政事的欧阳修上书，向继位不久的宋神宗力荐司马光，评价他“德性淳正，学术通明，自列侍从，久司谏诤，谠言嘉话，著在两朝”，可谓赞赏有加。

熙宁元年（1068），宋神宗命欧阳修改知青州。欧阳修起初不愿赴任，请求致仕。神宗有诏不许。当时，司马光身居翰林学士，这封诏书就是由他起草：“卿服采三朝，佐佑大政。朕惟东表之地，事任至重，自非宗工，莫可付委。况旅力未衰，嘉猷克壮，宜念王事，勿复有辞。”接司马光草拟的诏书后，欧阳修应命赴任青州。

熙宁三年（1070），欧阳修辞免宣徽南院判太原府事。神宗又不许，诏书也是司马光写的。诏中称：“卿才名素高，夷夏所服。中外备更，文武咸适。眷兹并部，气俗沉鸷。绥和一方，威怀二敌，牧伯之任，岂易其人？询谋佥谐，然后发命。朕所选付，卿宜体识。况风土高凉，其何恙不已？往践乃职，毋复固辞。”这次诏命，欧阳修坚辞不受，结果改知蔡州。

据黄进德《欧阳修评传》，熙宁三年（1070），有消息说，朝廷拟令欧阳修赴阙朝见，“朝廷方虚相位以待修”，王安石也有“引之执政，以同新天下之政”的意向。四月，朝廷诏令欧阳修出任检校太保、宣徽南院使、判太原府、河东路经略安抚监牧使、兼并代泽潞麟府岚石路兵马都总管。如此隆恩异宠的诏书也是司马光写的。

这次诏命，欧阳修以“久疾昏眊，不任重寄”为由，六次上书，坚辞不受：“时多喜于新奇，则独思守拙；众方兴于功利，则苟欲循常。至于军旅之间，机宜之务，则又非其所学，素不经心。”“一有败阙，虽戮臣身不足以塞责，而误国之计，如后患何！”欧阳修的至诚之言，也感动了宋神宗，他不得不追还新命。

司马光早年除丧，欧阳修草制奖谕；此后重用，又是欧阳修上书力荐。欧阳修晚岁辞官，司马光拟旨慰勉；此后邀相，又是司马光拟旨嘉赏。他们的这种缘份，实在是历史上一段难得的佳话。

熙宁三年（1070）秋，因与王安石政见不合，司马光自请离京，出知永兴军，此后又退居洛阳修书。熙宁四年（1071）四月起，欧阳修连上三表二札子，累章告老。六月，欧阳修以观文殿学士、太子少师致仕。

熙宁五年（1072）三月，欧阳修以《上恩帖》回复司马光。同年闰七月二十三日，便撒手人寰，年六十六岁。

元丰二年（1079），司马光在给孙察的回信中说："尊伯父既有欧阳公为之墓志，如欧阳公，可谓声名足以服天下，文章足以传后世矣，他人谁能加之!"可见欧阳修在司马光心中的地位。

三

还是让我们将目光从遥远的古代转回眼前的《上恩帖》。结合前人的评述，其中有三点认识，值得一提。

其一，苏轼评价《上恩帖》是"字形结体宽扁，起笔露锋芒，且多渴笔"，可谓的论。整幅作品字体宽绰方阔，起笔稳健，略带锋芒，笔势险劲果断，横细直粗，撇笔枯长，渴笔线条交待清晰。全文用笔精谨，间隔有致，一气呵成。特别是写到"因得仰询起居，喜承宴处优闲"两句时，以四字一行，顶格书写，既显尊礼，又别有风姿。点画之间，自然拙实，充分反映出欧阳修"忍守拙""欲循常"的性格特点，这也是欧阳修书法的最大特色。

其二，苏轼对欧阳修的书法风格作过一个总体评价："用尖笔干墨作方阔字，神采秀发，膏润无穷，后人观之，如见其清眸丰颊，进趋晔如也。”这段话较全面地概括了欧阳修的书法特色，也是对欧阳修仪表风貌的赞誉，可谓“书如其人”。苏轼身为宋代书法四大家之一，又是欧阳修的得意门生，自然对欧阳修的形神风貌以及书法特色，有着与平常人不一样的深刻认识与理解。

其三，欧阳修书法受唐人楷体影响较深，受欧阳询与颜真卿的影响最大。由《上恩帖》也可看出，其结体力求工稳，横向取势，风格较一致，颇有欧阳询和颜真卿书法的味道。欧阳修与欧阳询为本家，喜欢欧阳询，应该不难理解。同时，欧阳修善写楷书，也是受颜真卿的人格魅力感召所致。朱熹曾经说过：“欧阳公作字如其为人，外若优游，中实刚劲。”中实刚劲，正是颜真卿书法的特色。

《上恩帖》是欧阳修生命历程中的重要篇章，是对自己人生的认真总结与反省，也是其精神世界对大宋王朝历史帷幕的一次聚光与观照。深入研究与发掘《上恩帖》，对宋史研究以及欧阳修个人历史研究，都具有不可或缺的意义。

明太祖书谕中的“君父”

杨 柳

有明一代，留下了浩如烟海的文字史料。其中，明太祖朱元璋敕谕子侄之书，其内容从国家军政大事到个人生活琐事皆有涉及，既保存了许多不为人知的明初秘辛，又立体地呈现出朱元璋亦君亦父的形象，具有珍贵的史料价值。当下，对这批书信的了解与利用仍不充分，故笔者不揣浅陋，挑选数篇，略论如下。

保存相关史料的典籍主要有两部，一是朱元璋的手稿集《明太祖御笔》（以下简称《御笔》），一是《太祖皇帝钦录》（以下简称《钦录》），皆藏于台北故宫博物院。

《明太祖御笔》保存了七十四道明太祖诗文手稿（另有两道亡佚），并先后为成书于清嘉庆年间的《石渠宝笈三编》、成书于上世纪五十年代的《故宫书画录》著录。据《明神宗实录》载，万历十六年（1588）二月，申时行进呈《明太祖御笔》，有云：

> 近简阅书籍，伏见太祖御笔尚有贮藏经阁中者，凡七十六道，或片楮短札，或累牍长篇，朱书墨书，真体草

> 体，灿然具备……乃令典籍臣吴果等装潢成册，诸写释文，不揣芜陋，敬跋数语于末，谨用进呈，仰干睿览。

《御笔》分上、下两函，上函四十九道，下函二十五道。上函第七道是写给第七子齐王朱榑的：

> 谕第七子齐王榑：
>
> 前者山东民为盖僧寺，扰动数万，聚于登州，令五甲首总领五万，百姓惊疑哀怨。朕闻知忧惊不已，不知何人擅自虐害吾民，所以星驰使者来问。今知是尔，使朕愈见惊忧，不皇饮食。所以忧惊为何？山东之民，久遭兵火，朕遣大将军平之方已，民未康安，为尔齐鲁两国之封，役民一新宫室，劳已甚矣。命尔之国，必要为吾作福。今福未有分毫给民，乃虐害如此。今符前去，尔速将校尉十人、马军五十名、千户一员、百户一员前来，听吾教尔。如敕。

洪武三年（1370），朱榑封齐王，其后驻凤阳练兵。十五年（1382），就藩青州。在其之国前，朱元璋曾遣江阴侯吴良至齐，为朱榑营造宫室，故书谕中云："为尔齐鲁两国之封，役民一新宫室，劳已甚矣。"此次营建宫室规模不小，吴良为此留在青州两年。除营造藩王宫室外，山东百姓还需承担城池扩建等工事，如据《明太祖实录》载，洪武十年（1377）七月，"拓筑登州城，命兵民合力完之"；洪武十三年（1380）十月四日，又命吴良广青州旧城，寻

明太祖坐像（台北故宫博物院藏）

因“上天垂象，主土木之事，近令拓青州北城，恐劳民太重”而罢。加之山东为国供给浩繁，东给辽左，北给北平，太祖多次下诏蠲免租粮。城池宫殿的营造与辽燕等地的军需已令明太祖担忧劳民过重，而齐王朱榑不思与民休息，反而虐害百姓，更令太祖忧怒。

书谕所云盖僧寺事，史籍无载。《明太祖实录》载，洪武十五年（1382）十月二十日，“诏齐王榑之国，赐其从官及军士衣钞”。书谕云：“命尔之国，必要为吾作福。今福未有分毫给民，乃虐害如此。”则当为朱榑就藩之后事。太祖了解到朱榑所作所为后，急召其简从赴京，虽有作为一国之君的震怒，却并未动用国法，而是如严父一般呵斥，要求“听吾教尔”。

《太祖皇帝钦录》为朱元璋谕诸藩王的密件合集，共一百零六篇。民国十四年（1925）四月，俞平伯在故宫检查文物时，才首次在景阳宫御书房发现。1970年，台北故宫博物院影印《钦录》于《故宫图书季刊》中，其中亦有朱元璋教导朱榑之文书。

《钦录》载洪武十一年（1378）谕齐王书，先以太祖与达定妃关于齐王生性轻薄惨酷的对话为引，又以杨宝育雀、隋侯医蛇的故事教育齐王积德行善，后云：“未审果从父命乎？从则吉，不从则凶。吾尽父道，子之志从与不从，吾所不知也。然福人膺福，祸人应祸，未尝谬也。惟子感之，勉之。”谆谆教子之情浮于字里行间。

可惜明太祖多次的耳提面命最终未能取得成效。朱榑善武略，数度出征塞外，骄纵不法，颇为自负。建文帝即位后意欲削藩，有人告发齐王有谋反之意，朱榑遂被废为庶人。明成祖登基后，朱榑复封，不料他因此骄纵，“阴畜刺客，招异人术士为咒诅，辄用护卫兵守青州城，并城筑苑墙断往来，守吏不得登城夜巡”，最终于永乐四年（1406），再次被废为庶人。

除谕齐王书外，《钦录》内还多有谕晋王朱棡书。朱棡为明太祖第三子，洪武三年（1370）封晋王，十一年（1378）就藩太原。《明史》卷一一六记载，朱棡“修目美髯，顾盼有威，多智数。然性骄，在国多不法”。《钦录》“洪武二十三年二月十日”条下有书谕一篇，云：

说与第三知道：古今有智谋人，不如此泄机。俗说“机事不密则害身”，你如今放肆写书赴与詹、茹，言衷之事，甚是不才。智人岂行如是？你如今机根浅露，轻薄妄言……古人惟恐人不言本身之过。今尔国民被扰，袁所言者一二。其老人告奏者，不止今岁，多甚连年，人所言民害。民，尔所封之民，尔被壅塞而不闻，人能使尔知之？一但祛除民害，岂不吉哉！今观尔胡说。父已老矣，奸人刁诈者，祛除无限。尔往日军士不操，甲仗不整，孳生马不精。如尔兄秦，终岁玩妇人，为妇人所迷。护卫官军人等，乱宫者无数。今尔小人之见，因火者官真将到，尔所言者便知。尔后若不操深谋远虑，倒将为尔保国之事，以为雠人，将必不能尽善尽美矣。今老父负疮在背，略说大意，观尔心智，尚不能周知老父之机。

篇中所言“袁”指都察院左副都御史袁泰，“詹”为左都御史詹徽，“茹”为右副都御史茹瑺。洪武二十三年（1390），袁泰弹劾朱㭎在封国治理不力。朱㭎不服，写信给詹徽、茹瑺等人辩驳。朱元璋此书即因此事而发。开篇不言弹劾对错与否，而是先教育朱㭎为人处世“机事不密则害身”，叮嘱其成事不可放肆张扬、轻薄浅言。接着，言及治理封国要深谋远虑，保民祛害，还以第二子秦王为反例，劝其认真整顿军士、兵马、护卫等。朱元璋作为其父亲，虽负疮在背，但仍从处事、治军、治民等方面反复教导朱㭎，书谕之后还详列要求朱㭎补救相关事宜的具体对策条目，可见其苦心。在此篇书谕之下，《钦录》记载：“袁泰等具本于奉天门奏，奉圣旨：干碍官军俸粮大数目照刷，其余王府的事不必刷。”又载：“凡风宪官以王小过奏闻离间亲亲者，斩。风闻王有大故而无实迹可验辄以上闻者，其罪亦同。”对诸王仍是一片多加回护的舐犊之情。

朱棡在明太祖的批评教育之下，未曾犯下大错，且作为比较年长的儿子之一，甚得太祖倚重。洪武二十六年（1393），明初四大案之一“蓝玉案”发，朱元璋以谋反罪诛杀凉国公蓝玉，继而株连明初元功宿将，族诛者一万五千人，名列《罪臣录》者，一公、十三侯、二伯。在处理蓝玉案的过程中，朱棡诛杀会宁侯张温、安庆侯仇正等，抓捕押解凤翔侯张龙、永平侯谢成等，发挥了重要的作用。除直接参与抓捕行动之外，朱元璋还安排朱棡统兵塞上，加强对军队的控制。《钦录》收有洪武二十六年（1393）四月朱元璋发给朱棡的书谕：

> 说与第三子棡知道：前者汝在塞上，诸公侯亦在塞上。尔帅兵自行作营，诸公侯务要相从密近。尔曾言自有护卫军马，诸公侯回尔话，我等保驾保驾。近者，全宁侯被擒，东莞伯拿至京师。各人所供：蓝贼在四川，特地差人说与军上诸公侯，听候蓝贼到京城下手时，教各处都相接应。这等情由，是东平侯对东莞伯说。这厮每不肯相离，只称保驾，其中反意甚切。今后，都司军马至九月初各回本卫，四月初皆出塞上。行营处所，务要深谋远虑。护卫军马侍立者，更相轮换，一个时辰一班，衣甲不离身，常以千数为定。一时轮一番，人不辛苦。各卫启事人员，令透脱人审实明白启何事务，方许进见。若在战阵间，不去衣甲。
>
> 一、即目世子长成，塞上调兵，令世子还国，父子更

相轮替，往来塞上，帅大势军马，以练风霜。亦且父出，子守其国；子出，父守其国。根本且固，甚是停当。尔不才，尔不听父训，留世子于京师，但出塞上，国中且虑。或尔归来，军中无主，甚失计较。今秋凉，若不取世子归，直贬你到云南。

一、都司孙都指挥，假以差使，令赴京来。其余者，外加抚劳，内用防闲。

一、前者与尔制书，许尔点视都司军马，节制动静。此书须教二都司并护卫头目尽知，为永远之计。

一、言致仕官多害百姓，若有告者，连状明出榜文，昭示屯所。此等放肆害民，皆是诸公侯暗地互相阴谋，故令如此。或令民逃，或生酷害。虽有下屯之名，务要坏损不成。幸尔不与胡战，设若与胡大战，命此等公侯为纵兵，近者人犯。窥此情由，若有战时，必以诈败，故衰军势，有此反端。今为首公侯人等，自作自犯，十去八九。纵有一二，不令总兵，明有反状，皆亲戚相碍，兼念前勋，使养老于家。练兵练将，皆尔等秦、晋、燕、周、楚、齐、湘，岁出塞上，抚绥军士，以备将来与胡大战。尔等长成，不靠外人为将。记心，记心。尔四月在国，五月在国，六月复出塞上，九月验屯所粮，十月终归国。验粮多少？人户见存多少？逃亡多少？逃亡者，皆是诸公侯密说与为首小民，故意逃亡。今若勾取，须宽缓抚绥。今夏生理，人既逃亡，不能成事。逃者，明岁务要入屯，庶免本罪。

其中所谓“蓝贼”即蓝玉，全宁侯为孙恪，东莞伯为何荣，东平侯为韩勋。朱元璋此时对朝中几乎所有公侯皆严加防范，乃至屠戮殆尽。故而作为一国之君，其派朱㭎于塞上领兵，并指示他统兵时要小心谨慎，深谋远虑，无论是边塞还是封国，都要慎重用人用兵，加强对军队的控制，安抚百姓，外防蒙古，内制诸公侯。同时，作为一位年事已高的父亲，朱元璋又反复叮嘱朱㭎注意安全，护卫衣甲不离身，父子轮替守封国，做好面对各种突发事态的准备。洪武二十五年（1392），太子朱标逝世，朱元璋深受打击，对其他诸子更增爱护之情。然而洪武三十一年（1398）三月，晋王朱㭎还是因病薨逝。消息传来，朱元璋哀恸不已，辍朝三日。

在晋王薨逝两个月之后，起于草泽的一代传奇帝王朱元璋也走到了人生的尽头。对明太祖的印象与评价，无论是视其为雄才大略的开国之君，还是认为他晚年屠戮功臣过于残暴，皆是从君王的角度进行功过评判。而朱元璋将自己二十多个儿子封王建藩，拱卫王朝，无疑展现出其对亲族极强的信任感以及对掌控诸子的信心。观其发给诸子的书谕，对藩王的指挥叮嘱，大到国家军政，小到生活琐事，无所不包。更多地关注此类史料，也对深入理解明初历史多有裨益。

明人姜立纲的两通手札

张瑞田

1984年，21岁的我去北京北海公园寻访阅古楼。阅古楼兴建于清乾隆年间，其主要目的便是为了保存《三希堂法帖》石刻。那时的我苦恋书法，去阅古楼拜观法帖，希望自己的眼界能够开阔一些、再开阔一些。离开北京之后，我写了篇散文《阅古楼情思》，陈述了自己在阅古楼面对《三希堂法帖》石刻时的激动心情。《三希堂法帖》由清宫收藏的历代法书墨迹荟萃而成，收录了魏晋至明末135位书法家的340件书法作品，另有题跋200多件，无论是数量，还是质量，都堪称丛帖中的佼佼者。

明人姜立纲《镇邦札帖》刻石作为其中的一件作品，便镶嵌在阅古楼的墙壁上。那是我第一次见到姜立纲的书法，也是第一次知道姜立纲这个名字。与历史上那些赫赫有名的书法大家相比，姜立纲的知名度实在有限，但是直觉告诉我，有资格收入《三希堂法帖》的书法家，不是等闲之辈；有资格刻石陈列于阅古楼的书法作品，也不是平庸之作。我站在《镇邦札帖》前，阅读数过，想入非非：

仆夙仰阁下笃尚文事，每恨定交之晚。屡辱不弃，率无以副来教，殊为愧耶！偶尔轻俯事属不当，乃匠者忽焉，实可怪也。仍乞阁下指麾，务俾极其精致，四边皆被裁窄之，奈何，奈何！心照为感，容当走谢。不具。

立纲顿首

镇邦先生阁下。

后来，我热衷于当代文人手札的收集，是不是与那一天有关？后来，我沉湎于手札的研究，又是不是《镇邦札帖》的暗示？答案是肯定的。青年时代，在北海公园阅古楼的深情一瞥，培养了我的趣味，影响了我的未来。

今天，步入阅古楼的人，对姜立纲这个名字或许不再陌生。从1984年至今，经过几十年的研究与普及，姜立纲的声名渐播。他从历史中现身。人们开始清楚地知晓：姜立纲（1444—1498），字廷宪，瑞安（今属浙江）人。他不仅是有明一朝“位陟清华，布素如寒士；至于周急解纷，视弃金帛若尘土”的重臣，也是代表明朝楷书成就的书法大家，当时朝廷的诏令、匾额，往往出自其人之手。许许多多书法爱好者开始将姜立纲的碑帖当作学习的范本。他们也会站在《镇邦札帖》刻石前阅读并体会书写的特点，猜想姜立纲与镇邦的关系，想象那个久远年代的文人故事。

然而1984年的夏天，当在阅古楼第一次面对《镇邦札帖》石刻时，我看不到它的文化深处，也没有能力掂量出它的艺术重量，只是觉得这通手札有清爽之气，是自己所不知道的书法名作，是需要记住的书法知识。这是一个青年书法爱好者对一件书法艺术作品最初的感受与认知。

四十年倏忽而过，当我阅读了数千通信札手迹后，再一次拜读《镇邦札帖》，许多感受涌上心头。那个历经景泰、天顺、成化、弘治四朝的文人书法家似乎变得更加鲜活与立体，他的手札也变得更为明晰而亲切。

《镇邦札帖》写于何年，不详。受札人镇邦何许人也，似乎也没有答案。我们只能通过手札内容，大体推测镇邦应该与姜立纲相识不久，是一个装裱字画方面的行家里手；姜立纲由于托人不当，字画被匠人裱坏，四边都被裁窄，因此去信，请镇邦指点修正，并表达感激之意。显然，这是一通私札，是朋友之间的客套与交办事务的过程，有礼有节，轻描淡写。

姜立纲以楷书名世，当代书家林剑丹曾评价："自明二沈台阁体之后奉为宗匠，楷书直追颜柳，端劲刚正。"的确，姜立纲留存

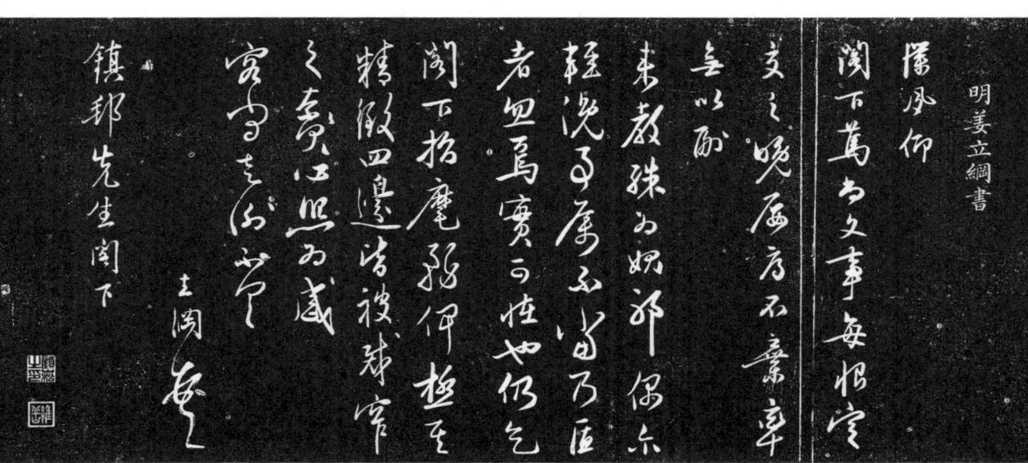

《镇邦札帖》民国时期拓片

至今的书法作品，以楷书居多。他是明代书法的技术派大师，有着超强的驾驭笔墨的能力。他的楷书作品，突出法度，隐匿个性，谨严端庄，清雅俊美。读者所见，是碑铭、墓志文字所记载的主人功德，自然忽略书写者的在场和意义。拜观这类作品，我们甚至会把姜立纲看成一个刻板的人，看不出一丝内心的波澜。

而手札，尤其是私人手札正好相反。手札的主人就是书法家自己，笺纸是书写者的战场，笔墨是书写者的武器，他有高度的自由表达一己之见。这样的表达包括书写者对陈规戒律的突破。也因此，我们看到，许多文人的手札以行书写就，书写过程自如、散淡，个性贲张，有起伏的情感，有平实的心态，往往能成为历史中极具生命活力和感染力的艺术品，被世人津津乐道。《镇邦札帖》是姜立纲存世不多的行书作品，刚健、清爽，行云流水，才气横溢，正是这样的代表之作。

据今人陈佐所编《姜立纲书法集》（西泠印社出版社，2014年版）统计，姜立纲传世的书法作品共计47件。其中手札仅存2件，《镇邦札帖》以外，就是《牧伯陈大人札帖》。

《牧伯陈大人札帖》，民国时为画家潘承厚所藏，今亦见录于《姜立纲书法集》中。其文云：

> 仆自承五马临婺以来，倏忽一易星霜矣！山斗之仰，时切惓惓。枉辱不鄙存问兼贶珍品。得知尊侯动止纳福，感慰不胜。婺乃古文献邦，俗敦礼义，诚宜大贤君子居之，以行其教。盖抱弘硕之才，岩廊时须，讵容久留于外也？惠泽岂得终惠此邦之民也。仆庸庸无补，叨禄怀愧。

免赐道及，兹因使取回书时仆退直归晚，不暇预修，答谢远忱，匆遽潦略，莫罄悃曲，惟台亮之，幸甚。

侍生 姜立纲顿首拜

牧伯陈大人先生阁下。

开篇的“五马”、篇末的“牧伯”，都是古时对州郡长官的代指，而婺则是浙江金华的古称，可见受札的陈大人应是当时金华府知府一类的官员。手札的文辞有一定套路，先是客气、恭维，然后陈情、说理。但毕竟是士大夫，再小心的行笔也会流露心曲，“盖抱弘硕之才，岩廊时须，讵容久留于外也？惠泽岂得终惠此邦之民也”一句，虽是对陈大人的说辞，其实也道出了姜立纲“进则兼济天下”的儒家人格。

《牧伯陈大人札帖》是姜立纲唯一遗世的行楷作品。相比于《镇邦札帖》，《牧伯陈大人札帖》沉稳有余，激情不足，笔墨雍容，气势偏弱。不过，总体布局疏朗，书卷气浓郁，依然属于明代书法的上乘之作。

手札尾部有潘承厚的两行题跋，是对姜立纲本人及其书画特点的简要勾勒：

姜立纲，字廷宪，瑞安人，七岁以能书命为翰林院秀才，天顺中授中书舍人，历官太常少卿，善楷书，清劲、方正，中书科写制诰悉宗之（《书家传》）。画得黄子久家法（《画家传》）。

伏自承
五馬臨蒞以來，倏忽一易星霜矣。
山斗之仰，時切懸懸。惟屢
不鄙存問，兼
貺珍品，得知
尊候動止納福，盛德不勝歎羨，乃古文
獻邦，俗敦禮義，誠宜
大賢君子居之，以行其教，蓋抱和碩之
才，
巖廊時須詔召，久留于外也。惠澤全得
終惠此邦之民也。侍庸庸無補，功祿懷
媿矣。
賜遣及兹，因使取回，書時僕退直歸晚，
不暇預備荅謝，遠貺回還，涼略莫盡，惆
曲惟
台亮之，幸甚。
侍生姜立綱頓首拜
牧伯陳大人先生閣下

姜立綱字廷憲，瑞安人，七歲以能書命爲翰林院秀才，天順中授中書舍人，歷官太常少卿。善楷書，清勁方正，中書科寫制誥悉宗之，書家傳。畫得黃子久家法，畫家傳。

姜立纲《牧伯陈大人札帖》

手札书法要求书写者具有丰富的文化修养和书法能力，个人辨识度较强，是研究一个人书法的重要依据。在一个人的手札中，我们可以了解到彼时的社会生态、读书人的生活面貌，以及一个时期的书法特征。《镇邦札帖》与《牧伯陈大人札帖》是姜立纲楷书创作的余笔，是非官方的笔墨呈现，其中所折射的姜立纲的生活实景、思想感情、价值立场、文化修养尤为重要，是深入研究其人其书的重要史料。

尺牍论学

南浔旧事

——周子美致朱从亮九札

吴 格　整理

周子美（1896—1998）致朱从亮（1924—2003）信札，凡百余件（信札外附补记及附件等），为上世纪八十年代，周老自华东师范大学古籍所寄与浙江湖州南浔镇朱从亮先生之信札遗存。其内容多反映周老当年对故乡友人编纂《南浔镇志》之指导与参与。1990年5月1日，朱从亮先生在汇编此批来信后跋云：

> 我在编写《南浔志》的多年期间，上海周子美老先生提供了珍贵的史料，使我如期脱稿。周老先生自1980年11月2日至1989年4月30日共来信一百余件，今汇编成册，计160页。今将此编赠与老友张葆明同志惠存之。

2023年秋，华东师范大学古籍所召开“建所四十周年暨周子美先生逝世二十五周年纪念会”，请柬所云足征弟子景仰之忱：

吴兴周子美延年先生，书海藏身，名场晦迹。熟精流略，曾典嘉业堂之珍藏；乐育生徒，继掌圣约翰之教席。搜乡邦之文献，播才彦之辞章。自入吾庠，益深其学。英才培植，委以传灯；善本选遴，仗其识路。仁人果寿，享百三载之遐龄；后学长怀，临廿五年之周忌……

笔者当年曾亲炙周老教诲，此生从事图书馆古籍工作，实出于周老之诱掖与身教。出席华师大古籍所会议，获知该所将推进《周子美全集》编纂计划，而徐德明兄所编《周子美文存》已有初稿。周老恂恂儒雅，淡泊名利，平生虽不以著述为意，晚年检点编撰，自述亦有三十余种。周老专著以外，诗文书札，犹待收集。

周子美教授指导青年教师

今人为前贤编集，多用力收集著者之书信，以为信札所含学术史料，其功用不下于寻常论文。周老晚年除指导文献学研究生以外，平日勤于书札答问，各地同行及师友凡有函至，莫不随手作答，银钩铁画，挥洒成章，出手极为迅捷。

重读答复朱从亮讨教书札，可知周老于故乡南浔镇志编纂，穷源竟委，曲尽表里，所述掌故，娓娓可听，天遗此老，足称南浔古镇旧闻之渊薮。至受信人朱从亮先生，夙有南浔地方“民间修志第一人”之称，自上世纪七十至九十年代，倾其财力，孜孜矻矻，独力完成《南浔镇志》并付印，与同时林黎元先生所撰《南浔镇史略》并称于时。周老本人亦先自撰有《南浔镇志稿》，晚年赠与华东师大图书馆（后获影印）。江南千年古镇南浔，近代发展尤令人瞩目，涌现大量风云人物，周老等为地方文献传承所作贡献，幽芬可挹，香远益清，自当为后人记取。兹整理周老致朱从亮信札九件，大体皆作于1980年，先付《书信》发表，尝鼎一脔，与众分享。

第一札

从亮吾兄足下：

昨奉一日大札，祗悉一是。故乡掌故，自民国成立以后未有记载。犹忆在民国三四年间，里中老辈发起重修镇志，由吾师蒋殿襄先生（时为马家港浔溪高小校长）主其事，弟忝任采访员之职。当时采访员二人，其一即画家吴君彦臣。两人共驾小舟，至浔乡十二庄查访半年，略有所得。后来，蒋师至上海就中华书局编辑，事亦停顿。最后由先叔湘舲公独力编辑，成书六十卷，但印本不多，其板存杭州刻字店，后来遇火灾烧去，所印不过数十部。但此志时代至清亡为止，民国之史事一无所有也。自民初至今，无人提议重修，弟虽略有所记，亦不甚详。其稿两册，已赠张君和孚，嘱其完成此事。所以足下最好能向张家借取所存各稿，和弟之所撰，作为底本，此其一也。

其次，弟自1932年辞去南浔藏书楼工作，到上海教书后，至今已将四十年未回故乡。此一段时间，弟亦未有所著。前数年略有编辑，但多语焉不详，兹将所存拙稿三篇奉上，以作参考。内中沦陷一段历史毫无记载，只有李希民先生之《续劫余杂识》及张献廷先生之《乘斋杂咏》，虽均见过，惜未抄出。今闻李著其家已失去，张著藏王瑜孙君处，亦被抄去未还。所以此一段期间之历史，最好足下在浔上访求老辈，为之记录。因八年沦陷，弟未一返故乡，所以毫无记载足以奉告耳。

弟在民国十年间曾受聘为“续修湖州府志局”采访员之职，任事年余，以款绌停顿，未有所著。胜利以后，又被聘为吴兴文献委员会顾问。十年以前，湖州设立博物馆，又来征访，均以年老力衰，无暇兼顾辞之。今年已八十有五，两耳重听，身体龙钟，实已日薄西山，饰巾待尽而已。故乡志事得吾兄及林黎元兄共为编写，实为闾里之光，尚望努力进行，庶底于成。至于文体，不妨从俗，文言带白，亦无不可。至于解放之后，最好另为“大事记”，编年记载，亦可并存也。

贵乡方丈港，弟曾到过多次。令叔祖芸阁先生系弟之堂房姑丈，令兄云裳系弟之堂房姊丈，两代姻亲。排起辈行，弟与兄实为同辈，所以老伯称呼，万不敢受，还以同辈称兄道弟为宜。何况足下年已六旬，相去不逾廿载，以年龄而言，亦在同一辈地位也。

一笑。

另附寄拙稿《南浔丝业小史》《南浔工商业小史》《南浔氏族考》三篇，聊备参考，有暇并请与林黎元兄一阅。以后如有所需，尚乞时赐尺牍，当尽量奉答是尔。

专此布复，敬颂

著安

姻弟 周子美谨复

十一月二日

林黎元兄亦请代候。

第二札

从亮兄：

来信收悉。张和孚的夫人，弟从未见过。现写一张条子，你不妨去他家说说看。如能寻出最好，否则没有其他办法了。

我看南浔的志书史料，经过几次兵灾，恐怕已不易收集。只有请教在南浔几位老辈先生，凭他们的脑力记忆，把各种事情回忆一下，写出来。除此，恐别无其他好法子。我看你就在退休老工人中去请教。我的《南浔工商业小史》的资料，也是请和孚兄在南浔老工人中去打听的。

文化教育方面，大约林黎元兄可以回忆一下。关于南浔中学，他一定很熟悉的。刘季雅兄前几年已去世，南浔的老年前辈在上海也不多了，而且大家都不来往，无从打听。弟离乡已四十多年，所记忆更是不清了。贫儿院、体操学校的历史，或者徐迟同志能记忆一点，因他即是两校创办人徐一冰先生的儿子，而且现在是著名文学写作家，可以去请教一下。

关于张、褚等国民党人的历史，镇志似可不必记载。他们一生在外工作，对镇上没有丝毫贡献，没有登载的必要。不知尊见以为何如?

此复，即颂

大安

弟 周子美启

11 / 7

（一）刘承幹，1963年逝世于上海，年82岁。

（二）张、褚两人之生卒年份，不大知道。两人生平事业都在外地，浔志不必为他们记载。张抗战起即赴美国居住，后来死在美国。褚胜利后枪毙，年六十余岁。两人死均已将四十年了。

（四）庞元浩即庞赞臣，曾任商会会长，本人并没有钱。塘栖崇德丝厂是他的堂兄庞莱臣开的。再，他也从来没有做过张静江当主席时的民政厅长。那时的民政厅长是朱家骅，湖州城里人。庞赞臣大部分为老兄庞莱臣到美国去销售古画，在外国住过一段时期。抗战时，庞元浩（赞臣）曾逃到重庆，但没有做官，专做生意。胜利后回来，不久即病死。本人无政治上的污点。

（五）南浔丝经行在光绪六年倒闭的是一小部分，不是大部分。我家的周申泰丝行（先祖父味三公所开），就是这年倒闭的，大约本钱数万元，亏空近十万元，全部倒完。后来，先父、先伯父、先叔父均出去帮人家工作了。到光绪十五年，先叔祖父味六公的周申昌丝行也倒闭停业了。从此以后，我们周家就退出丝业，也都没有财产了。

（六）我排印的《南林丛刊》早已送完，现在手头一部都没有了。

（七）两块墓砖也早已失掉了，但还记得，冯全兴砖是“中散大冯全兴”六字。

（八）南浔立镇，是宋理宗末年建立的。以前只有“浔溪”名目。《嘉泰吴兴志》即谈钥所著。《嘉泰志》是刘氏刻的，还可以查一查。我虽然没有此书，但还可以借来一看，因为此地学校图书馆有此书。

再，“四象八牛”之说系后来的传说。最早在同治年间，南浔富翁只有四家，即顾丰盛、朱鸿茂、邱启昌、刘正茂四丝行。顾其时是首富，也不过几十万。当时有俗谚说：“顾六公公朱九伯，仙槎二叔（邱）我三哥（刘贯经是老三）。”后来光绪初年，顾氏落后了，成为刘、庞、张、邱、邢五大家，每家财产均达百万。他们的钱都是丝业中发来，发财以后，大部分用于开当铺，后来转为上海房产。“四象八牯牛七十二只狗”之说，系到民国初年才有的，也难证实为某某等家。大约刘、张、邢、庞为“四象”，邱已落选。至“八牯牛”“七十二只狗”之说，各有各说，并无一定为某某等家。尤其是“狗”更多，难以指明了。

和孚嫂：

兹因镇上要编辑历史（镇志）的需要，有人问我做过的两本书，但此两本书早已送给和孚兄，不知你能寻找出来否？如能找出借与他们一周，非常感激的。一切由朱同志前来面商。不尽。

专此，即颂

大安

周子美谨启

11／8日

第三札

从亮兄大鉴：

前日寄一函，想已达览。

兹将《藏书楼记》奉上，内中似有脱字及错字，略为改正若干。弟处已无原文，不能详细核对也。

至于吾镇地图，前清末年，刘澄如君曾请陆军某校官实地测量，绘成《南浔镇总图》《分图》共十幅。此图原底即挂在小莲庄洋房（七十二鸳鸯楼）中。沦陷以后，洋房被烧去，此图原稿已遗失。刘氏曾有石印若干份，但刘家老宅也烧掉，此图已不可复得矣。弟藏有二份，亦无法加以复印，此事实很为难也。不知近二十年中有无新图，最好能重新绘制一图。刘氏原图经过兵灾，已与目前情况不符，应以目前情况重绘一图为最好。不知尊见以为何如?

总之，修志一事，旧时资料大半已无法觅得，只有采老年人的记忆，把种种事实写出来。南浔既有退休组织，退休中老辈必能提供材料，设法写出，此外亦无别处可以搜求矣。现在只能将学校、公署、地方自治等门设法追记。地方自治，民初由屠辅清、张渭臣两人为自治委员，管理公款公产，各学校经费即从此出。此外，慈善机关经费大多出自丝业，现丝业公会已烧掉，一切底账无法追记矣，所以只能做到那里，算到那里而已。弟离家已四十年，故乡情

况殊多隔膜。浔上老辈一定还可以觅到几个，只能请其回忆当年情况，此亦一法。不知尊兄以为何如？专此，即颂

大安

弟 周子美顿首

11 / 9

第四札

从亮兄：

来函祇悉。林黎元兄所询之事，今略答如下；

（1）张增熙，字弁群，曾开过正蒙小学（高小）五年，又创办浔溪女校二年。正蒙请双林曹砺金主任，曹为举人，办得很好。女校请徐自华主任，徐为石门人，与秋瑾为至友，曾请秋瑾在南浔教过半年书。工艺厂时间很短，并无什么成绩。阅报社不过看报，不是图书室，时间亦短，此两事可不必记载。后来大街之阅报社并非张氏所办，是另一回事。

（2）庞莱臣、庞青城是亲兄弟，但宗旨不合，莱臣守旧，青城维新，两人各走各路。莱臣主君主，青城主革命。青城入孙中山之同盟会，孙中山成立南京政府，曾被任为工商部商政司司长（不过三四个月）。二次革命失败，袁世凯政府下令吴兴县长至南浔抄张、庞两家财产（张为张静江），青城遂逃至日本居住，袁死乃归。莱臣前清末年曾到日本去考察商务，回国后抱振兴实业思想，创办上海龙章纸厂，自己是大股东，亦有小股东及官款。后来又创办塘栖丝厂，是抱实业救国宗旨的。青城看到乃兄办丝厂，也在南浔办青城纸厂，只造好房子，机器工程师等均没有弄好，始终没有出过纸

张，与乃兄之龙章纸厂毫无关系，更没有机器的关系。以上是我约略所记，这已是五六十年前事，实在有些记忆不清了。

鄙见目前修志应该分作四个阶段：(1) 从民国元年至15年，是辛亥革命后一段时期；(2) 从民15年至沦陷，为国民党专政时期；(3) 沦陷八年时期；(4) 胜利到解放五年时期。

这四个时期的文献资料，经过多次兵灾，已经无法觅得了。只有依靠老年人脑中记忆，集合许多人的回忆，写成历史，尤以沦陷、胜利两期为重要。这两期中的事，还有许多老人可以请教。我看南浔退休人员中，大可以大家回忆一下，材料一定很丰富。辛亥革命后的历史档案，本来在自治会，国民党时代的材料在区公所，这些材料恐怕早已没有了。现在关于南浔中学的历史，林黎元同志可以写一回忆录。总之，只好把最近三十年的事写出来，再推而远之到民国初年。

就讲到南浔中学，初开时只有沈调民、沈石麟、李庆升三人。那时没有国文教师，由我介绍藏书楼同事施韵秋担任，月薪30元。其时，东奔西走，没有一人帮忙，曾去请求张静江帮助，张只助数百元，后来全靠刘湖涵助洋伍万元，才能办学。张并不帮助，庞更加反对浔中，这事我想林黎元同志一定知道。张静江、褚民谊等对南浔公益事业没有帮助过，所以修南浔镇史，应该削掉不录的。

专此布复，即颂

大安

姻弟 周子美谨复

11 / 19

再，老伯之称呼，决不敢当。你和云裳是族兄弟，当然和我也是一辈，只能平等相称呼好了。又及。

第五札

从亮姻兄：

大示早收。因《吴兴报》缓到，所以迟到今天才能作复，为歉。报上几篇文章都看过，大致是好的。林黎元的作品，《秋瑾历史》甚佳。但有一点须更正，即徐自华嫁与南浔“四象八牛”的梅家问题。徐所嫁的梅家，是住在南栅华家桥东堍。这家梅家是穷的，一向没有钱，靠有钱的梅家帮助过日的。徐自华的丈夫梅福潮是前清秀才。嫁了七年，丈夫死了，家中贫困，她就回母家去的。那时在前清末年，有钱的梅家当时只是小富，没有“四象八牛”的资格。梅家到民国以后，才有大家的资格。那时，南浔只有刘、庞、张、邱、邢五大家，民国以后才有“四象八牛”的传说的。请你有便告诉林兄。

还有南浔光复时的士绅开会名单也有些不对。那时，刘澄如及先叔父湘舲在武昌起义后均逃到上海。南浔富翁只有庞莱臣在浔，他就创办民团，招团丁三百人，保卫南浔。金绍城也不在浔。张静江和褚民谊那时均在法国。当时，彭周鼎是来浔两次的，所举的市长不是彭而是别人，但我已记忆不清。

至于沈君之《嘉业藏书楼》一篇，大致尚好，但有一点不对。嘉业堂盛时所请学者，从来都只有几十元一月，并无每月五百元之巨薪。那时在民国初年，叶氏的薪金是每年五百元，他误为每月五百元，相差就太远了。还有嘉业堂刊的“影宋四史”，也从来没有卖五两黄金的事，这是捕风捉影的传说。嘉业堂印的“四史”及其他书籍，向来都是赠送别人，没有收过费用。直到藏书楼成立以后，因为讨书者太多，刘氏经济也没落了，才印出一本《刊印书目》，略收工本费，此是我所经手之事。当时，我在书楼担任主任，月薪30元。此外，王君建夫24元，施君韵秋20元，崔君叔荣16元，另外四个工友每人月各十元。可说是比小学教员薪水好一点，因为他是供给伙食膳宿的，此外别无收入。藏书楼常年经费约三千元，我因为书楼出路不过尔尔，所以后来辞去主任，到上海教书的。

还有《吴兴报》上所登出的藏书楼摄影，也不是真的。书楼只有两层，现在照片是三层，恐怕是别的地方的房子，张冠李戴了。

再，浙大倪教授来浔，说及修志的事，是一件好事，但问题也不少：总要有些经费，不能作无米之炊，白尽义务。就是老兄的著作写成，也必须能至少付之油印，然后能垂之永久。不知镇上镇公所能否拨出一笔小小经费，作为付印之用？现在镇上机关最重要是什么？那位是头头，他对于修志一事能竭力帮忙否？也是重要的。听说镇上有文化站，现在那些同志在主持？足下有暇，亦请略示一一。

弟年逾八旬，已无能为力，但深愿故乡能写出一部历史（《续志》），因为辛亥革命以来到现在，已近七十年了。我看足下与林君黎元共同合担此任，实为不朽之盛业也。

《吴兴农村经济》一书，日内另邮奉上，但此书所说亦有不尽可靠之处也。

此复，即颂

大安

姻弟 周子美启

12 / 6

林黎元兄如晤及，请代我致候。

第六札

从亮兄：

日前，寄上复信并书一本，想均可收到矣。

关于王尔琢及南浔北伐胜利后工会种种情况，弟已记忆不清。当时似有一位曹爱民（曹庆昌店），为国民党左派，出而组织活动，后来由省中派前保卫团总童殿梅（树棠）来浔拘捕，会遂解散。王尔琢到浔时间，已记忆不清，好像李明扬曾带兵到浔，李见到褚民谊的父亲褚杏田，曾向之磕头云云。当时，南浔党部似由一温某主持，归颂眉之子归正雄等亦参预其间也。弟时在嘉业书楼工作，不问外事。此事如找到老年人记忆力好的，或者尚能记出一点。总之，现在一切资料均无现成文件可以寻找，只有凭老年人追思记忆之一法。

修镇志，鄙意还以私人记述为好，然书成后必须寄一笔印刷之费。不知现在南浔镇有何负责机关，现时负责之人对于故乡历史文化有无热心赞助。再，故乡有无图书馆之类，如能有一个图书馆专事收集各家不要之古旧书，内中也或能收到一些资料。不知尊意以为如何？关于南浔中学及教育的历史，我想林黎元兄一定能写一点的，我极愿足下和林兄担起这一副担子。

率此，即请

大安

弟 周子美手复

12 / 8

《吴兴报》不日仍寄还。该报每月订费若干，请示及，图书馆也想去订一份也。

第七札

从亮兄：

大示敬悉。寄来志稿一本及林黎元兄大作均已拜读。大著收罗甚富，可说已得十分之八的史实，再加补充，即可成为完璧矣。惟《人物考》似尚有遗漏。

以弟所知，文学家如王文濡（均卿），曾任中华、大东、进步等书局编辑多年，编印出不少书籍，本人著作亦多。蒋殿襄（文勋）为民初镇志负责人，后到上海任中华、大东书局编辑，人品亦高，周志原稿大半由彼编出。金巩伯（绍城）之国画，在北京擅名一时，日本人甚器重之。此三人皆应为传。又，庞青城之开浔溪公学（中学），虽只二年，但所请教员多著名学者，主其事者为杭州叶瀚，所请教员有山阴杜亚泉，安徽周达等。当时各地闻风来学者亦多优秀人才。又，张增熙（弁群）创办浔溪女学及正蒙小学，亦均有成绩。此数人应为之列入。

至如张静江，则对于故乡公益教育事业，丝毫没有建树。他的生平事业不在镇上，所以可不必列入《人物传》。张静江少年是纨绔子弟，呼卢喝雉，一掷数千金。后其家为订婚于杭州姚氏，为前清翰林、山东提学使姚菊坡（丙然）之女。姚夫人名蕙，字景苏，擅长文学，学问极佳。张氏由姚氏之介绍，得识杭州巨绅孙宝琦氏。孙氏时为清廷派赴法国为公使，静江乃捐一个江苏候补知府，托姚氏介绍于孙，得为出使使馆随员。既到法国，即认得孙中山，投身革命，并陆续捐助巨款四十万金。此金并非张氏家产，静江到法国后，研究法人好买中国古董，乃创设通运公司，收买各种中国古物出售，因此大获赢利，以所得资助革命也。辛亥革命时，静江尚在法国经商，并不在本国，后来回国的。中国同盟会是辛亥革命二年孙中山创办的，静江入为会员。先兄柏年亦系同盟会员。至褚民谊、庞青城并非同盟会员。褚之游学法国，得张之资助。庞青城为张之娘舅，赞助革命由张介绍也。静江民初回国，后在宁波巨商虞洽卿创办交易所时，曾在所内创立经纪人号子，大授投机事业。静江告人曰，此交易所乃即大赌场耳。他在所中获利数十万，亦随手散去。至如先叔湘舲公，生平专营盐业及丝厂，并不为交易所事业。所以尊撰小传，说周某与张静江合办交易所，此则毫无根据之谈也。后来，广州国民政府成立，张之老友都来劝驾，于是静江遂赴粤，任国府主席，缘蒋该死［介石］当时亦在交易所谋利，曾受到张氏之经济资助，有感恩知己之报耳。其实，静江在党之历史地位，比蒋高出不少也。抗战起后，张氏逃至美国，后死在美国。他的生平，对镇上并未做过一件有益的事，所以不必入之《人物传》。鄙见如此，不知尊意何如？尚乞酌之为幸。

再，先叔父湘舲公小传，尚为简明，惟足下所引，有周氏家谱一节，不知足下何处见到敝族家谱？弟之家谱在“文革”时失去，如南浔可以找到周氏宗谱，请代为一借，弟拟抄出一小部分也。拜托拜托。

《农村经济》一书，弟现不需，尽请放在尊处，半年亦可。至弟所写之各篇《小史》，亦不必急于寄还也。致林黎元兄一纸，亦请代交为荷。

专此布复，即颂

著安

姻弟 周子美上

12 / 19

第八札

从亮兄：

前日寄出一函，想已递到。关于林黎元兄所询采访册事，弟所亲历，可以奉告。民初修《南浔志》时，弟与吴彦臣君为采访员，雇舟下乡，到处探问。有所访得，写在纸上，这些资料送上去，叫做采访册。志既修成，此种采访册资料皆已弃掉了。这是第一次。第二次在民国十年左右，湖州有一笔稻谷公款，近二万元，湖绅开会，作为修《湖州府志》之用，由朱莲夫孝廉（举人）主其事。湖州东乡应派一个采访员，当时推吾师蒋殿襄先生。蒋师时在上海就中华书局编辑，辞职不干。推来推去，没有人，于是遂轮到我。担任采访员之职，是有每月二十元的薪水的，地点包括南浔、乌镇、神墩、马要等区。我遂到该处去采访，访得材料也不十分多。一年以后，钱用光了，志局也遂停顿了，府志迄未修成。当时的采访册送与朱先生，也不知下落了。当时，总纂为朱古微老先生，他住在上海，不到湖州。所以修志一事，公家做实少成绩，只有私人自己逐步来做为妙。我看现在浙江能发动各处修志，是极好的事。但如果设局请人，人多口杂，开销必大，结果必定成绩不十分佳，到时自有一批局外人来谋一席地。所以最好吾兄与林兄自己来做，不必即希望有经费。但能得工会支持印刷纸张，自己陆续抄写，印出五六十部或百部，即为极好之事了。鄙见如此，不知尊意以为何如?

林兄所写第一章甚好，希望他继续写下去。足下所印新志亦好，再加补充材料，可以问世。惟浔志自民初修后，已有六七十年，所有材料，如自治会、区公所、南浔商会、丝业公会之文件，均已无存，实在难于寻觅，弟所（下缺）

第九札

从亮兄:

前天又接到林黎元兄的《史略》一本，内容很好，读了一过，略有一点异同之处，另纸录上，请为转交。以后有看见，当再奉告。

我想你和林兄此次的初稿很好，将来逐渐增加修改，都可以成为一种著作。体例不同，无关紧要。林兄写的是“纪事本末”式，也有此一格。我想将来省里发动各处修志时，你们正式担此重任，到时一定有经费拨来的。

寒族家谱，请为代借，附上邮票5角，以作寄费。一个月之后抄出要点，即行寄还不误。费神感感。此上，即请

著安

弟 周子美上

12 / 27

林兄均此。

笺谈古籍（二）

——致沈燮元先生书信十一通

沈 津

题　记

沈燮元（1924—2023），号理卿，苏州人，中国古籍版本目录学家，南京图书馆资深研究馆员。燮老与我为忘年之交。1978年3月，我们在南京举行的“全国古籍善本书目编辑工作会议”上初识。此后，我和燮老因为《中国古籍善本书目》的编纂，曾在北京共事，后又在上海同室工作五年之久。大约由于都是南方人，而且都姓沈，“五百年前是一家”，所以彼此之间格外亲近。更重要的是，我们都从事版本目录学的研究，并在同一年获得图书馆研究馆员的职称，相互之间就特别信任、理解。

我们之间的通信伴随着我们的友谊，从未中断。燮老给我的信大多留在了上海，有三四十通之多。而如今刊发的这批书信，则是我在香港中文大学图书馆及美国哈佛大学燕京图书馆工作期间写给燮老的。

2001年沈燮元（左）与沈津于南京合影

这些信，如今都被一位朋友收藏，他是古籍版本及文献的收藏家。承他拨冗复制寄我，我不敢说有什么价值，但至少可以从中了解我们当时共同关心的话题，以及我们的所见、所闻、所思。一年前，燮老驾鹤西归，但愿他在天堂里仍然与古籍为伍，天天开心。

又，以下书信由沈雨钦录入，在此一并致谢。

1986年8月5日

理卿先生：

手示敬悉。

我昨天刚从波士顿回来，在纽约停留了一天。

很高兴得到手示，您说的当然对。您是专家，有多年丰富的实践经验，这点，我是深知的。在哈佛时，我曾对吴文津馆长提到过您。还有一次，专门和管善本书的戴廉先生谈起您，介绍得很详细。我希望将来如有机会，您可以出来看看，了解一下外国藏的中国书。

这儿许多馆都没有中文善本目录的。哈佛有一本（草目）在吴文津处，我也没见到。除了国会、普林斯顿外，其他大约没有编，原因一是没有专门人员，即专家；二是没有钱去请；三是美国无法印。所以国会的都是王重民先生做的，普林斯顿是王重民先生做、屈万里再加工的。这里面最重要的是没有专门训练过的人员，比如说哈佛燕京有五部明活字本，我都看了。除去一部《会通馆宋诸臣奏议》极好外，还有一部《美人书》为清刻本，《宋忠定公奏议选》是清末朝宗书屋活字本，《王渔洋……》是日本活字印本，《纬略》是明万历刻本。可想而知，另外明刻本中有清刻、影印本，抄本中有稿本。诸如此类，就是没有人去搞鉴别。

我十月份还要去国会，他们请我两星期，为他们编目。

我在此地也常会想起你和光亮。你业务好，光亮有前途，都该出来看看的。

去年，台湾（地区）主持过一次古籍鉴定和维修研讨会，钱存训、吴文津都去主讲，并都有专集。材料很多，包括日本、朝鲜现存古籍现状。

在哈佛，吴文津请我两个星期，做得很累，但是有收获，大家都满意，因为我为他们从普通库里找出一部《复初斋文集》，何绍基手批、圈点，的真无疑，几十年来没有人提出过。还有明万历本、清初本。在抄本中还有不少稿本、吴骞的手稿本等，还有明黑格、蓝格抄本等，还鉴定了不少明刻。有一部明万历本太玄书室

《盐铁论》，不多见，傅增湘书跋。李致忠说（我看的他留下的材料）：“傅跋、傅印均伪，太玄书室四字（书口上）后人所加。”我后来一看，没那回事，傅跋、傅印的真无疑。《藏园群书经眼录》里说了此事，您可一看。原本无万历序、跋，原著录作明弘治太玄书屋本，这是错的。但李说“太玄书室”四字后人所加，误也。因为确实有明万历十四年张袠太玄书室刻本的。当然，你若能来此一游，看看，定有比我更大的收获。齐如山的一批小说，明本中有几本我看是清初刻，但大量（几十部）清刻本则是过去被禁毁的，有看头，尤其是从日本购回的里面有东西。

冀先生、小王问好。潘老还在206吗？代问好。照片请给光亮。致

礼

沈津

8.5

我托光亮查书，请您帮助一查，谢谢。请多来信。

1990年8月6日

理卿先生：

您好。

到港已有两个多月了，对香港的情况我也有了不少新的认识。总之，这里物品丰富，只要出钱，什么都可以买到，在生活上真可谓方便之极。前两个星期我去了一家“吉之岛”超级市场，是日本人开的，真比我在美国所去的超级市场大，主要是东西多，食品部的海鲜更是多得令人眼花缭乱。半成品、成品的海制品，各类鱼几

百种之多，都加工得好好的，可免人们买回再洗之苦。当然，我也希望将来内地也能物品丰富，让大家方便的。

在这儿，我去了商务、中华和一些书店，台版书较多。港大冯平山馆又去看了一次。过去我鉴定过的一批书，已经被港大购进，25万港币，原开价98万。其中《四六鸳鸯谱》（胡氏十竹斋刻本）过去未曾见过，极罕见。

我们上月买了房子，在北角，花了99万多，加上律师费、房地产的钱、政府费共108万，所以我们向银行借了不少，每月都要付钱了。好在房子很大，三房一厅一厕一厨一露台。前几天装了四部空调、一个热水器，又花了一万多元，这里钱太容易花了，但也没有办法。将来你来港，我可以陪老兄转转，到我家吃饭。

有一个朋友，我很熟，是个律师，对目录版本也较熟，然苦于无书，所以自己买了不少工具书、参考书。他的书目也极多，工作之余除了版本，就是嗜好相理书的收集。我告他老兄的情况，称兄为此方面的专家，查书、查人都有独到之处。他很有兴趣结识老兄，或许会在适当时候飞南京见您谈谈。他周一会航空寄老兄一部台湾“中央图书馆”善本书目，共四本，是送给老兄的。但老兄能否将子部术数中的“相命”一类的书名、卷数、作者、版本抄下，我估计有近百种，然后寄给他。在香港，真正知书、喜书而且走火入魔的我想仅有此公了。他八月下旬会专门飞沪见顾、潘二公，因为他仰慕已久。和广州王贵忱也识，上周日即专门去广州见面的。所以我介绍你们二人先认识，以后再增进了解。您先把子部中的算命书（善本）抄下，寄他。因为子部书目离出书还有不少时间，他等不及了，所以老兄可以帮帮他。并且可以告他普通书中有哪些书，列十余种即可。

此人可以深交，人不错，也豪爽之极。

我写的一篇论文《翁方纲与〈四库全书总目提要〉》已收入《纪念钱存训先生八十生日论文集》中，年底或明年初由北京现代出版社和台湾正中出版社同时以简、繁体字出版。集中有顾老、马泰来、昌彼得、劳干、苏莹辉、崔建英、张秀民20多人。

问潘公、小宫、周馥、江凌诸位好。此致

安康

红梅附带问好。

弟 津

1990.8.6

1991年1月4日

理卿先生：

新年已过，但是还要写上一句话的，祝先生在新的一年里，为图书馆事业和目录学的研究多作贡献。先生乃资深研究人员，龙蟠里之奇人，今后晚遇有难题，当写信趋前请益，但请先生不吝教之。

我现在中文大学图书馆和中国文化研究所工作，各半天。前者做编目和管理善本书的工作，后者则寻找底本，便于文研所输入电脑，工作不重。学校每周六上半天，而下一个周六则可全天不来上班，再放我每年大假十四天，此外又有政府公众假期十七天，加起来也较可观。

学校离我住处较远，一个小时。过海巴士、火车、学校小巴，不停地坐。图书馆里不少港台书，正可补上海之不足，也可以说是了解信息，起参考作用。至于大陆新书，虽多，只是太慢，要八个月左右方可见到新书。报纸则每天看，消息传播极快，比上海强多了。

文化研究所有一事要请先生帮忙的，即《烈女传》黄丕烈校跋本今藏北大，但北图本有劳健过录黄校，能否请先生协助过录黄校跋于影印本上，用其他颜色笔都可。研究所准备在先生校竣事后奉上港币200元，不知先生允否？先生乃细致之人，也只有先生能担当此工作。港币虽不多，也是研究所的一点心意，因他们想用黄校做参考。

如先生有信给我，可径寄：

香港新界沙田中文大学

中国文化研究所　沈津收

冀大姐的卡收到，请代谢谢她。冀先生、丁公、杏珍问好。

叶先生问我，先生今年去否美国？我说不知道。如去美国，能否来港逗留几日？如能，请事先示知，以便接应。顺致

安康

津

91.元.4.午

《烈女传》约七万字，影印本当另用挂号寄上，请查收。

1991年10月12日

燮元先生：

五月的手示奉悉，兹复如下：

支票事，中国银行或工商银行都可取，但他们收下支票后，会告诉您要过些时候支付。因他们要了解支票的真伪，一般需时两个月左右（因为一来一回，指北京—香港）。您凭身份证即可领取。

谢谢您代我查抄资料，因为我在收集翁树培的材料，如您有发现，请告我。

美国方面的事，目前先要解决“主任”一职。现有四人申请，有两人我认识，一是艾思仁，二是潘铭燊（原中大讲师，现去加拿大一华人社区图书馆任馆长，钱存训的博士）。前者不错，也是博士、汉学家，中国字写得比我还好，他中标机会大。

我目前想写一篇东西，是讲在美看到的书及感触。类似概况，也发一些编目录的看法。

您老兄的情况我了解。我有时跟朋友讲大陆专家时，总会提到您，即顾老、潘景郑、冀大姐及老兄。我说您比我强，这是实话。姜是老的辣。至于其他在京者，实践太少。

我如去美，也一定会向有关人士推荐老兄，因我们合作是很好的。

正光在港三天，通了两次电话，现已去南京讲学。6月初回港，那时会见面。

美方给“主任”的月薪是3500—4500美金，您可看一下外汇比率，即可知多少人民币。如算1：5的话，那就是两万人民币。

吃住当然自理。

上海古籍不像话。光亮有信来，说起此事。我意是要打官司，采取措施，暂不发稿。再谈。祝

好

津

5.13

齐鲁书社出了一套黄裳的《前尘梦影新谈》，不知能买到否。如果老兄能在书目文献买点书，即你认为有用的，也请帮我买，就算我欠你的，钱一并算连寄费。我付港币或人民币都可以，只是要你先垫出来。我知道你星期天总是要到王府井新华去的。（我先寄十元港币在信，先买个二三本。如你觉得这样好，那我以后就寄港币给你，好不好。）

上星期和徐伯郊先生一起晚饭，他知道的东西极多。

冀大姐处请代问好，请和我保持联系，书信不要断。津又及。

1992年5月10日

燮元先生：

您好。两个月前曾有一信寄呈，但未得赐覆，或许未曾收到？

我已于4月27日飞抵美国波士顿（家人一起同往）。其间，在三藩市转机并办理入境手续，现已去哈佛大学燕京图书馆开始了撰写善本书志的工作。

我住的地方在哈佛燕京附近，走路约二十分钟，所以中饭可以回家吃。房间是二卧房一个厅，总面积约一百平方米，在大陆来

说，就是很大的了。厕所浴缸用水，热水都有，冬天夏天则有暖气、空调，所以再冷、再热也不怕。超级市场也在旁边，五分钟可到。只是唐人街较远，要坐地铁。

艾思仁（美国编善本联合目录的总编辑）在港时专门和我谈了两次。4月24日、25日，都是晚上很晚才见面，因为都忙。我基本上了解了他们的情况，并向他极力推荐老兄去美参加此项工作。他原来说要请我的，我说我已去哈佛，不行，但我可以推荐另一位强者，即老兄。目前，他们有一位原北大的叫曹素文，我过去不了解此人，或不是专搞我们此行的，或是近年来涉足此道者，但她懂计算机，这是我们所不懂的。我建议她到京时和老兄见面。崔建英太固执、呆板，虽工作认真，但不合群。很多人不喜欢和他一起工作，所以老兄应该争取来美参加此一大规模性的工作，也可开开眼界，多接触些人，多看些书。

美国目前经济萧条，不景气，有不少企业倒闭，哈佛燕京有不少工作要做，但是没有经费，请人也困难。在这种情况下，他们还请了我，所以我必须努力工作，多写点东西，也可留下来做个总结。

冀大姐好否，很想念她。丁公、杏珍也请代问好。前日碰巧见到翁万戈，他是翁同龢的五世孙，藏宋之本全美第一。他说以后也要写他所藏书的书志，并说已写好一种宋本《集韵》，并已给傅熹年、冀大姐看过。

哈佛燕京宋、元、明刻本一千四百余种，清乾隆前刻本约一千七百余种，抄本、稿本也逾千，所以有不少工作要做。盼复。

顺颂

安康

弟 津

92.5.10

光亮、先行，我已申请他们去港旅游了一次，共十天，他们觉得很高兴。

反面是哈佛要为我开欢迎会的报导。

1992年11月1日

理卿先生：

10月21日承示奉悉。

艾思仁上星期五打来电话，说是看见台湾“央馆”馆刊上我写的稿子，还看见台湾《光华》杂志1992年9月号写我的文章《燕京图书馆的“宝贝房”》，希望我能去葛思德东方图书馆做一次演讲，并说已和学校东亚系的主任讲好了。但我对此婉言谢绝了。我实在是因为写书志写得很苦、很紧张，每天写三四种，每篇七八百字。目前，我仅写了300余部明刻本，20万字。估计全写完1450种明刻本，80万多字，所以忙得要命。星期六一定去馆，平常晚上有空也会去馆。总之，我把一切都放在这本书志上去了。过去在上海，要有一点行政工作，无暇做自己想做的事，现在有了机会，实在是不敢放弃，所以一定要完成它。

在这里确实看书、做研究比大陆不知方便多少。期刊过期的都已装订在书库里，你自己去拿好了，没有人管你；即期的也在阅览室架上，任你自由去阅。如您想复印什么，只要不是善本书，你印上几天也没人管你，因为只要你付钱即可。

上海社科院今年来了两个，一个是搞西藏的什么研究（女的），一个是搞佛教禅宗的，都是一年。他们很舒服，哈佛的访问学者每月可拿1600元美金，而别处有的大学只有600元。而且访问学者平时高兴来就来，早走也没人管，一切自由自在。美国搞善本的人很少，你老兄比我强，我是希望你能来美帮助艾思仁的。艾目前的助手是原北大一个姓曹的（会电脑，会输入，这点我们则不会）。美国大都会博物馆的一位女士打电话来跟我谈佛经版本事，她有兴趣，但长途电话上如何谈得清？只要有机会，我一定帮你的忙，请你随时多和我保持联系。

《文献》我写的稿，发至第十期后就不发了，我也无所谓。天下有的是刊物，不仅大陆，台湾方面也可以发，而且我发了两篇，稿费较大陆多数倍，所以我有空也会积点稿子发出去。方秀洁教授未来，她在加拿大，平时没机会来此地的。

顾老还在北京，您和冀先生能经常看他。我在此地，远开八只脚，实在没办法。您们去看他老人家时，请代我问好。

我们买了一辆汽车，八成新，酱红色的，很漂亮，红梅和沈烨都会开了，所以去唐人街买物，或出外游玩（看枫叶，红、黄、绿，满山遍野）都是开车的。我们还买了一个房子，三层楼，有地下室、两个厅、一个厨房（极宽敞，够大的了，相当于半个夹层办公室），还有半个卫生间，即没有浴缸，约6个平方。二楼是三个卧房，主人房有卫生间全套，另一头又是卫生间全套，三楼可以隔开二间，院子花园不大。明年一月底可以成交，然而这一下却把我们的钱几乎花完了，要价17.9万元，我们还剩1.56万元。这个房子很不错，不用装修，里面都是地毯，很安静，而且离哈佛燕京很近，走路只要20分钟即可。

大陆出来访问的人太少了……我在燕京，不多久来过两位台湾“中央图书馆”的小姐，前天又来了什么秘书小姐，他们出差就是到海外，可是想想北京、上海，出来实在太难了。

冀大姐身体好吗？代问候。还有丁公、杏珍同志。

你有空，可去看看台湾的《光华》杂志，今年第九期。这篇文章发表后，有一位在美国念学位的张海惠小姐（原人大图书馆的，搞古籍整理编目的），曾参与人大馆古籍善本目录的编制。她写信来，说是希望做我的助手，表示学位也可以不念。但我告吴文津馆长，吴说，目前美国经济不好，实在没有钱，爱莫能助。因此只好作罢。

有空请来信。祝

好

津

92.11.1

1993年6月28日

燮元先生：

手示奉悉，知道先生近况，也是很高兴的事。

我5月7日由美飞港，5月13日飞沪，在沪待了九天。5月22日再飞港，6月3日由港返美。目前，返美又已近一个多月了。一回来，就陷入忙碌之中，杂事也多。在港时，曾在中文大学晤面不少同事、上司，畅谈感受。又去了饶宗颐家（过去我去过），还看了港大冯平山图书馆入藏的一些宋元本书。在沪时，天气不好，时常下雨，和孙秉良等人聊聊。不过，我明年三月会帮上图来一个人到波士顿，参加亚洲学会的年会。届时可以和各地图书馆的人接触，所以不用英文也没有关系。

原中国人大图书馆的一位小姐，现在堪萨斯读图书馆硕士，她自愿作我助手，一个月（换三个学分）帮我查查书，了解些概况，工作很认真。我倒觉得不比上图一些姑娘们差。上图那么好的条件，可惜很难出人才。在沪时，见到了顾师，他正好去苏州，拟参加顾颉刚一百周年的会。因车不停苏州，故到了上海。我们二人相见都高兴异常，今后还不知何时能再见面。两年后，我还会去香港及上海，看看父母、同事的。

您的事情，据我了解，美国虽然克林顿上台，但经济仍没有上去，失业的人仍多，方行的侄子方柯昨日来信托我设法找工作。他在纽约州立大学奥伯尼分校，是图书馆学系的硕士，一直找不到工作。这里哈佛燕京是只出不进，因为没有钱请人。至于国会馆的情况，也不很好。我在香港时，5月23日中午和芝加哥馆馆长马泰来一起吃中饭。他告我，听说王冀和居密等人心中也不踏实，因为国会馆的总馆长想把东亚部门的书采取什么新措施，可能要分散，详细的我也不知道。所以你的事，将来只有艾思仁处可以设法。这次三月的普林斯顿会，我请假没有去，钱存训、王冀、牟先生都没去，大陆是崔建英、沈乃文二人去的。讨论著录条例（他们寄了一份给我，我没时间细阅）。我过去对艾说，沈燮元比我强，你们可以请他，有沈燮元这样的人，你们工作会好得多。但我不知为何艾去北京时没有去找你。

艾和我较熟，他一心一意要请我，但我无法离开燕京，所以我推荐了你。你可以把你的履历详细写一份给我，以备用。(过去韩锡铎也想来此地，也托我，但我婉言谢绝了，因为我当时只想到你的事。）机遇和运气都是重要的。

我很忙，过去的一年写了四十八万字，这在大陆时是想也不敢想的，所以两年一定要完成八十万字的书志，这成了我唯一的目标了。

冀大姐身体如何，很想念她老人家，还有陈杏珍、丁瑜。说实在的，冀大姐是勤勤恳恳地工作，不为名不为利。过去在一个办公室工作，向她请教很多，可惜今后没有这种机会了，请代我向她问好。还有丁公、杏珍等人。

《总目》的进展情况也盼随时告知，我虽人不在，但心里总是挂念《总目》的。

有两个人不知知道否，一为吉父（画树），一为华子宥（画佛像），好像都是近人，善绘。

我在港时，买了陈树人的字，章太炎的一个中堂、一个条幅，还有王闿运的一个对子。另外还有几把扇子，如于非闇、黄君璧、陈曾寿、许昭、郑孝胥、王福厂、汤定之等人。还想买清道人、曾熙、陈少白、俞曲园、朱次琦、张岳崧、邓尔疋、翁同龢、邹容、罗惇曧等人的字、联，大约要花六七万港币吧。祝

康健

弟 津顿首

93.6.28

1995年9月12日

理卿先生：

实际上，我一直在等你的信。我也十分想和你联络，因为我们有许多共同语言，需要互相帮助，交流信息以及取长补短的。你我都是实在人，讲究实践出真知的。花花绿绿的靠吹的人没有搭头，你说呢？

我早上还给宋敏莉一信，信上说，找不到你。而在封口后，却得到了你的信，真是意外。我真是有许多事情要告诉你，我知道你也愿意听的。

你苏州休假完，还会长住南京否？详细地址盼接信后告我，以便不要失去联络。

我在去年8月，和台湾大学图书馆学系教授潘美月合作一个计划，拟作一个《大陆古籍存藏研究》。因为台湾学者不了解大陆各图书馆藏古籍的情况，也不利于他们的学术研究。到了大陆图书馆，也不知所藏，更不得其门而入。所以我想推动海峡两岸的文化交流，也做一点小小的贡献。此计划获得台湾编译馆的资助，拨了一点钱。我于是向过去在图书馆界的朋友写信联络，请他们支持，并且撰稿介绍自己馆的馆藏古籍概况，每千字75元人民币，多劳多得。当然要写得详细，历史渊源都要交代清楚，我的意思即是作者写了后，至少在一段时间里，没有人能够补充，也即是该馆的馆藏古籍小结。这个计划得到了不少朋友的支持，有的包掉一个省（省、市馆及大学馆的重要者），有的准备写二至三个馆（或和朋友撰写）。我目前收到近30位朋友的同意书。当然出版后，我会每人送一部的，估计50万—60万字。我写绪论，大头为各馆介绍，第三部分是潘美月教授写结论。

我希望你能帮忙此计划。我曾给小宫写过一信，请她帮忙写，估计她忙得不可开交，也没有复我。我想你能否和她谈谈，或你们合作写南京馆，至于无锡、苏州馆（叶瑞宝，我也去信，但他未复我），你能不能代为联系，请他们帮忙写。无锡是陶宝庆，我不熟，叶我也不熟。常熟市馆有人写否？瞿冕良君，我不识，能请他写吗？你识他否？如都可以，能不能麻烦你去联系，要求见附件。你为《研究》出力、征稿，我会在定稿后另外酬谢的。此点，你可以放心，因为我已和潘教授说好，对于我的朋友出力多的，应该给以酬报，就是不多，也是一番心意。总之这个忙，你帮定了。而且你能量大、认识人多。我离开这几年，就不易了。

善本书目，你和顾、冀、丁等都是功臣，而且是大功臣，历史将会记住你们。因为这种功德无量的事，只能最后小部分人去做，而且总是有牺牲。所以我说，你，也只有你，才能干此事，不光是经验丰富的老手，而且是能牺牲个人、顾全大局的好汉。国内出版的事，我很了解，这儿的信息多，社科杂志3000种，还有不少出版信息的报刊。征订单之类，我每天都要看一些。

浙江的情况如何？我给小谷去信，她也未回，她是否要调离，如果我找吴启寿是否可以？我在港时，和吴通几次信，没有断联系。崔富章也未复我，奇怪。

我八月中旬，可能会回上海、香港，一个月左右。在港待一星期，再去深圳、广州（看谭、骆、梁）。因为我母亲身体不好，动了一个小手术，我要回去看看，另外安排他们（我父母）明年来美住一阵子的事。

顾师身体如何？我多时没有去信问候请安了。冀大姐、丁公、陈大姐我都记挂在心上。五个月前，北京政法大学的田涛来我处，自称是北京私人藏书家。我问起冀、丁等人，他都认识。我还曾请他到我家一叙。冀、丁身体好吗？甚念。

我有一本小集子《书城挹翠录》，30万字，都是旧日写的书志，集成小本，交上海社科院出版社出版，年底或可出来，届时要送您一本，请提意见的。您是老手、专家，能看出问题。顾老题的签。

韩锡铎来过此地，仅一天多，时间太紧了。先是下午三时到，我陪他们到外面转转，哈佛广场看看，然后请一顿晚饭，再去我家闲聊。第二天，他到馆再谈，中午馆长请吃饭，然后就去普林斯顿了。

正光有信来，12月份还会来此地，因为《九州学刊》的年会会在哈佛举行，郑培凯等人都会来。

总之，这里来的人太多了。上次，刘哲民来参观（星期六，正好我到馆查东西，他和郑振铎、唐弢熟），惜谈的时间太少，仅三十分钟不到。

下次再跟你说。

如你有兴趣，我们约法三章。我去一封，你复一封，一般我复信，都是当天，最多三天，不拖的。王多闻、盛巽昌我们通信，都是一封接一封的。不过你如愿意，邮费就会大增。一笑。

问小宫好，潘天祯先生身体好吗？11月份的《东南文化》（南博）会发我一篇小文章。6月份在台湾发了两篇，共三万字，一篇写《海陵佚史》，一篇写“灵隐书藏”及《复初斋诗集》。现在每晚在输入电脑资料。又向您请教：①明刻本的书价资料有否？如某书纹银以及……我手中的资料，直接目验的约十种。我想写一篇文章，过去有人写，但不是目验，仅凭别人的三手、四手资料，而且三四条而已。②有无法宝馆的资料？叶恭绰办的。祝
好

沈津

95.9.12

光亮电话中告我，子部已出版，已海运给我，但我未收到。锡铎寄来《中国馆藏和刻本汉籍书目》，但他们不知哈佛燕京藏日文、韩文线装书多得很。韩文线装书比上海图书馆不知多多少倍。

1996年1月2日

理卿先生：

去年十二月曾有一信奉上，想已达览。

今有恳者。我有一本翁方纲题跋、手札，是辑录本，80万字左右，都是自60年代初期我根据顾老的指示，从一些珂罗版、法帖、书上抄录下来的，也有部分是在《复初斋文集》《续集》上抄录的。此项工作延续到1985年，收集了一千三百多篇题跋，虽不可说“全”，但大致差不多了。尺牍则是主要从上图及石印本上辑录。

抄录完后，我自己标点了一次，又曾请潘老看一遍，然后交上海古籍出版社，责任编辑是王根林。我1990年离开上海前，魏同贤曾答应，可以出版，但会赔本，损失则由社里负担。但我走后，“茶就凉”了。盖因我在上图，对他们帮忙很多，他们有求于我。我一走，当然他们也就算了。这些年来，我一直没有吭声，只当没

有这回事。世上炎凉就是这么一回事，只要我不负人即可。这次返沪，我找到他们，希望将稿子携回，谁知他们说，如果你愿意出一点钱，我们可以印（其中详细情况我不愿多说）。我只好答应，计划今年发稿，最迟明年三月底前见书，精装本，并已签约。

上个星期，我接王根林信，说是稿子标点断句中有一些问题，不很统一，也有不准确之处，他希望我能通篇再看一遍。他说得有道理，为保证质量（我的水平也有限，标错肯定不少），我从头看也不可能。我想，先生能否帮忙看一遍，改正标错的地方。我愿意提供人民币2500元作为补偿。此事只有先生能够为之，其他人我一则觉得他们不如先生之水平，而更重要的是我知道先生和我之间的关系，在我困难之时，是能够帮我一把的。我希望能尽快地得到您的回音。

如您愿意，那我就请上海古籍王根林直接和您联系，将稿子送与您处，给您看。好不好？请速告我。

顺祝

健康

沈津

1996.元.2

小白来信，并附在津门合影之照片，先生也在其中。

先生标黄荛翁跋，有诸多经验，于此翁跋必驾轻就熟。正光打过电话来，但我不在，不知什么事。他会来这里，要住我家。

瞿冕良的文章已寄来，我并将稿费美金寄他了。

1996年1月31日

燮元先生：

一月二十日的信，中午收到。

谢谢您能帮助我。

随信附上美金支票350元，请查收。内含：审读费2500元人民币（300元美金），《文教资料》130元（合美金16元），邮费、电话费（20元）。如此计算，约合人民币2900多元。

您所说的都可以做到。顾老一直说，火车只要开，总会到站的。所以由您“专心地校，不会停的，直到结束”，那我也就放心了。实际上，这本书校到今天也非易事，了结此书，也是我的心愿。我觉得顾师当年交代的事也告一段落了。至于研究翁方纲，那或许对别人有些用处。

标点过去都给潘景郑先生看过。我是抄一些送一些，请潘老看的，或许错的地方，他没仔细看出来。

王根林处，我会写一信去，告知详情。但也要麻烦您的是，请您打一电话给王根林，他家的电话我没有，但有古籍出版社的电话，4370013、4313214。您找到王后，可以说明，我已托您审读稿子，请他抽空去苏州一次，将稿子带去。（他已看了十万多字了。）让他到苏后详细和您谈。有些有问题处他可能（在已看的部分）已标出来了。总之，这事全权委托先生了。从苏州打到上海的长途电话费，都由我来付。

《文教资料》请过了年后寄我。邮费及书本费均见上。地址请寄哈佛燕京我收。谢谢。

宫爱东有信来，我在复信中鼓励她写南图的稿子。她现在尚没有回音，我也知道她忙。

最近我特忙，因为答应为台湾一个杂志写稿，每月要五六千字的稿子，所以有压力。或许过一阵子，我不想写了，那时就较松了。

先生校黄跋时，标点早已积累不少经验，如果再阅翁跋、翁札，就更是驾轻就熟了。

帮忙看稿之事，最好不要告诉别人，我怕麻烦。

另有两件事要告诉您的。一是谢正光来电话，他2月21日要来此地，住我处一天，看书。他在搞明末遗民的心态，要看清初的总集等书，他问及先生的信息。二是艾思仁的工作看来在经济上得不到支援，可能工作要停顿下来。他所主持的全美善本书编委会工作量大，而且全面铺开，不仅全美，还有欧洲、亚洲……所以钱用得很快。他再申请基金较困难，所以今年上半年就会告一段落。

再次谢谢。顺颂

新年快乐

沈津上

96.1.31

王在第一编辑室，电话是总机，要转的。

1996年2月10日

燮元先生：

一月底寄出的信，今日收到。

遵嘱即查台湾“中央图书馆”标点本《善本题跋集录》，并复印了您所需要的《夷坚志》及《格斋先生三松集》，但是我又查了“中央图书馆”的影印本《善本题跋集录》，里面（四册）没有收《夷坚志》及《格斋三松集》。也不知什么原因，很是奇怪。我查了两次，《夷坚志》仅一跋，缺去另二跋，而《三松》因无字迹可看，不知是谁的。

王根林处，我也写了一信给他，想他已经去了您那儿了。

支票收到否？我知道去银行兑现，要许多手续，颇麻烦。我寄给瞿冕良的支票，他说已取到，但较麻烦。

复旦的吴格有信来，他今年十月或会去洛杉矶访问，大概一年的访问学者吧。复旦和洛杉矶加州大学有合约，互派访问学者的。潘际安退休了，目前在写复旦收藏古籍的概况，是应我所约。

此信或能在春节期间收到。

祝

春节好

津上

96.2.10

急匆匆复，我需要时间。

海关密函

外籍税务司笔下的浙江（三）

赵伐 译

题 记

继1925年上海“五卅惨案”后，宁波爆发了声势浩大的罢课、罢工和罢市活动，断断续续，历时数月。其间，发生的浙海关日籍职员垣花惠常（K. Kakihana）[①]殴打重伤人力车夫案更如同火上浇油，使爱国学生的反帝情绪空前高涨，他们通过冲击洋关、捣毁关产、阻碍关务等方式表达内心的愤怒与不满，并要求将凶手绳之以法。对于打人事件，浙江和宁波地方当局态度由谴责转而暧昧，海关税务司和肇事者则极力推卸罪责，嫁祸他人，扮演起了“受害者”的角色。此案诉诸法院，最终却不了了之。此次选译的海关密函从一个侧面记录了当时此案的经过及当事人的态度和心思，再现了那段屈辱、动荡的岁月。

---

① 此人飞扬跋扈，华员丁贵堂就曾因其“轻视华员事与之力争，几至用武”，后离开浙海关，前往青岛。

浙海关署税务司威立师致代理总税务司泽礼第391号密函

尊敬的泽礼先生：

学生骚乱及由此引起的贸易萧条

本月4日，当地学生散发传单，鼓动罢市一天，以表达对上海警方镇压学生的愤慨。他们找到本关公事房帮办麦乐勃，要求海关次日闭关一天。麦乐勃让学生来找我，但他们并没来。我致电海关监督，告诉他学生们希望海关闭关，但我并未接到同意闭关的指令。次日一早，有一队士兵驻守海关外面，把在租界[①]游行的学生引到背街去了。到处可见排外的海报，但生命财产并未遭损。外轮公司遭到抵制，所有外贸陷入停滞。关税收入降至日均400两[②]，而正常税收为1500两，不过常关税收还算稳定。（据说日本人用作食物的）豆类出口被学生阻止，他们还恫吓当地买办，不得向洋人提供给养。我已命令本关职员对学生示威采取克制和暧昧态度，以避免将海关卷入困境。对学生的任何干预或冲突立刻会被放大成蓄意攻击，并在报纸上广而告之。因此，我们得小心谨慎。一位传教士用来给自行车打气的气筒居然（被报纸）说成是瞄准无辜学生的左轮手枪！有洋人敦促英领事派炮艇和水兵来保护租界，但领事认为此举会激怒学生，会促使坏人跳出来制造麻烦。当局做出保证要保护洋人生命财产，但在一些洋人看来，这样的安慰于事无补，他

① 即宁波江北岸的外国人居住区。

② 即海关两，又称“关平两”或“关银”，旧海关所使用的一种记账货币单位。

们对领事的做法很不满意。当地的美国传教士大多支持学生罢课，英领事好不容易才劝住他们，不要在当地和上海的报纸上发表声明，因为他担心那只会激怒学生采取更有害的行为。

…………

您的忠实的

浙海关署税务司C. A. S. 威立师敬上

1925年6月15日于宁波

浙海关署税务司威立师致代理总税务司泽礼第392号密函

尊敬的泽礼先生：

当地局势

我前天接待了外交部特派浙江交涉使程学銮[①]的来访，陪同他的是杭州租界警察局长胡新甫（从苏格兰回国的留学生）。程先生是受浙江省当局指派前来调查宁波骚乱的。我向他们陈述了当地发生的骚乱，但可以看出，他们主要关心的是如何将此事以最利于中方的角度来呈现，而且他们认为，买办商人店铺和海关帮办食堂不是洋人财产，对其打砸不应视为国际纠纷，这也是海关监督的观点。我指出，我所关心的并非什么国际纠纷，而是两位外籍帮办差点丧命，还损失了全部财产。程、胡二人说有证据显示，是垣花惠

① 程学銮（1879—1960），浙江杭州人，毕业于日本早稻田大学。历任驻日本公使馆书记官、驻新加坡领事兼代总领事、驻法公使馆参赞。1925年，任北洋政府外交部特派浙江交涉使。

常残忍殴打人力车夫。但我向他们确认当时垣花惠常正在洗澡。他们视察了被打砸的食堂，声称很容易修复，然后给我留下一包茶叶作礼物，但我礼貌地将其退还。我写信要求回访他们，但只收到他们的一张明信片。

宁波城内的商店门上和墙上涂满了各种标语，如“凶手抵命”“惩办凶手”“取消领事裁判权”“抵制英日货”“收回租界”“收回洋关权”等等。据说美驱逐舰刚驶离码头三天，就有苏俄间谍来到宁波，其目的是煽动拆除整个洋人租界。我知道驱逐舰现正准备离开宁波。我们感觉正坐在火山口上，随时有可能再次爆发。虽然江北岸（洋人居住区）有北洋政府的军队严守，而且省市当局都说要保证我们的安全，但实际上无法证实他们能履行承诺，一些洋人更愿持怀疑态度，因为过去类似的承诺常不曾兑现。

…………

赖发洛先生报告说，在经历了那些可怕的遭遇后，垣花惠常的精神几乎崩溃，说要辞职！您是否希望我给海关监督施加压力，为垣花惠常和萨绍其[①]争取赔偿，或此事交由您来处理？关于此事，我未从警方听到任何消息，海关监督也未曾表达任何歉意或兴趣。垣花惠常等人虽然已将粗略的损失清单交给了当地警方，但我要求他们尽快给我一份所受损失的详细清单。

此处的骚乱似乎告一段落，我认为学生们是在等待上海事件[②]的处理结果。

---

① 浙海关俄籍帮办。

② 即五卅惨案。

S/O No. 392.   Ningpo   1st July,   25.

Dear Mr. Stephenson,

<u>Local Situation.</u>

I was visited the day before yesterday by Mr. Cheng Yao-lan (程學鑾), Chekiang Commissioner of Foreign Affairs appointed by the Wai-chiao Pu, accompanied by Mr. Hu Hsin-fu (胡新甫), Chief of the Hangchow Settlement Police Force (a returned student from Scotland). Mr. Cheng came here to investigate the Ningpo case under instructions from the Provincial Authorities. I gave them my view of the local troubles but I could see that they were chiefly concerned with the desirability of presenting matters in the most favourable light for China, and they argued - like the Superintendent of Customs - that the destruction of the Comprador's Shop and the Assistants' Mess should not form the subject of ~~and~~ international discussion, as they are not foreign property. I pointed out that I was not concerned with any international discussions, but the two foreign

浙海关署税务司威立师致代理总税务司泽礼的第392号密函首页

…………

您的忠实的

浙海关署税务司C. A. S. 威立师敬上

1925年7月1日于宁波

浙海关署税务司威立师致代理总税务司泽礼第394号密函

尊敬的泽礼先生：

当地局势

我从英领事口中得知，中方要求日方道歉，并赔偿帮办食堂所受损失，理由是该事件完全由垣花惠常先生伤害人力车夫和水果贩子所致！鉴于此，通过海关监督索赔的机会几乎更加渺茫了。您是否建议我与海关监督再争论一番？食堂维修经费须经工程部测算，在未得到准确数额，以及垣花惠常先生发给我的书面陈述之前，我无法就有关损失提出索赔。

…………

英国轻护卫舰“蜀葵”号于本月13日抵达，停靠太古洋行的码头。因为罢市，该码头目前未被启用。海关监督立刻找到我，要求“蜀葵”号舰长将船移至甬江下游亚细亚火油公司油罐附近停靠，并且转告他，鉴于目前形势平静，没必要让炮舰留在宁波，应马上驶离。我告诉海关监督自己无权处理外交事务，但可以将监督的建议转告舰长。“蜀葵”号随后开到亚细亚火油公司油罐附近。今日，舰长随英领事前去拜访海关监督。学生们声称，如哪家商店向军舰提供给养，他们就会像以前那样将其捣毁，不过，我知道在中国军队的护卫下，给养还是送到了舰上。晚上，海关码头也有人值守。不过，买办商说只要军舰还留在港口，他就拒绝向洋人供应肉食。

…………

您的忠实的

浙海关署税务司C. A. S. 威立师敬上

1925年7月16日于宁波

代理总税务司泽礼致浙海关署税务司威立师的密函

尊敬的威立师先生：

你于7月16日的第394号密函收悉。

宁波骚乱

你至今仍未告诉我是否已将正式报告递交海关监督，此报告本应立即呈报以便将事实记录在案，至于索赔可随后提交。监督已就此事呈送了报告，很明显，你让他占了先机，这很不幸。立刻将你的报告递交监督，同时将副本呈报本署，以便转呈税务处，便于进行核对。你还应从垣花惠常和他的仆人，以及萨绍其那里收集有关骚乱起因和后续发展的签字报告。这些材料的副本应呈送本署，但在等待这些材料的同时，赶紧将你的报告交给监督。重要的是，要向税务处提供你的“说法”。

…………

你的忠实的

暂行代理总税务司J. W. 泽礼

1925年7月22日于北京

浙海关署税务司威立师致代理总税务司泽礼第395号密函

尊敬的泽礼先生：

排外骚乱及关产受损情况

值得高兴的是，我终于成功获得足够证据能最终证明，在6月22日的宁波骚乱中，本关无人对此负有任何责任。我已将完整报告及各种佐证和索赔材料递交监督。在呈送给您的附有这份报告副本的公文中，我需要解释的是，本人是第一个就此事呈送报告的人。此次呈送的是本人的第二份报告，本该更早呈送的，但我担心从中方的角度看，这份报告不对他们的胃口。中方很显然是试图将责任转嫁给垣花惠常，就像他们习惯的那样，从这个事件中把肇事者（也就是学生）完全撇去。这些学生由于对上海租界警方管理方式的不满，采取布尔什维克式的行为，把愤怒发泄在浙海关——中国政府的一个机构头上，这是很不幸的。被上海警方枪杀的一些学生，他们的家就在宁波，这在一定程度上解释了当地的情绪。……晚上非常混乱，呐喊声响亮，以至于麦乐勃夫妇无法在已婚帮办宿舍里入睡，只得搬到外滩海关旁边的监察长住所。画着乌龟王八的排外标语不断地贴在洋人的房子上，包括海关建筑。对于晚上的骚扰和针对关产的破坏，我已正式向监督提出抗议。……英国护卫舰“蜀葵”号赴沪补充给养，三天后返回宁波。我猜想该舰将会在此地逗留，直到上海的事件平息。这令地方当局很不爽，他们把外舰的在场视作有损于其维持秩序能力的标志，当然，他们也未曾证明有过这种能力。……我认为应尽快维修因骚乱损坏的关产，因为目前这种破烂不堪的状况只能作为成功的布尔什维克行为的一则活广告。

…………

您的忠实的

浙海关署税务司C. A. S. 威立师敬上

1925年8月3日于宁波

浙海关署税务司威立师致代理总税务司泽礼第398号密函

尊敬的泽礼先生：

学生干扰进出口贸易

不知各口税务司可否通过省级官员说服当地学生联合会，不要再妨碍日常贸易，而是等待法庭调查和关税会议的结果。在过去的几个月里，中国所遭受的税收和商业损失，以及中国商人遇到的麻烦已经够大了，这完全是拜学生们的自杀式行为所赐，他们是在有组织地杀鸡取卵，而当局却对此给予默许。……当我向海关监督报告学生干扰关务时，他就一脚踢给当地的学生联合会或调查委员会，而这些人却矢口否认，尽管验货和货主都指天发誓说这些干扰确实发生了！比如本月3号，有一批镀锌铁板（英国产）在海关验货期间被学生强行运到基督教青年会，货主受到重罚。如何对付这些被误导的青年的不当行为，真的应当与地方当局达成某种共识！这些官员尸位素餐，唯一的办法就是通过省里的官员对他们施加压力，他们管着这些人的官帽子。

…………

宁波骚乱

外交部仅凭交涉使（海关监督）[①]呈送的虚假证据就做出指示：对本关就6月22日宁波骚乱所造成损失的索赔不予认可，因为此次骚乱全由本关帮办垣花惠常先生犯罪行为所致，应将其解雇，并逮捕其所雇仆役，交当局审问，同时将审问结果另行呈报，以便决定是否有必要对其进行惩罚。据此，海关监督要求我将该仆役递解至他处。可正如我之前的报告所述，骚乱发生的当天晚上，我就曾要求警方逮捕此人，但他们并未行动，导致此人立马消失。我对海关监督再次讲了这件事，建议他向外交部呈送我的详细报告，以还原此事的全貌。目前，是否可以从本关暂付款账中预支索赔金额，反正最终这些钱都是要付的，因为我们有权要求获得公正的对待。

…………

您的忠实的

浙海关署税务司C. A. S. 威立师敬上

1925年9月15日于宁波

浙海关署税务司威立师致垣花惠常的信

亲爱的垣花惠常：

希望你现在好些了。我正全力以赴为你争取损失的赔偿，但事情进展很慢，我遇到了很大困难。

海关监督认为，你雇的厨子推搡了人力车夫，责任归咎于他。

① 清末至民国初期，各地海关监督同时兼任分管涉外事务的交涉使，负责当地的通商贸易、租地契约、游历护照、涉外纠纷等事务。

监督询问此人目前在哪里，是谁向你担保或推荐的。我在宁波无法联系到此人，你能就这几点提供一些信息吗？

你的诚挚的

浙海关署税务司C. A. S. 威立师

1925年9月22日于宁波

垣花惠常致浙海关署税务司威立师的回信

尊敬的威立师先生：

特别感谢您上月22日的来信。我会将您所要的所有信息以公函形式呈送浙海关税务司。

您竭尽为在下的损失争取赔偿，真是太好了。不过，得知因此事您遇到很大困难，我非常抱歉。在我看来，时机似乎已经成熟，我应摆出明确态度来反击恶毒的敌人，这样也许会减轻因这一恐怖事件给总税务司以及您，还有我在海关内部的好友们增添的麻烦。因此，如果您不反对，我想请总税务司许可，将整个案件的调查工作交由我的律师和专业侦探负责，当然，费用由我承担。要做这件事情，对我来说，继续留在海关就很尴尬。因此，我决定一旦总税务司的许可发出，我将立刻离职。如能让我知道任何关于我个人行为的诽谤性报告，匿名提供的也好，需要我解释的也罢，我将不胜感激。我并不介意放弃与此事有关的所有经济索赔，但我不能允许我的敌人及其代理人采取写匿名信这样一种恶毒手段来故意诽谤我，也许是为编织借口以避免对我的损失进行赔偿。此外，这种匿名报告，如果有的话，如果能得到公正的解释，不应烂在您心里。也许您已听说了，我的名声完全被那些歹毒之人的恶毒宣传给玷污了，什么收受贿赂，持有激进的社会主义思想等等。我已准备不惜牺牲自己在海关10年资历，给那些恶毒的懦夫以沉重一击。我是个年仅35岁的年轻人，未来的生涯不应当也不能这样毫无理由地遭受阻碍。而且和其他年轻人一样，我更喜欢公平对决，而不是这种下三滥的躲猫猫游戏。

…………

您最诚挚的

垣花惠常

1925年10月5日于青岛

浙海关署税务司威立师致代理总税务司泽礼第399号密函

尊敬的泽礼先生：

…………

宁波骚乱

杭州盐务署的保德成（Baude）先生今天告诉我说，通过我处理宁波骚乱的方式，浙江省当局认为海关不可能对此事件负有责任，也就是说，垣花惠常不能被判袭击他人罪。保德成先生是从杭州几个重要的中国官员口中得知的。我也注意到，在这件事上，海关监督与我的关系味道也不一样了，因此，希望我们能赢得这场官司。

您的忠实的

浙海关署税务司C. A. S. 威立师

1925年10月3—4日于宁波

浙海关署税务司威立师致代理总税务司泽礼
第400号密函

尊敬的泽礼先生：

宁波骚乱原因：垣花惠常先生所雇厨子的诚信问题及去向

…………

从这些材料您可得知，（垣花惠常的）厨子由多人推荐，承诺要递交保结，是忠顺、诚实的。不过，他现在的去向却不得而知，他甚至连薪水都没领取。……我有点怀疑此人是被学生藏起来了，也许警方是知道的，不过我没证据，只有非常含糊其辞的传闻，无法证实。有可能中国官方实际上是知道他在哪里，但假装他消失了，因为他的证词肯定会洗清垣花惠常的责任，把整个案件搞砸。

对垣花惠常不实的指控似乎令他忧虑不安，官方对他免于指控才是最大的安慰。待我找到有利于他的确切证据后，他应当免责。我已竭尽全力，但迄今交涉使（海关监督）仍未改变其不公正的态度，只是说他是遵税务处指令行事，已把此案的全部材料呈北京处理。事实上，他亲自去了北京，很可能是去对他奇怪的报告作解释的，不过，文案[①]告诉我说，他实际是去看望他太太和儿子的（他在宁波只有几个妾）。

…………

您的忠实的

浙海关署税务司C. A. S. 威立师

1925年10月13日于宁波

① 旧海关内负责英汉文互译等文书工作的职员，通常由中国人担任。

代理总税务司易纨士致浙海关署税务司威勒鼎的密函

尊敬的威勒鼎先生：

你一定注意到了（1925年）宁波骚乱后垣花惠常所呈送的关于财产损失的索赔要求。

暂行代理总税务司泽礼已将此案搁置，等待浙江省法院对骚乱责任的判决。

本署至今仍不知法院是否已审理此案。很有可能此案已被放弃，但我仍想知道目前是什么状况。你能否侧面打听一下，最好不要以官方的形式去询问。如此事风头已过，那就勿要再生是非。

你的忠实的

代理总税务司 H. F. 易纨士

1926年12月16日于北京

浙海关署税务司威勒鼎致代理总税务司易纨士的密函

尊敬的易纨士先生：

…………

我私下打听得知，省法院好像并未对此案作任何判决，我认为此案已大事化小，小事化了了。已故李监督肯定没做什么进一步工作。他认为，或他自认为垣花惠常是有责任的，也不希望法院做出任何没有偏见的判决来证明他是错的。

您的忠实的

浙海关署税务司 H. J. 威勒鼎

1927年3月4日于宁波

万金家书

父子家书录（一）

赵红娟　庞君伟　整理

题　记

陈益纯、陈载璋父子家书，由父亲陈益纯过录为两册。每册均有界行，单黑鱼尾，但长、宽不一。时间始于1955年元旦，讫于1958年4月8日，共计81封，其中父致子39封，子致父42封。当时，陈益纯在浙江新昌县城家中，而陈载璋则在萧山工作。基本上，陈载璋每月领到薪水，必汇寄生活费至家中，并报告自己的工作、生活和思想情况，而陈益纯收到信和汇款后，总能及时回复，内容涉及家庭内外诸多情况。这组父子通信的小切口反映的是20世纪50年代风云激荡、百废待兴的时代巨变，折射出的则是新中国成立伊始，人们蓬勃向上、奋发有为的心境与风貌。

作为地主家庭出身、1949年就参加革命的陈载璋，在家书中表达了自己对社会主义建设正面的、积极的认识。1956年元旦，他预料人民的生活今后会过得更好，因为社会主义建设在快速进行，所在萧山县年内就要兴办拖拉机站，春天就要推进社会主义合作化。

他非常关心家乡新昌的农村生产合作社情况，把萧山搞全面高级合作化规划的有关材料寄给亲朋，供他们参考，给他们做宣传资料。他深信只要农村合作社大发展，农民就将逐步摆脱贫困的生活状态。他在农村搞合作化运动，看到农民的生活水平在共产党领导下逐年提高，就深感自己地主家庭的罪恶，觉得以前靠收租生活不应该，吃的都是农民血汗，还拖累了农村生产。

陈载璋出生于1924年，因时代、家庭以及工作等原因，他年过三十还没有成家。面对家里的催婚，经常下乡工作的他，觉得不如找个思想进步的农村姑娘。然而在当时，农村的姑娘往往不到20岁就结婚了，因此即使他有心择偶，最终也没找到合适的。善良、孝顺的他，承担起了整个家庭的开支。每月工资领来，必写信寄钱回家。祖母年老，母亲痛风，父亲亦无劳力，整个家庭主要靠他赡养。其父在信中说，想到儿子在外面辛辛苦苦赚钱来照顾家庭，而家里到了年终也没有东西可以寄给儿子，这一点实在难过。

陈载璋扛着的不仅是全家的生活重担，还有作为地主后代面临的精神压力，以及对父母进行思想指引的艰巨工作。有人来调查他的出身历史，陈父非常紧张，但陈载璋却认为这是对革命、对同志的关心，也是为了清除队伍中的反革命分子，使革命工作开展得更加顺利。他认为自己解放前还是比较进步的，组织调查得越仔细，就越能了解自己是怎样一个人。好好参加劳动，遵守农会规定，争取早日改变地主成分，重新做个好公民，是他在信中对父母反复提的要求。他希望母亲若痛风好点，能走路了，就去帮助食堂师傅搞好居民小组里的工作，争取成为一个积极分子。他认为搞社会主义是大家的事，不管什么工作，都要带头，而只有家里人思想通了，他才安心光彩。他劝导父母要站在人民的立场看问题，与原来的阶级划清思想界限。因为是被打倒的地主家庭，许多亲戚朋友不再与他们来往，陈父感叹人情薄如纸。但陈载璋认为，这与旧社会中有钱人看不起穷人的冷淡态度并不相同。他对父亲说，这不是他们无情无义，就像他不去看望张培松，父母也不认为他无情无义一样，“当你真正争取到改变成分时，他们会再来同你接近”。

陈氏父子家书生动展现了时代发展与个体自我认知之间的动态联系。1956年9月29日，陈家迎来大喜日子，获得了由新昌县城关镇选举委员会批出的改变地主阶级分子成分的证明书，陈父立即给儿子发了喜报。上面给了选民证，陈家有了选举权和被选举权，“真真阖家喜得说不尽的话”。陈载璋在祝贺父母成为新人的同时，也特别感谢党的教育和改造。他提醒父母这只是重新做人的开始，长久以来的剥削生活对人造成的影响，如投机取巧、狭隘自私、轻视劳动人民等思想残余，并不会随着成分的改变而一下子就完全丢掉的，今后要通过多同劳动人民接触、多体贴劳动人民困难来逐渐克服。因为对劳动生产不熟悉，长期在农村工作的他，经常感到内疚。1958年，他主动申请到萧山县浦南乡横一农业社当社员，学习掠秧田、撒谷籽、耥秧坂、压河泥等农业生产中各项技术，要把自己变成一个真正合格的农民。

81封家书中，数个鲜活真实的个体跃然而出。最感人的自然是陈载璋。他在信中总是念着年老的祖母，为她的生活费用担心，希望家里能按老人的心意去做，让老人思想上愉快安心。为防备祖母万一有病痛急需用钱，他请父亲把祖母推辞不受的月钱存入银行账户，并努力凑足100元，而这相当于他两个月的工资。他为人善良，忠厚仗义，不重金钱。家中亲朋无论是修造房屋，还是读书升学，他总是尽其所能，帮助解决。而他自己节俭到甚至想把旧长衫改成制服穿。邻居小孩到家里来跟他母亲玩，他感激不尽，每到杭州开会，或逢年过节，都想着给他们买点礼物，或零食，或图画书。有时候，不知道买什么好，就写信问家里，或直接寄钱家里，让母亲为他们买些小袜子、汗巾、小牙刷等。尽管其母感叹世态炎凉，多次让他不必费心，但他从未改变初心。想到那些因歉收而生活困难的农民，而自己饱暖“弄得好”，他深感惭愧。这自然不是矫情的话语，而是内心情感的真实表达。

祖母也给人印象深刻。80多岁的高龄，但头脑灵活，勤劳坚强，自力更生。她经营园子里的菜蔬、水果，并买进番薯种，培育番薯藤售出，自己赚取一部分生活费。只要手头上有钱度日，就绝不要孙子孝敬的月钱。儿子说到她的节俭，“另无第二个人”。

父亲陈益纯主要帮助祖母挑水种菜，在园子里干活，常受伤染病，体质虚弱。作为地主，他抱着决心，按着儿子的吩咐，努力改造，终于改变了成分。他当是一个心细之人，过录家书时，总不忘注明接信与复信时间。

痛风的母亲，行动不便，时常卧床，好点时节，主要是外面戏耍聊天。她很有个性和主见，深知人情冷暖，叫儿子不必处处想着他人。当儿子想效仿他人把旧长衫改成制服穿时，她却反对，认为旧货终不坚固，而做衣服的工钱，旧的同新的一样，因此不如做新衣。

堂妹玉斐，最后冲破家庭束缚，找到了工作，并与在新昌税务局工作的北京人结了婚。话语不多的她，能耐心照顾受伤的祖母和生病的伯母，在陈父眼中，由毫无亲情可言，变成了一个很不错的侄女。

堂弟颂华响应征兵号召，参加海军，陈家老少非常高兴，认为这是最光荣不过的事情。不幸的是，颂华后来为救出40名工人，献出了自己年轻的生命。

这些家书不仅展现了一段掩埋于历史中的无声者的故事，而且真实地反映出新中国成立伊始一穷二白的社会面貌。由于物质匮乏，陈载璋连破衣服都不舍得扔掉，要请人带回家纳鞋底用。那时候，过年要吃点蜜枣很不容易，因为食糖限购，有枣时无糖，有糖时枣已过季。1955年，陈载璋在萧山县瓜沥区食堂每天的伙食费是3角4分：早餐，2分菜2分稀饭；中、晚餐，饭每餐5分，菜每餐1角，不是鱼肉，就是鸡鸭，基本够吃。陈载璋的月工资为49元，除去伙食费10元，寄回家20或25元，加上几块稿费，自己用度约20元。1954年12月，他买了两个鱼干，共约30斤，当月用度就所剩无几。1955年，1个被面是8元多，是他月工资的六分之一。1955年，祖母园子番薯藤收入14元，杏树果子售了6元，这大约可维持老人4个月的生活。1956年夏，因为雨水调匀，市场蔬菜很便宜，每斤都在2分左右。

这些家书也留下了不少有关气候的细节资料。1955年秋季晴晒，自农历七月底起，新昌城中仅九月十二日、十月一日下了两次小雨，萧山山前乡因属沙地，连湾沟都干涸，严重缺水，饮用水只能靠挖深的沟底以及几个小潭获得，洗过脸的水也要存起来洗衣服。1956年8月2日号，萧山遭遇强台风，三四围大的树木都被连根拔起，许多房屋坍塌，沙地区络麻、棉花减产到一半，造成严重损失。据陈父信言，新昌的台风损失也不轻。1957年8月19日前后，萧山等地再次遭遇大台风，但因早有防备，全民抗洪，守护江塘，问题不致像1956年那般严重。

尽管这些家书口语化程度较高，其中甚至夹杂着一些方言的表述，但细读之下，反而予人一种亲切动人的感受。如陈益纯在信中说："但你在外时间，我时想欲言，这次你回，我则知高兴，全不想着欲言的话，又不顾待你食。从你分别后，我就能想到种种的缺点，越想越不然，可知年老如呆木。这一点，希你要原谅。"儿子一回家，父亲许多平时想说的话，反而高兴得忘记说了，于是愧疚自己没有招待好儿子，而且想起自己种种缺点，责备自己年老迟钝。父子间这样的私密表达，相信能引发读者共鸣。

以下撷取1955年元旦至1956年6月20日间父子家书33通，先行刊发。需要说明的是，这些家书常常混杂俗字或别字，如"她"作"他"，"货"作"伙"，"萧山"作"肖山"，"杭州"作"杭洲"，"瓜沥"作"瓜浰"，"不过"作"不果"，"干燥"作"甘燥"，"风病"作"疯病"，"部分"作"部份"，"开支"作"开资"等，为便于理解，整理过程中，皆统一更正，不再一一指明。此外，值得一提的是，家书中计数，不少地方使用传统的"苏州码"，诸如"〣、〤、〥、亠、攵、△"等，整理中亦一并改为汉字数字。

1955年1月1日

爸妈：

今天已是一九五五年元旦，祝你们新年快乐进步。前个月廿七日，县委通知调回城北区新塘乡，搞粮食统购统销工作。现在仍在新塘乡，但工作是临时性的，因此来信的话，可仍寄萧山百货商店。

津贴前天已发下，今寄上二十万元。春节将到，本来打算多寄一点，因为买了两个鱼干，一个二十多斤，一个六七斤（打算春节带一个回来），也就差不多了，只能将就一点，到下个月再看。

祖母近来想必安好，三婆、三叔婶、小叔、颂廉、颂华，代为问好。玉老舅公还常联系否？岳均、妙娟都已一个多月没信来，不知近况如何。祝

新年安好

儿 载璋

一九五五年元旦

1955年2月14日

新宇吾儿启者：

我想你在车内有句话，一到萧山，当有信归。现快有廿多天尚未见信，一定是工作忙碌，亦非知身体健否，我甚挂念。对于家里的人，各位都好，并及桂仙处之款，尚无支付，均望勿念。但你在外时间，我时想欲言，这次你回，我则知高兴，全不想着欲言的话，又不顾待你食。从你分别后，我就能想到种种的缺点，越想越不然，可知年老如呆木。这一点，希你要原谅。再因前闻香照妹代寄照片，近有到否，还望一切盼复，以免家念是要。

诸吉

父字

二月十四号，古元月廿二

1955年2月5日[①]

爸妈：

初三那天下午三点半钟就到萧山。中饭没有吃，反正要吃也吃不下。晚饭在马经理这里吃饺子，吃了满满两碗。一切都赶得很好，请勿挂念。

省公司有通知来，十三日要去杭州开会，大约有几天耽搁，打算到那时去找德琴。

小孩子们这几天仍旧来找妈玩戏，告诉他们，说我纪念他们，愿他们好好。马上去杭州，要是有便，打算买点东西带给他们，不知道欢喜些什么？

二月份不再寄钱了，留在妈那里的先用了吧。给祖母五万元，要她好好保重身体，钱不要多下来，一定要用完。

附上照片一张，是正月初二在新昌时拍的，下次添印了，打算再多寄几张回来，算作第一次回家纪念。

三婆、四婶、仲廉、仲华不另函，代问好。

祝

健康

儿 载璋

二月五日

① 此信陈父过录时，有一段情况说明："这封信搁在香照处，一直至古二月初四晚由乌皮送归，方接阅的，我立刻便写回答信。"可知信虽写于2月5日，但收到信已是2月25日（农历二月初四）了。

1955年3月11日

爸妈：

许多时候没写信，一定会很挂念，或者还会觉得很奇怪吧！

我过得很好，春节后回到萧山，也曾经写过一封信到家里，告诉爸妈我到这里的情形。同时，还寄回一张春节中在新昌拍的照片。因为那封信是附在给香照的回信中，叫槐法转交的，也许没有收到，或者收到时已经迟了。

春节后出来没几天，就去杭州开会，回来后又立即到临浦、瓜沥两个镇上住了二十来天，直到今天才回萧山。家里二月十四来的信，也是今天才看到的。

上个月没有寄钱，今天又是十一日，家里生活一定已经很困难。这里寄上新币廿五元，就是老币廿五万元，不要弄错。

寄上照片四张，可与三婆、小从周、颂廉等各一张，留个纪念。

此祝

春安

儿 载璋上

三、十一

1955年3月15日

新宇吾儿：

兹因二月廿一号晚后由槐法之弟送归一函，并照片一张，对查这信日脚，要搁廿来天。据来信云，留在母的款可以先用。那知钱入其手，言由其口，家里所遇应用，只向她先易用。到二月廿七号开大会，报告三月一号起开始转新币，因此其付出十万元，我就足能并提来用，晚一过来想不着用度。你的房间东桁被白蚁蛀空将断，至三月七号，办树料，买洋钉，叫泥瓦、木作修理完全。

又及，三婆、二叔房子均已贷正修好。但二叔修理堂前，为了打动我，减点贷费。无非区区之数，我就答允这。不料你母不合，之后同我生意见。我总抱闷声态度，不要话矣。连自处修理并家用，计亏欠十五元左右。

于日昨接阅来函并照片四张及附汇新币廿五元。照片依信分介。新币分交祖母，两个月计币十元，其余还账。不料祖母再三不受，且既如是，我们正在想减点用度。因你母的风病近能移步到后街一带，并达到止水庙，时常在近邻居戏谈，不过力还不足，少不得执棒借力，其言想买点营养品补其原。我自己近因工作过度，身体软弱，亦想食点营养品。祖母我知其近还能可用的，万一无得用时，我当然另行办法与她。就是目前身体还好，均勿为念。还请你在外营养身体，一切自知保重最为要。此复。

再者，前信询小孩子来戏否。仍然如常，我达告其父母，伊共同高兴耳。

近吉

父字

三月十五日晚后发

1955年3月29日

爸妈：

三月十五日来信收到。高槐法转交的信，因为到大市聚，附在香照信内去转了一圈，因此到家就迟了。关于堂前修理房子问题，在家时我已向颂廉、小从周答应过负担一部分，岂可失信？

下个月，因为认了一点公债，不能多寄款回家，准备在五日前后寄汇二十元，可在这里抽出五元先给他们。要是不够，以后再寄。

祖母处的钱，若一定不肯收，可暂作家用。但若有欠缺，可即寄信给我，即当寄上。寄家的钱，也希望每月留出三四元，就是她不拿，也给她留着，反正这个应分，为儿孙给她准备着的，她欢喜怎么用都好。

爸妈的身体希望自己保重，再过一星期，就寄钱回来，暂时间要是不够用，可先向颂廉借点用用，反正寄上就能还他。

同这封信一道寄上书册七本，这封信内附着三页鲍友干的信，可托颂廉转交。高香照的信，她说春假回来，可问问槐法看。要是没回来，同给小从周的信一道到大市聚，交玉玲转交好了。

七本书，除了两本《中学生》给高香照以外，其余五本都是给小从周的。

三婆、四婶、颂廉兄弟及其他邻居请妈代问好，不另寄信。

此祝

春安

儿 载璋上

三月廿九号

1955年4月2日

新宇吾儿：

这次你发的信，于第二日晚后便到了。我就阅知一切，并附来书册七本，照信分发。鲍友干的信，使颂廉转交；高香照、小从周的信与书册等，正才二叔为清明扫墓，尚在家里，今托其一道带上，均勿为念。

据来信中，说明家里计划的情况，这点都正确合理，我就安定得高兴，以后决定照信理事。

但颂华于三月廿九日参加义役制去了，那时阖家老少都高兴得非常。

我家祖母与你母身体如常，都好，希勿为念。还望你的身体自知保重最为要，是嘱。

再告，这次来信的字过细，我眼光看不进。下次望写大点，最好用墨笔。

诸吉

父字

四月二号

1955年4月5日

爸妈：

来信收到了，小从周也有信来。因为时间关系，要待下次再复他信。

仲华响应了征集号召，参加了海军，使我非常高兴。今天不是以前的日子了，为了自己，为了祖国，能加入到人民的武装中去，这是最光荣不过的了。我为我有这样的兄弟而高兴。请爸向四婶要一个颂尧、颂华的通讯处，我想写信，同他们联系联系。

薪水一月就发来，因为在乡下，今天才回来，所以今天才寄上。妈病怎样？是否吃些什么东西？钱够用否？希望下次来信中告诉我。我很好，请勿挂念。家中老少，请代问安。此祝

春安

儿 载璋上

四月五日，即古三月十三

1955年4月8日

新宇吾儿：

兹因四月六日接阅你信，并汇来新币念元。是内抽出五元，付结修费。据颂廉言，修工每间三元，连堂前共计不过十八元。这款三伯同三祖母照间减听算清，俱不接受，我想待才弟回家后再话。惟祖母处仍然不受，只照前信留执的办法。

所询母之病，现比你春节在家的时候，近好得多。目前，每日坐在邻居，否则到外台门维洪家戏谈戏谈。只不过少不得执棒借力。至于要食物者，在本地可购。对钱够用否，抱着节省，亦可得过。希你万勿顾虑挂怀，倒望你在外，身体自知保重，以便是也。家里的人，其他一切都好，余不细述。此致

近吉

父字

四月八日，古三月十六日

颂廉之妻，于四月六日辰时，生了一女。这个初怀，个头甚胖，就是其妻，身体强健，胃口好的。

再另附颂华、颂尧通讯处一个。希阅之。

1955年6月2日

爸妈：

又是一个多月没寄信了，家里都好吧。上月来信中，说起小从周、颂廉二弟都添了侄女儿，觉得很高兴，可惜远一点，带来东西又不便，只能等有便时再补起了。

这个月里是缴了一部分公债券，因此仍然只能寄回十五元，暂时只有节约点。再等一个月，到下个月，自尽力想法带二十元回来。

现在我仍在乡下，一切都好，请勿挂念。

六月二号

写了上面一段话，不觉又是一个月了。因为在乡下寄钱什么不方便，薪水领到，再搁了几天。后来谈到一个农村生产合作社，说有一个农户缺本钱下肥。便将上个月未寄之款先借与他，故连信不寄归。今连上个月款并汇归，人民币计卅五元，请查收。家里老少，请代问好。

儿 载璋

七月三日发

1955年7月8日

新宇吾儿：

因为你将有两个月无信归家中，甚挂念得很。至日昨接阅你的信，悉知一切，合家不胜高兴。并附汇之款照数收到，这里正所谓如鱼得水之欢。

兹告你母之风病，近两个月内拿杖慢步，往大街有三次了，连午饭在旧友家吃的。至于目前在家中并里外台门等游戏，不用杖也可走。这病现能如此，真幸之极。

再告祖母，在五月初头，右手大指头伤了筋，当拔草药搽敷，现在愈点，不大痛了。不过年龄过老，较她体格还算好的。其过来生活是你去年之来的积蓄。今庚春季，我替母代理下了番薯种，现已出藤，核到盈余十四元。又杏树生产，售了六元，且暂时几个月还可维持，以后我设法付她。但二叔、小叔到今毫无进账，这亦不要话矣。

惟玉林妹今庚闰三月十八日产生一子，现其母子身体都好，并我家里一切，望勿远念。还望你在外身体自知保重为要。余不细述，下次再详。此致

近佳

父字

七、八

再者，我因眼花，写字不清。

1955年7月25日

爸妈：

我已调互助合作社，今天就去。今后要在瓜沥区山前乡搞，是长时间的农业生产合作社工作。农村原来是熟悉的，加上在百货公司的一年多两个月当中，也差不多有半年在乡下，因此将调这工作，也觉得比较合适。要转的这个乡，是互助合作部工作重点，干部很多，一定能学到更多的东西。

桂林要回来，叫他带回破衣服一包，都是些连送人也没人要的东西。带回家里，是否做鞋底也好？

下个月津贴，仍是百货公司领。寄钱的时间，可能要迟一点。

此祝

夏安

儿 载璋

七月廿五

拆检衣服，列后为记：

棉大衣一件、制服两套、短裤两条、睡帽两顶、厚呢片四条、一寸阔片布边两条，计市重七十三斤。

1955年8月3日

新宇吾儿：

因上月廿七由桂林弟带归破衣服一包，计市重七十三斤，并转口信和衣内条子，一切悉知。你已调在农村工作，原来熟悉，这也很好，家里各都安心。

我想在下冬时候，不免冰冻，你的衣服确不够暖，希早准备添置。就是吃食方面，务要营养好点，可保体强得通快。切勿为钱不顾身体。

对于家里的开支，当然有限制用度，断勿超过。你母之风病，现在差不多好了，每日戏坐外邻时候多。祖母身体也好，一切希勿顾虑。倒你体自知保重强康，就阖家安定也。是嘱，是嘱。余不细述，下次再详。

此致

诸吉

父字

八月三日

1955年9月8日

爸妈：

到山前乡来已有一个月了，下了乡仍然是同回到家里一样，区领导和同志们都很好。我进了一段时间乡里，也都熟悉了。

生活上面可说比以前还好些。区里办了食堂，山前乡同区公所同在一个叫靖仁的镇上。我在吃已种菜，每餐菜钱一角，不是鱼肉，就是鸡鸭，量虽然不多，吃倒也是够了。饭是便宜得很，每餐只要五分钱就够。早上稀饭，二分菜二分稀饭。每天只三角四分，比标准三角二分多了二分，但吃得好得多了。

上个月没寄钱回家，本来这个月可寄回三十五元，因为有同志有急病，向我转借了十五元去，因此只好先寄二十元回来，下个月可多寄回一些。秋收后，农村里可收回来。

此请

秋安

儿 载璋

九月八日

1955年9月13日

新宇吾儿：

我想八月三日发出一函，内为收到破衣服。这谅早接阅乎。但家里的开支以上几个月当中，想不到的用度又生出来了，列告于下：购公债、买裤布、我染病调养费等，计五元。所以上次连家用要拖欠他五元。

于九月十日晚刻接阅你函，悉知一切而不胜高兴，并汇归新币念元。正才还了账五元，祖母提起十元，其余作家用的。祖母之事照计划而行过来，按月无拖，勿以为念。

你母之风的病势比较卧床的时候，十成去了八成，痛痒减少，胃口每餐满中碗。每日运动在外时间多，其心还不足。最近在外面时，不知不觉灸了一身艾火回家，现在行动上同样的，仅是食口减点，以后如何，下次再告。祖母身体、家中一切都好，勿念。余不细述。此致

近吉

父字

九月十三午前发出

九月十一晚后，两个同志到家询查陈载璋在何处地址。我原来不悉认得，问其缘由。伊一个姓王的话：由城关镇来，同其写写信札。另无他事。之后向我拿去一个地址信壳。我想近总有信予你的。

1955年10月6日

爸妈：

薪水已发下来，前个月没钱寄家，一定是比较困难的。妈病初好，也得买点营养较好的东西吃吃。加上农村中借给农民的钱已有部分收回，自己早备冬衣也已没问题，因此这个月寄回的一共是廿五元，请查收。

农村合作社就要大发展，今后农民就要不再有贫困了。我能够回到农村，参加这个运动，非常高兴。看到农民生活在共产党领导下，一年一年很快地提高，就越发使我感到地主的罪恶。我家以前靠收租生活的，不应该，即使并未过分浪费，吃的也仍然是农民的血汗，是以农民的穷苦换来的，也因此而使农村生产提不高。我一定在这次运动中好好工作，干好合作化运动。一九五七年后，农村地主就可看情况改变成分。希望你们也能好好遵守政府法令，服从居民委员会的领导，争取早日改变成分，重新做一个好的公民。

安好

儿 载璋

十月六号

1955年10月10日

新宇吾儿：

于日昨晚后接阅你函，悉知内中一切，我非常高兴，并附汇来新币廿五元，照收勿念。

你母之风病，上月灸的艾火，单是双足比较，现在轻点，如平路，无杖可能走的，其他之风痛，同前差不多。至于营养一节，其近不要食，后如想食，可购的，而且现在胃口、体格都照原的。禀及祖母和我的身体，一切都好。

至于家里的用度时况，今最主要是食粮，现在都按规定购。我应遵守政策的道路，断不意外的浪费，希勿挂念。还望你体自己保养最为要，再可在外搞好工作，以免我念。

高香照今庚自放暑假时来舍一次，坐谈几分钟空话，伊便去了。且时在秋季，值种菜时候而天久无下雨，地里干燥，所以祖母种的菜，我每日挑水浇菜两次，以使其快大点。这也是一部分的生活。余不细述。此致

近佳

父字

十月十号午下发

1955年11月14日

爸妈：

今后工资要逐步推迟到月底发。因此，寄家的钱也要迟五天，五天推迟寄回。这次寄上的二十元钱是十日以后才领的，我住这个

乡到萧山县有六七十里路，船只只通五十多里，钱带到就是十三四日了。

天已开始冷下来，今年打算慢慢抽出来做一点衣服。上个月底，八元多钱买了一个被面子，总算开始有了两个被子。这个月想做几条裤子，下个月再做衣服大衣。一切我自会打算，请不必为我担心。

晴了这许多天，这里是沙地区，大约湾沟也都干了。吃的水是沟底挖深、几个小潭和塘等。水都缺了，洗脸的水藏起来洗衣服。

祖母最近生活得怎样，今年到底有没有给过她钱？年老了，吃着都要注意些。除了给祖母的钱外，家里是不是够用？爸妈身不够好，也得注意点营养。要是不够，还是可多寄回些。现在我的钱，是每月收入四十九元，有时还加几块报稿费。除了寄回二十元一月，又十元一月伙食外，还有二十元一个月，要多省一些也并不难。此祝

安好

儿 璋上

十一月十四号

妈，代我问小朋友们的好，下次去萧山打算为他们买一点图画书。

1955年11月18日

新宇吾儿：

因日昨接阅你函，悉知一切，我甚为高兴，并附汇到新币念

元，照收勿念。今接信云，近三个月抽出两部分钱添置衣服和做一条棉被，这真合我免忧时念。不过你的身体还望自知保重最为要。

所询祖母生活若何，并留款拿否一节。祖母生活今庚过来到现今，靠园里夏季的生产度口，至本月份，其受去新币五元，以后我会付她的。

又询家里的开支够否。一句话，我家里主要是柴米，其他不成问题。你有是数来照顾，我够满意了。就是你母之风病，由你来解决困难起，其便安心到连病逐日好去，现在无杖可能行，唯出外不免高低，尚要用杖。身体痛痒仅在股上面，其他都好了，总算难得也。

至于今年秋季的晴晒，本城自农历七月底起，仅九月十二日、十月一日落了两次小雨，所以我替祖母在园地代种菜蔬，每天担水浇菜，今才能吃不尽的菜。并及家中老少身体一概都好，希你一切勿要挂念。余不细述，下次再详。此致

诸吉

父字

十一月十八号

1955年12月12日[①]

爸妈：

薪水昨天下午已领到，今寄上二十元，请查收。

---

① 信后有陈父说明文字："我因有病卧床，这时正好兆鹏在祖母处，托其代执笔复他。是十二月廿号发。"

我很好。一般说来，生活不觉，工作也顺利。十三日患了点小毛病，一天吐了四次，但是胃口还好，第二天就好起来，现在已复原了，请勿挂念。

看到这里的孩子，总会想起家里的几个小朋友，愿他们都活泼。顺便附上三元钱，妈可为他们买些小袜子、汗巾、小牙刷、粗果，或者是有图画的书给他们。新年就来了，就算是我送给他们的一点礼物。

家里老少都好吗？从殷她们的互助组怎样了，有没有转合作社？这里有一封信附给她，请转交。此致

请

儿 新宇

十二月十二号午后

1956年元旦

爸妈：

今天是一九五六年元旦了，祝你们愉快、健康、进步！五六年，社会主义建设要进行得更快，人民的生活今后要过得更好。我们县里年内就要办拖拉机站，春天就要办社会主义合作化。农村的地主、富农根据是否劳动守法，将分别吸收入社，成为社员、候补社员，交由社督促劳动。只要劳动得好，老实努力改造自己，在新中国里也同样能成为新人，有自己的前途。

过了年，春节又近了。今年春节打算再回一趟，时间大约是廿九或是三十日。今年买糖不困难，想妈给我煮一点金豆，我回来时来拿。这里到杭州近得很，家里叔伯兄弟们是否要买什么东西？要

是要，我可去买。十天前去萧山开会，会议期间就去了两趟杭州，是集体去参观的。祝你们

新年进步

儿 璋上

一九五六年元旦

1956年1月20日

爸妈：

这个月薪水在十五日就发下来。去了一趟杭州，买了点毛线以及准备带回家来的零星东西。留下的钱已不很多，但这个月里就有个春节，又想多寄点钱回家来，反而搁下了。最后决定还是仍旧先寄回二十元。要是能回来，下个月薪水带回也还来得及。万一没时间回来，阴历二十以后再寄一点回来。

在外面时间已不短，家里叔叔、婶婶、兄弟、姊妹长久不见。这里离杭州较近，买东西方便。想买点新昌不容易买到的东西送他们，可是想不出买什么好。妈可代我想一想，买点什么，来信中可告诉我。

从殷来了一信，已收到。这里有一封信请带给她。

此祝

冬安

儿 载璋

一月二十号

1956年1月24日

新宇吾儿：

因昨晚后接阅你信，悉知一切，并附汇到人民币廿元。是内即付祖母生活费五元。就是上两个月也照付她，望勿为念。

据你信云，买点送货，叫妈想出什么东西一节，但母意不要在杭州买。现在新昌各种货都有的，则候你归家同购，使其久用的东西以为最佳。又据云，恐没时间回一句话，这谅为工作关系，此乃是应分。不过可能回时回来一次，祖母年老八五岁，其心时时望你，一年一次要相见。至于金豆，你母早早煮好候拿。

告知家中各人身体，祖母年虽过老，而体还算好；你母之风，现今在家可行动，还能料理家务，这真难得也。我因秋季种菜，天气以晴无雨而地气干燥，我每天早晚时间多担水浇菜，而菜虽是造成形，自己身体却过度劳累，上月就染疾病，已变成了一支虚症，卧床静养廿多天。所以上次答复你的信，托他人代执笔的。目下换算，照原定好得快也。希你在外身体强健吧。

诸吉

父字

一月廿四日午下发

1956年2月14日

爸妈：

十二点钟乘车离新昌区，二点四十左右车到曹娥，二点四十五分的火车已要开了，只好买四点半以区的车票。到萧山七点左右，路上一切都好，请勿挂念。

关于祖母的生活费问题，可以考虑这样三条：一、如她的心意做，要做到使她思想上愉快安心。二、要照顾她身体健康、有较丰富的营养。三、要防备万一有病痛时的急需费用。因此，一、不必一定要她收下钱，她硬推时可不必硬给她。不过每月钱寄回时一定要先给她，以免她接不上钱时不愿来要，道我困难。二、到时到节，可买点东西给她吃吃（或者穿着），钱可由这里开支。三、若有余钱，可同已给祖母的几元一同存入银行，开户可开祖母自已名字（或不记名）。存款可请颂廉去代办手续。祖母年纪已这样大，积蓄一点也是很要紧的事。我以后还是每月给她寄五元回来。

此祝

新春安好

儿 载璋上

二月十四号

对颂廉讲一声，请他到新昌照相馆代我印两张大佛寺大佛的照片来，只要大二寸就好。钱待下个月寄他。

祖母、三婆、舅公、四婶、廉弟代告诉一声，不另寄。

1956年2月22日

新宇吾儿：

近接来书，阅知一切，阖家安心和高兴。因你答复从殷一信，现已寄上。她当然自有办法的。

对于你要洗二寸大佛照片二张，当托颂廉代理，待其提归，以

爸爸：十二点钟趁车离新昌区，二点四十左右到车到曹娥，
二点四十五分的火车已经开了，只得买四点半以后的车票，
[illegible]
关于祖母的生活费问题，可以按照这样三条：
一、照她的心意做，要做到使她思想上愉快为止。二、要让顾
她身体健康，有较丰富的营养。三、要准备着一有
病痛时的急需费用。因此(一)不少一定要她收下钱，
她硬推时可不必硬给她，(不要过每月钱寄回时一
定先交给她，以免她接不上钱时不愿来要或我因
难。二、时时节可买点东西给她吃吃，(或者穿着)
的钱可由这里开支。三、若有余钱可留点给祖母的几
元一同存入银行，开户可用祖母自己名字，(或不记名)
存款可作为养老或办手续，祖母年纪已这样大，
积蓄一点总是很需要的事。我以今还是每月给

陈益纯过录1956年2月14日子陈载璋来信首页

便寄你。至于他要几许钱，家里照数会付他的。

关于祖母生活费的问题，一切由你计划的办法。万勿挂怀，是嘱。

近由颂廉送归你同拍照片一张，今附寄你，照查收可也。

近吉

父字

二月廿二号午下

农历元月十一日发

1956年3月12日

爸妈：

我已在三月七日调动工作，离开了山前乡。目前工作是在县委互助合作部。当然，工作很可能仍然是跑乡下，今后有信件可由互助合作部转我。

爸能尽自己的力量参加劳动，遵守农会的规定，也做得还不错，这是好的。有信心争取改变成分，重做新人，这也叫我高兴。但从我回家几天内，同你们谈话中所感到的，在你们争取改变成分上，还有一点最最主要的事情做得不够。我觉得有必要指出来，提醒你们努力改进，使达到真正成为新人。这就是要站在人民的立场上来看问题，把人民所关心的一切，变作自己的事，与原来的阶级划清思想界线。要这样做，就要从坚决地与一向不老实的地主阶级分子作斗争，肯揭发批判他们不服从农会规定、不诚恳劳动的错误态度、新反动思想着手。是否能够这样做，也就是你们检查自己是否够资格改变成分的标准。上次听爸谈起王春钊他们这些不肯诚恳劳动的态度，怕伤感情，随他下去，不向农会反映。这完全是错误的。你想，要是你是一个人民，你能允许地主在改造过程中这样放刁吗？要争取改变成分，就先要把自己当作人民来看，想一想他们会以怎样态度对待问题。就要时常多多这样想，这也就是思想改造。地主所以能得到改造、改变成分，主要就是要他在劳动中体会到劳动的重要，厌恶过去的生活与过去的阶级，同时在学习劳动能维持自己的情况下过新的生活。强迫地主劳动，不是为了别的，就是为了这样改造他的思想。

有许多以往的朋友，因为晓得了你是地主，不再同你来往，这完全是对的。当你真真争取到改变成分时，他们会再来同你接近，这也是毫不足怪的，并不同于旧社会中有钱人看不起穷人的冷淡态度。这不是无情无义。

对待敌人就要有对待敌人的态度，我不去看张培松也是这样。要改变成分，你们对待其他地主也要这样。我不去看张培松，为什么你们不以为我是无情无义呢？

寄来的大佛寺照片收到。有几本书带给从殷，想也收到了。

对颂廉讲一声，上次我同他一道拍的照片底片寄给我。我还打算添洗。

寄上钱十五元。这个月用多了，下个月再多寄回点。

儿 载璋上

三月十二日

工作地点仍在山前乡，可收。

1956年3月17日

新宇吾儿：

因本月十四，接函阅知一切，并附汇人民币十五元。我当分交祖母，其再三不受。既已如是，照你计划而行，希勿为念。

根据信云，你现调动工作，我也很高兴的。又询从殷书册寄到否，我也不知，谅已收到吧。关于向颂廉取一同拍的照片底片，不料他也去洗了，须要待其洗归，才可寄你。

但指出必要种种的情况，解我不够之处，我就感觉到真真是帮助，才能多懂知识，并提高我的警惕心。今后我抱着决心，一切照此而行。

对于前信中要洗二寸头大佛片两张，那知该店只有六寸头，故先洗寄一张，如合，候字再洗。以及家中老少等身体都好，还望你身体也好吧。余不细述。此致

诸吉

父字

三月十七号上午

古二月初六日发

1956年4月23日

新宇吾儿：

因为你有一个月多了无信归，以致家里很挂念，谅是工作忙碌吧。亦非知身体好否，因此特托字问，是否即复，免我念，家中老人也可安心，为盼为盼。至于家里等人幸同如常，都好的，希勿

为念。余不细述。此致

诸吉

父字

四月廿三号下午

古三月十三日发

再，因颂廉交我，是与你同拍底片一张，今附寄你，希照查收。洽之。

1956年4月21日

爸妈：

为了工作需要，马上就得到安昌互助工作。调动在我已不是伊新的事情，但换一个地方总有一些麻烦，钱也得多用一点，因此，这个月还是只能寄上十五元。

春节回家，同颂廉一道照的相片底片请他寄给我。上次大佛寺照片要多少钱，是否颂廉付的钱，告诉我，到下个月寄上。

关于我个人的婚姻问题，虽然也打算开始留心，但是工作常调动，也只能让它拖一下再说。看来还不如找个农村姑娘好，只要思想进步一些就是。想在今年解决它，请祖母不必着急。此致

祝

儿 璋上

四月二十一日

回信可仍寄瓜沥区靖江乡。

1956年4月25日

新宇吾儿：

因昨晚后接着来函，并附汇归人民币十五元。是内付祖母生活费五元，其仍不受，只在留户，后如缺用，再行发她。希你一切勿以为念。现知你调动工作，对地界确是生疏，只容慢慢会熟悉起来的。

根据信云，婚姻问题也打算留心，想在今年决定一节。为父母得到这事，我高兴非常。就是祖母听到，也不胜高兴的。虽是一句话，切勿马虎行事，定要仔细酌量的，最为要。

询及上次大佛寺片要几许钱，是谁人付的。一句话，这里计钱九角，我随手付还颂廉，已为两讫。对于你要寄相片的底片，我已于四月廿三号附在信中，托邮寄山前乡互助合作部，转你收也。近如未接着，希望你向彼处去提可也。

至于家里等人的身体，一切都好，还望你身体也同好。

本地番薯种，开市每斤七分，祖母下落六分，现在五分左右，看来今庚番薯藤价，没有希望了。

此致

诸吉

父字

四月廿五号午下

古历三月十五日发

1956年5月19日

爸妈：

又是一个月了，每个月总是等钱发下来才想到给你们写信。我现在在安昌区梅井乡工作。这个区是从绍兴划过来的，离萧山县城比较远，也是一个棉麻地区。好在交通不像新昌一样不便，区里就有轮船直过萧山，来去也还算是便利的。五十多里路，半个早上就到。工作常有流动性质的，二十天来换了两个地方。有信来的话，仍旧寄瓜沥区靖江乡好了。我还有些东西也放在那边，还是有机会去的，离这里十多里路。公债已限购了，念元认购数，存了有奖储蓄，数目显然还是少了些，只等转款时再补上了。这次寄回是念元，请查收。上次寄来的两封信以及照相底片都已收到。工作紧张一些，身体倒很好。请勿念。家里对改变成分的事，不知怎样了，有没有向农会提过申请？今年这里春花不差，只是最近常刮东风，下雨，气候冷，也受到一些损失。新昌春蚕好吧，三婆、四婶有否养一点？此祝

夏安

儿 璋上

五月十九日

1956年5月25日

新宇吾儿：

因日昨接函，阅知一切，并附汇新币念元。是内孝介祖母生活费五元，其仍不受，我只另保存，勿念。

关于家里的开支，你每月寄归之钱，对生活可度光阴。还望你在外面跑东过西又辛劳，必须要营养好点，可保自己的身体强康，对我家里也安定。就是家里人的身体，现各如常，都好的，勿念。

据信云，你又调动地区，我想这也好。才知道处处的出产品，又知道处处的风景和趣味，不过人面生疏点，而后来仍然同样呢。至于新昌，今年小麦、蚕花、春蚕等都好。三婆、四婶养的蚕也佳，而数量少点矣。

惟祖母园中之生产，今年杏花开的时候，被狂风都打下花。并及番薯种开市售价每斤七分以上，祖母购下之价六分另，后来跌落到二分左右。一开始就先亏了。看来这两点没有希望了。余不细述。此致

近吉

父字

五月廿五号

古四月十六日发

言至改变成分事，于本城内，过来没有听到改变一个人。

1956年6月16日

爸妈：

我在十日离开安昌区，现在调在瓜沥区航乡工作。祖母的经济如何解决，二叔、小叔是否有钱寄给她？年纪这样老了，生活上不能要她担心，不知道现在家里已给她存了几元钱了。今后寄回的钱，她如不要，可买点她一向欢喜吃的东西，像莲子、糖等给她

吃。工资就要改革，经济以后会更宽裕一些。家里二十元一月，可保持经常，自己也打算积蓄一点起来，以备临时急需。

这次汇上人民币念元，请查收。

今年，政府在号召中学堂生升学，不晓得玉斐有没有打算去升学。我的意见可让她去考考学校看，住在家里受黄坛人欺侮也不是久远之计。学费如有困难，可来信，我可帮助解决。

颂廉在家里吗？仲尧、仲华最近可有信来？三婆、四婶是否已参加合作社，最近生活怎样？

离开山前乡时，记得有几本书寄给从殷，不见回信，不知她们的合作社已转高级社了否。

此祝

夏安

儿 璋

六月十六号

1956年6月20日

新宇吾儿：

因日昨来信，阅知你又调动一个乡，并付汇归人民币念元，希勿为念。

但二叔、小叔两位，过来三年而到现在，没有一个钱给祖母，不过到年关给点年货，就算做儿子了。这等人都不要话矣。不过祖母的节俭，另无第二个人，表其这三年内，一九五四年是你负担，尚有余积；一九五五年你给她的钱，亦维持几个月，和园地生产，共度到近来完了。正在接售桑叶和水果，计币十二元八角，又售番薯藤得到盈余七元八角七分，共计念元有零，这算来有四个月可生活。之后我仍照给她，就是本来喜吃的食品，我也打算买给她的，望你一切勿念，是嘱是嘱。

关于玉斐考学校，她家里断不同意，不免好意反恶意，所以我看勿必谈起的。

惟颂廉仍在原处工作，仲尧、仲华近无信归，三婆、四婶等田都归社，而人无力，尚未入归社，以及生活上好的。你所寄从殷的书册，是否是清明前寄她的？其父回家，说已到过了。现在其在搞初级合作部。冷之。

根据来信，对家里一切都顾到，我很高兴，尽满意。不过你婚姻未成，我心难安定，这点只希你早留意，其他一切都宽了。

至于你母之风病，现能够愈了，加之祖母这老的年纪，还能有这样健康，可知家门还不错。余不细述。此致

近佳诸吉

父字

六月廿号

古五月十二发

雁去鱼来

来函选登（二）

南京大学教授鲁国尧来函

红娟老友：

世有“大著”一词，可以推衍出“大编”。大编《书信》拜收，立刻看了几篇。感觉大好。以前的名家书信，是国宝！如今绝迹了，可惜可惜。你为国立功。耑此，拜颂

年祉

国尧拜贺

2023年12月16日

作家马国兴来函

春锦兄：

近日收阅责编孙科镂先生寄赠的《书信》第二辑，可喜可贺。

首先，还是要对兄慧眼识珠表示感谢。兄在《书信》首辑（即辛丑卷）编发由我整理的先父的《与子书》，并在编后记里阐明其

意义与价值，令我备感温暖。

《我在郑州挺好的：父子家书（1992—2001）》出版后，我如约将父子家书原件、发表书刊（含《书信》首辑），一并捐献给中国人民大学家书博物馆。此前，我已扫描全部家书及信封留存。就像我在写给犬子马骁的电邮里说的那样，家书是物质文化与非物质文化双重遗产，我们最需要传承的，并非其皮相，而是其精神。

《书信》第二辑上承首辑，编印皆佳。印象深刻的，是增加学者甄别与辨伪假托名家书信选题，即董运生的《臧克家致齐民书信辨伪》、龚明德的《流沙河的一封“信札”》，助益书信收藏与研究。此外，增设“雁去鱼来”栏目，编读互动，并以书信形式呈现，实乃弘扬传统文化的鲜活实践。

《书信》第二辑“万金家书”栏目，刊发骆淑景的《五封战地家书——山西晋城英烈陈振华生前身后事》；“雁去鱼来”栏目，刊发《读者张冲波来函》。这是继《读库》2017年第3辑之后，张冲波、骆淑景夫妇再次同框，可谓佳话。他们在20世纪80年代书写的往来情书集《纸上谈爱》，经我牵线，将由广东人民出版社推出。

由此想到，《书信》能否新开栏目，或用其他方式，介绍每年有关书信的出版物，以扩展读者视野。比如今年中华书局出版的《素锦的香港往事》也值得关注。此书源于周素锦、周素美姐妹之间的482封通信，作家百合以其为基础创作纪实文学，讲述一位上海女人在香港二十年（1956—1976）的日常生活及其所历经的悲喜。

愿《书信》一年一辑，来日方长。

马国兴

癸卯小寒

贵州师范大学教授袁洪权来函

春锦兄：

您好。前您告洪权《书信》第三辑还缺稿，希弟支持于您，甚感念您的盛意，但弟因十二月下旬开始出现了微恙，左手疼痛难忍，入院治疗逾半月，目前刚出院。又想起您曾提之事，刚好弟在去年指导过老同事高树浩（书法爱好者）写了一通庞薰琹上世纪四十年代信札的考释文，涉及美术史的相关文事，现转您，希您能抽暇审读审读，看是否适合集刊之用稿标准。若能用之，洪权不胜感激之。

《书信》颇有味，洪权认真拜读了这两辑，收获颇大。书信是一种有温度的载体之形态，这也是为什么弟愿意花费时间着意于书信考释的重要原因。弟保存了近三十年前老家给弟写的信札，今读那些信札，味更浓，亦勾起弟反观卅年前农村之艰难生活。

请您宽限弟时日，肯定会给贵刊投稿的。弟在训练研究生的文献意识时，书信是一种途径，学生中也会呈现出一批好稿的。弟专注于书信考释已八年之久，亦希望在这一领域有所图，期待您今后多支持。

若出差贵阳，请联系洪权。匆匆专致，即颂

编安

洪权拜

元月八日

《书信（第二辑）》
（浙江古籍出版社，2023年10月版）

微信两则

1. 昨天收到《书信》。这实在是一本难得的好书！文化，文献，十分独特！国内罕见！历史上更远的不说，即使从清末以降，太多太多的名人书信需要保留存档。太好了！因为激动，竟然忘了回复。谢谢！（阎纯德，2023年6月28日）

2. 赵老师好！你主编的《书信》已收到了，非常感谢！先贤大家名士的书信内容都丰富高雅，使后人领略先辈巨匠达人的风采、文采及道德精神。略评书法，叶恭绰水平高，可称书法家。夏承焘也可称书法家，其他也各有所长。（寿觉生，2024年6月2日）

编后记

第三辑终于在暮春初夏之际，与广大读者见面了，我们得以再次透过一封封承载着历史丰富信息的书简，触摸前人超越时空的情感与智慧。本辑尽力做到“名人”与“民间”兼顾，既关注诸多名人之间的往来书札，也涵盖那些充满温情与故事的民间通信。每一封信都是家国历史的见证，承载着一个时代的集体记忆。

“见字如面”栏目中胡潮晖整理的《资源委员会档案所见竺可桢佚函辑录》，通过38通公务信函，得以一窥科学家、教育家竺可桢在内忧外患历史条件下的真才实干。这些信件对研究竺可桢的日常工作和浙江大学西迁的历史不无裨益，其间所流露出的对于国家和民族命运的深情关切，尤为令人动容。王圣思整理的《辛笛致唐祈书信五通》，是“九叶诗人”之间心灵的对话，三十多年前结下的文缘诗谊得以接续，快慰之情溢于言表。宋一石整理的《程千帆致施蛰存未刊书信二十通》、马国平整理的《何为致徐开垒未刊书信十四通》，为文学史提供了种种细节。特别是程千帆、施蛰存两位文史大家的君子之交，在文学上的互相欣赏、命运上的互相同情，足以垂范后世。恢复联系后，程千帆给施蛰存的第一通信就有近千字，其中述及詹安泰、任中敏、吴奔星、孙望、唐圭璋、夏承焘等老友近况，不啻当时学界之群像。范笑我整理的《钱君匋的十通来信》，交代了钱君匋晚年生涯中关于捐赠、办展、画集出版等事的细节，更是颇见其鲜明的个性。

在“简事书缘”中，叶瑜荪的《延伫词宿徐行恭》带我们重新“发现”了一位文化界耆宿，感受他不平凡的才智与履历。陈子善的《一封最短的信》以有趣的视角，回顾了一段简短而意味深长的往事。张振刚的《林斤澜给我的信》、书同的《与姜德明先生的一次书信往还》拉近了我们与文坛前辈的距离，尤以林斤澜有关文学人物与作品的评鉴令人耳目一新。此外，吴心海的《〈中国新诗鉴赏大辞典〉引发的往事》，赵东旭、李文军整理的《从杭州到“北大荒”》，都通过书信这一载体，还原了一个时代人们的真实生活与情感世界，虽都是“小”人物的命运，却是完整的历史不可或缺的一部分。

“雁素鱼笺”栏目同样精彩纷呈。梅松的《一回相见一回老》对吴昌硕致表弟万春涵的信札做了精心考释，可补吴的艺事与家事史料之不足。金传胜的《茅盾致姚蓬子的一封信》、张翕然的《与〈红楼梦〉的不解之缘》，不仅本身具有文献价值，更让我们看到了书信所独有的学术内涵。据张文披露，一生致力于《红楼梦》改编工作的剧作家赵清阁在致胡文彬的信中，曾对1987版《红楼梦》电视剧发表了自己的看法，尤其对“明写秦可卿天香楼问题”，提出了不同的意见：“我在改编话剧时，只敢于为完整人物性行而稍作改动，但也必须依据原作，遵循情、理逻辑，使之能合情合理，比如我对宝玉性行的处理，我认为他爱黛玉是忠贞不渝的，高鹗写他出家的结局很自然可信，而遗腹留子一笔似有画蛇添足之感。”这在当时是比较有代表性的观点。

“故纸陈香”栏目中，朱绍平的《由〈上恩帖〉看欧阳修与司马光的交集》、杨柳的《明太祖书谕中的“君父”》、张瑞田的《明人姜立纲的两通手札》，关注古人书信，有意揭示隐藏在历史深处的更多细节。其中，朱元璋敕谕子侄之书，不仅保存了许多鲜为人知的皇家秘辛，还呈现出朱元璋亦君亦父的复杂形象。

“尺牍论学”中，沈津的《笺谈古籍》推出第二批，均系写给已故版本目录学家沈燮元先生的，谈古籍聊生活，那种开诚布公的交友之道最见古风。这一辑新增了吴格整理的《南浔旧事》，内容多反映已故文献学家周子美先生对故乡友人编纂地方志的指导，言语真诚，交接得体，句句可见老辈学人的涵养。难怪吴格会不由地感叹道：“周老晚年除指导文献学研究生以外，平日勤于书札答问，各地同行及师友凡有函至，莫不随手作答，银钩铁画，挥洒成章，出手极为迅捷。重读答复朱从亮讨教书札，可知周老于故乡南浔镇志编纂，穷源竟委，曲尽表里，所述掌故，娓娓可听，天遗此老，足称南浔古镇旧闻之渊薮。”

“海关密函”栏目继续刊载赵伐翻译的《外籍税务司笔下的浙江（三）》，聚焦“五卅惨案”后浙江各界的动态，从一个侧面记录了此案的经过及当事人的诡秘心思，再现了那段屈辱不堪的近现代历史。

而“万金家书”栏目则带来了赵红娟和庞君伟整理的《父子家书录（一）》，通过二十世纪五十年代一对普通父子的往来书信，让我们触摸到那个风云激荡、百废待兴的时代，人们蓬勃向上的心境与风尚，是最鲜活的历史文本。

第三辑中所收录的这些书信，无论是名流之间的往来，还是普通人的家书，都承载着丰富的情感和跳动的思想，读者可以据此看到历史的真实面貌。愿《书信》能够继续成为连接过去与未来的桥梁，为广大读者激活更多被历史埋藏已久的珍贵记忆。

编　者

乙巳年五月

电子邮箱：xiachjin@163.com　18721936035@163.com

地　　址：（310023）浙江省杭州市西湖区留和路299号浙江外国语学院融院C201